来不及说再见

Youth Flew Away

电影《八月未央》青春故事集

长江出版社
CHANGJIANGPRESS

图书在版编目（CIP）数据

来不及说再见的青春 / 杨海涛, 讲武生主编.
— 武汉：长江出版社, 2021.3
ISBN 978-7-5492-6493-3

Ⅰ. ①来… Ⅱ. ①杨… ②讲…Ⅲ. ①故事－作品集－中国－当代
Ⅳ. ①I247.81

中国版本图书馆CIP数据核字(2019)第099821号

来不及说再见的青春 / 杨海涛 讲武生 主编

出　　版	长江出版社	
	（武汉市解放大道 1863 号　邮政编码：430010）	
选题策划	肯特文化	
出版统筹	柯利明　林苑中	
特约监制	刘　源	
市场发行	长江出版社发行部	
网　　址	http://www.cjpress.com.cn	
特约策划	唐　玄　吴秋熹	
责任编辑	陈　辉　江　南	
特约编辑	张　昕　刘　源	
装帧设计	79STUDIO	
营销推广	刘　源　周益昌	
责任印制	法成海	
印　　刷	三河市华东印刷有限公司	
版　　次	2021 年 3 月第 1 版	
印　　次	2021 年 3 月第 1 次印刷	
开　　本	880mm × 1230mm　　1/32	
印　　张	9.75	
字　　数	243 千字	
书　　号	ISBN　978-7-5492-6493-3	
定　　价	59.80 元	

青春因为来不及说再见，
回忆才被赋予更多的意义。

有时候，
我们怀念的或许不仅仅是某一个人，
还有那一段特别的时光。

目录

再见加拿

李不及说青春

Youth
Flow
Away

在

眼前

庆吾未老，放舟深山

杨海涛 —— 文

电影《八月未央》总制片人

电影《八月未央》定剪看完，我和李凯导演相对无言，看到了彼此镜片后闪烁的泪光，有一种劫后重逢般的喜悦。是的，我们相遇于十七年前安妮宝贝小说中的残酷青春，我们又辗转回到了如此珍贵的温情当下。

◆ 胖子的孤独和柔情

李凯导演是一个接近三百磅的西北汉子，黑框眼镜，络腮胡子，有着对电影不懈的坚持和热爱。十年前还不是胖子的他一个人站在天桥上，看着万家灯火，车水马龙，想起一个白衣布鞋叫未央的女孩。那个女孩张开双手，仰望天空，她孤独漂泊却在繁华的都市中绽放着自己的美丽。于是他找到并说服了安妮宝贝，就此，拍摄《八月未央》成为一个心愿。

十年过去了。一部不到万字的文艺短篇要改成一部电影，其中遇到了各种困难。最难的是时代变迁带来的创作困惑：当初孤独的北漂已经成家，当初看安妮宝贝小说的我们也步入中年。简单地遵循原著，肯定不是当下最好的表达。所以数易其稿，无所适从。

二〇一七年国庆假期，胖子一个人回到了上海，在Airbnb[1]上租了一个老房子，游荡在这座国际都市的繁华和变迁之中。他重新阅读作者的新旧作品，不断地和我分享自己的体会。"若要愉悦，就无须计较身边人给予的态度；若要前行，就要离开你现在停留的地方。"（安妮宝贝《清醒纪》）回顾了自己十年的奋斗历程之后，胖子导演日以继夜，不眠不休，终于拿出了全新的《八月未央》剧本。

我觉得我们最应感谢的人是庆山（安妮宝贝），我们和她不算熟悉，但通过她的作品，我们跟着她一起经历了成长和蜕变。她教会了我们保持初心，通过作品去提炼和分享自己对生命的思考。电影《八月未央》，就活在了当下。青春的迷惘、挣扎和苦痛，回头看看何尝不是命运的一种安排和恩赐。命中注定，劫后重生，这是一种温暖的幸福！

◆ 等待演员的诞生

经年筹备的一部电影，又是一部影响了很多人的大IP作品，演员的选择让胖子导演操碎了心。寻找演员的过程，和电影创作过程一样，需要不断地思考和探索，还有未知的等待。经历了漫长的选角过程，电影的主角终于敲定。感谢命运眷顾，这些演员都是电影自己的选择。

---

1 一家联系旅游人士和家有空房出租的房主的服务型网站。

——遇见未央

未央是一个特立独行的素颜女子，清冷孤独，却又坚忍热烈，即使在现实生活中也是可遇不可求的。因为很难，所以我和导演约定不唯名，不唯利，全心全意找到对的人。二〇一七年七月，李凯导演给我拿来了电影《芳华》的宣传照片，素颜的钟楚曦光彩照人。

第一次见到楚曦是在一个夏日的午后，迟到的我进入房间，一个披肩长发、白衣牛仔裤的清秀女生盘腿坐在面前，眼睛很亮。她说，我就是未央！

是的，十年了我们终于遇见了未央！

几个月后，《芳华》上映，票房超过十四亿，楚曦成为我身边很多朋友的女神，让我们的电影因她而更受期待。其实当时没想这么多，是对作品的真诚和热爱，让我们拥有了合作的缘分！

——骑着机车的朝颜

朝颜是一个阳刚而温暖的男人，却也被痛苦割裂，被情感困扰。出演这样的角色是需要勇气的，而且难度很大，罗晋的出现让胖子导演不得不感叹命运早有安排。

初见罗晋是一个深秋的夜晚，他开着一辆改装后的大摩托车呼啸而来，穿着皮质的夹克，围着束发的头巾，摘下头盔露出淡淡的笑容。因为电影中的未央是骑摩托车的，李凯导演说当时看到罗晋，心怦怦直跳！

我们更没想到的是，一个拥有近两千万粉丝的演员，见到我们的第一句话是："导演，我不知道能不能演好朝颜。"在之后的交谈中我们得知，他为此认真准备手稿，包括对角色性格特点的理解、人物之前的经历分析等，谦逊而专业！因为这个晚上，《八月未央》增加了朝颜和未央在淮海路上飞车的情节。

——分饰两角的谭松韵

　　根据新剧本的设置，电影中另一位女主角小乔和未央的妈妈将用同一个演员出演。一个是温婉而倔强的都市女生，一个是备受情感折磨的单亲妈妈，这对演员的演技是一个很大的挑战。在电影开机还有二十天，我们每天都在祈祷小乔出现的时候，经过罗晋先生经纪人的推荐，我们幸运地等到了谭松韵。

　　我觉得她是一个具有杀伤力的女生，在拍摄现场跟着她在不同的角色和情感中穿梭，看着她的悲欢离合，你也会不自觉地陷进去，会可怜她，会想要保护她，简直令人着迷！还是把她留给电影吧，一定会让你惊喜连连！

　　演员的诞生，成就了每个鲜活的角色。在《八月未央》的戏里戏外，每个人的出现都是命运最好的安排：十年间胖子导演一直等待着，直到未央他们的出现；在导演的故事中，未央遇到小乔和朝颜，等到了她生命中奋不顾身的友情和爱情！

◆ 制片人的幸福生活

　　奋不顾身通常都是青春的标志。我们打造《八月未央》，也带着一点奋不顾身的冲动。我们的联合制片人邓力维，就是带着团队在艰难的制作过程中跋山涉水的核心。力维同学拥有超过四十部影视剧的制作经验，导演专业毕业，还做过摇滚歌手。他衣着普通，言谈直接，可能是因为过往阅历的沉淀，他的身上总是带着淡淡的沧桑。

　　他在关键的时点，请来了戏骨级的田雨老师和陈明昊老师，让电影的两个主要角色熠熠生辉；在上海的无数高楼中，他推荐我们登上浦西最高建筑白玉兰广场——当楚曦和松韵坐在三百多米高的大楼边缘，眺望着美丽外滩的时候，他满是歉意地说："这个景没人拍过，但真的很贵！"

一部电影的诞生要面对每天接踵而至的突发事件，稍有不慎就是满盘皆输。现实是残酷的，勇于直面，敢于担当，这是力维同学带给《八月未央》团队最可贵的精神。

我们俩平时最爱在公司旁边的小店吃上一盘美味的"夫妻肺片"，以胖子导演的身材和创作的迷茫作为佐料，规划着这部电影的走向。好的电影要有一种大爱的表达，在很多不得不面对的痛苦和艰难中，给予观众温情和关怀。《八月未央》就在这样的讨论和坚持中成长。宿命与抗争，哀伤而温暖，无关成败，无关金钱，能远远地与未来年轻或不年轻的观众朋友分享一份人生的体验，这是我们制作人伴随作品享受到的幸福。

青春就是一场疯狂的冒险和体验，当时令人痛不欲生，过后却难以忘怀。如果命运能够再来一次，我想很多人依然会选择奋不顾身地投入。其实《八月未央》就给了大家再来一次的机会，当你握着爱人的手，回头看看自己为爱付出时的义无反顾，看看自己懵懂年少时为爱痴狂的样子，你会觉得现在是多么珍贵和幸福！

感谢《八月未央》赐予的机会，感谢庆山（安妮宝贝）给予我们成长的经历和豁达平和，让我们还能像年轻人一样去描述当下年轻人青春的模样，让我们渐染暮气的心重新开始青春的跳动，让我们重新珍视现在这份劫后重生的美丽温情。

2018年10月 北京

来不及说再见

李凯 —— 文

电影《八月未央》导演

　　很多朋友问我：你的外形看上去那么粗糙彪悍，为什么会选择拍摄《八月未央》这样细腻的电影呢？

　　我常常哑口无言。不是我刻意保持神秘，而是千言万语堵在心口，不知该从何说起。直到我第一次看完《八月未央》的定剪版样片，我的心里终于浮现出一个答案：一切源于宿命。

　　那时，我坐在一辆驶向南方的绿皮火车上，对面坐着一位长发披肩、皮肤黝黑的女孩。她穿着绿色的棉麻吊带裙和一双有些褪色的米黄帆布鞋，看起来应该是个喜欢到处行走的大学生。女孩举着一本小说啃读，摊开的书页挡住了她的脸。后来我始终无法想起女孩的模样，却记住了她看的那本小说：《八月未央》。

　　那时，我坐在盈科中心二层的咖啡厅里，紧张地搓着手，词不达意地表达着自己的意愿，以及对剧本改编的想法。对面的安妮宝贝平静地望着我，半天没有说话。失落的情绪在空气中蔓延，就在我认为自己搞砸了的时候，安妮宝贝淡淡地说了一句："那就交给你吧，你看上去是个不怕麻烦的人。"我忍着内心呼啸的狂喜，使劲地点头。

那时，我站在华语青年影像论坛北京创投计划的奖台上，从贾樟柯导演手里接过最佳项目的奖状，激动万分地暗自憧憬着未来的电影之路将是怎样的一帆风顺。然而随之而来的汶川大地震彻底打乱了电影的制作计划。举国之殇，众志抗灾，我的电影自然在劫难逃地搁浅了。

那时，我站在影视公司一间豪华的办公室里，手里紧紧攥着剧本，对面坐着一位看上去很艺术的艺术总监。他一边泡着普洱茶，一边告诉我现在的中国电影市场已经发生了巨大的变化，所有人都想拍喜剧片，没人愿意拍艺术片。我的剧本太小众，没有市场价值，除非我能找来某某选秀出来的流量明星加盟，否则就是白日做梦。我鞠躬

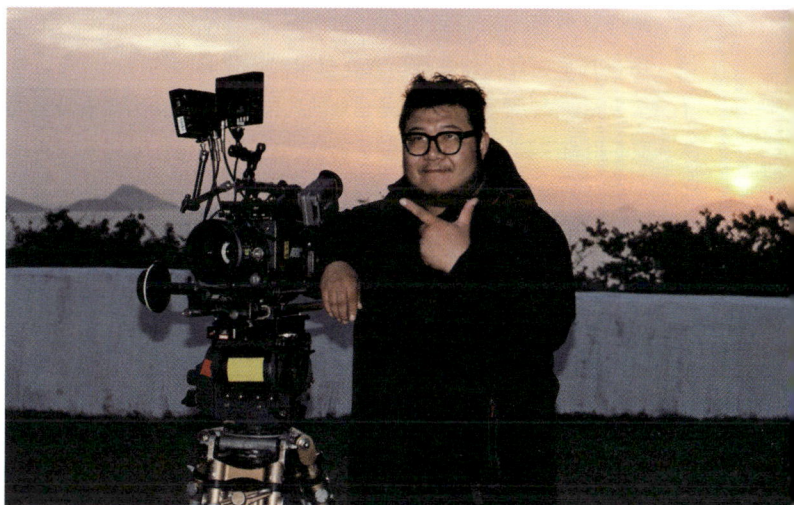

致谢，默默转身离去。人被拒绝无数次后，神经就麻木了。我没觉得
难过，只是被阳光刺到眼睛之后，不由自主流下了泪水。

　　那时，我躺在床上接到一个电话，朋友找我拍一个低成本的喜
剧片。我知道资金和周期的局促，肯定没法拍出一部好作品。我本能
地想拒绝，可转眼看到茶几上就剩下最后两盒泡面了，于是只好咬着
牙应承下来。多年之后，有些制片人指责我拍过的电影作品里有不少
烂片的时候，我总会想起那两盒老坛酸菜味的方便面。

　　那时，我坐在凯视芳华的会议室里，看着对面个子不高但能量
巨大的制片人杨海涛。他慷慨激昂地讲述着自己对电影《八月未央》
项目的喜爱和信心，以及愿意跟我这个新人导演合作的渴望。我暗自
窃喜，心想终于遇到一个和我一样的"电影疯子"了。趁杨总还没改
变主意，我赶紧冲上去用力握住了他的手，久久不愿松开。后来，随
着拥有丰富制作经验的制片人邓力维的加盟，让电影项目越来越靠谱
地推进起来。

　　那时，我被未央的选角问题折磨得死去活来，仿佛进入了围
城，困兽犹斗。直到钟楚曦出现在我眼前，我瞬间觉得——太奇妙
了，未央竟然活了！这一切都是宿命的安排。有时候不是没有合适的
人，只是时机未到。在对的时间，对的人自然会到来。确定了未央的
人选之后，朝颜及小乔的选角都开始变得顺利起来，一个接一个地落
实，现在回想起来大家都觉得是个奇迹。

　　那时，电影拍完最后一个镜头，顺利杀青了。我和每一个人拥
抱告别，原以为这个时刻我会痛哭流涕，没想到自己却格外平静。我
暗自感慨，原来人都是会在不经意间成熟的。

　　那时，我在黑暗中看完电影《八月未央》的定稿样片。灯光亮
起时，身边的女同事们纷纷抹着眼泪。我缩在座位里，长长地吐了口
气。那天晚上，我做了一个梦，梦中我看到未央的背影渐渐远去，直

到消失不见。我才猛然想起，我还没有跟她道别！我以为时间足够，却发现一切戛然而止时，来不及说再见。

顿时，眼泪决堤。

电影《八月未央》是我宿命中注定的作品。为了她，我承受了太多的痛苦煎熬、太多的残酷压力。是对电影的真挚热爱给了我勇气和力量去坚持。年轻的朋友们，坚持到底就是胜利！这是绝对的真理。

十二年，一个轮回。

未央，再见！

2019年1月　炎黄艺术馆

命中注定的相遇

钟楚曦 —— 文

电影《八月未央》主演，未央扮演者

你好，我是未央，我是钟楚曦。

在这个夏季，我们终于拍完了《八月未央》的最后一幕，要和这个故事、要和未央说再见了。

有些人注定要相遇，有些角色和演员的相遇也是注定的。

我是在正式接演这个电影之后才读了《八月未央》的原著，里面关于未央的故事其实很短，但安妮宝贝的文字风格简洁、有力，透着一股很强的生命力，那生命力很打动我。

未央这个角色说复杂也复杂，说简单也简单。她就像故事开头时天台上那棵植物的幼苗，即使在钢筋水泥的夹缝里，即使无所依靠、缺乏养分，也依然屹立着，拼命地生长着——这就是我刚才说的"生命力"。

或许因为小时候的悲惨经历，导致她封闭了自己的内心，不愿与他人接触，变成一个有些孤僻的、酷酷的女孩子，看起来似乎没那么可爱。但从另一面来看，她是一个具有独立思维和判断力的人，她很成熟，对什么事都有自己的想法，这也造就了她的特别。

在现在这个社会，"特别"是很难得的一个品质。

她唯一缺乏的就是恋爱经历。在遇到朝颜之前，她对爱情所有的理解都来自妈妈，那种偏执的、疯狂的感情让她惧怕。所以她觉得男人没有一个好东西，爱情也不是什么好东西。她抗拒一切邂逅和亲密关系。但遇到朝颜之后，她有了真实的属于自己的体验，才真正明白了爱情是什么。

然而在那之前，她先遇到了小乔，一个对她来说比自己还要重要的人。

之前讲过了，她很封闭自己。但小乔的出现像是一束光照到了她的心里——小乔是一个和她如此不同的人，她天真、明媚、善良，

对爱一往无前，同时还那么像未央的妈妈——可以说，未央对她是很难抗拒的。

起初未央对小乔或许只是好奇吧？她们之间好像有种魔力，吸引着彼此。未央想要从小乔那里找到失去的母爱——她太缺爱了，又不敢去爱，而小乔的出现恰恰弥补了她心里的那份缺失感。这就像是一个口渴的人在沙漠里忽然遇到水源。

在小乔主动而热情的关爱下，未央慢慢打开了自己的心，她开始感受到人和人交往之中的温暖。一个在黑暗中待久了的人，忽然走到阳光下，是会很感激的。她对小乔也有那种感激，但更多的我想是"爱"，不同于她对朝颜的爱。小乔融化了未央心中的寒冰，那份如暖阳一样的温柔是未央没有的，她向往小乔身上那份美好。她渴望小乔，羡慕小乔，不能失去小乔。

剧情里未央有一段独白，她说："朝颜，对不起，我拒绝你是因为，比起你，我更想待在小乔身边。"这句话很好地诠释了她对小乔的爱。

很多读过原著的读者觉得未央有些"雌雄同体"，实际上的确如此。比如她和小乔在一起时经常有男友力爆棚的一面，她会想要保护小乔，甚至"占有"小乔。因为知道朝颜不爱小乔，她不想小乔受伤，于是将小乔锁了起来，寸步不离地守护着，想要取代朝颜在小乔心目中的位置，借此来治疗小乔心中的伤。可惜对小乔来说，朝颜和未央是无法互相取代的。她不知道这一点——也或许是知道的，只是不想承认。

我相信命中注定。小时候或许对宿命会有所质疑，但现在我不会再怀疑。命运这东西很奇妙，有时候只要你顺着自己的方向走，命

运就会把你带到你要去的地方，把很多人带到你身边。可是你永远决定不了哪些是对的，哪些是错的，哪些又该出现在哪个时候。而往往只是一个小小的偏差，有些东西就会走向完全不一样的结局。

有些命中注定，如小乔和未央，是无法避免的，从相遇开始就注定要纠缠到死。

影片里，小乔和未央有过这样一段对话——

"未央，如果我没有在教室里遇见你，我们现在会是怎样？"

"即使我们没有在教室见面，也会在馄饨店相遇的。"

"这样我们就是命中注定的。"

冥冥之中，有些东西逃不掉，所以结局也就注定无法更改。

在拍摄的时候，我偶尔会被这种宿命感所感染，陷入痛苦，分

不清未央和自己，所幸身边的人儿都很可爱，可以让我从戏里走出来。

　　比如谭松韵，虽然拍戏之前我们并不认识，但我一直都知道她，在我的印象里她就是个和小乔一样可爱的女孩子。

　　小乔这个角色其实很难演，因为她的那份天真必须是由内而外散发出来的，稍微有一点点做作就出不来了。明明有那么多痛苦的事，她却总是笑着面对未央，她的那份明朗让人心疼，不是矫情的演技能表现出来的。更难的是，她还要同时演我的妈妈，那需要她的演技既稳又有张力，必须能体现出两个角色的区别，要能让我代入，而这一点松韵表现得非常好。

我是在第一次聊剧本的会上见到松韵的，她真是一个和我的想象如出一辙的可爱的人。她很随性，性格很干脆，我们很合得来。和她在一起我莫名地会想要保护她，比如看她穿得单薄了我会害怕她着凉，想要给她准备衣服。而松韵每天都会带各种好吃的投喂我，她特别爱吃零食，根本停不下来。有一次她给我带了一只超大的塑封的鸡，我都惊呆了，问她怎么吃，她豪迈地给我演示了一下，"就这样直接上手撕啊"，真是又好笑又可爱。

我之前没接触过罗晋老师，对他的印象仅仅是穿高领毛衣很好看。见面之后我觉得他的气质非常符合朝颜。而且他没有IT男那种很闷的感觉，而是那种有些坏坏的、雅痞的感觉。和他合作之后我发现，他疯起来很疯，很自由。有时候罗晋老师显得有些双面，要么就不说话，看着很忧郁，但一骑上摩托就能感受到他内心的狂野。所以他和朝颜这个角色真的很贴合。

我们的导演也很可爱，肚子好大，第一次见到他时我觉得他像是怀了五胞胎（笑）。聊起电影的事，他一点架子也没有，就像是朋友一样和我聊角色、剧本，非常随和，沟通起来很舒服，也很尊重演员。对演员来说，这是一件很幸运的事。《八月未央》就像他的孩子一样，据说这个电影他们筹划了很多年，他一手把剧本改起来、做起来，现在终于正式拍出来了，我想他应该感到很幸福吧。

能和电影《八月未央》相遇，能遇到未央这个角色，能认识这么多有趣、可爱的人，我想也是命中注定吧。就像未央不会离开小乔，我也不会离开我爱的那些人和事物。希望未来，我们都可以有更美好的际遇。

2018年6月21日

人生就像在不停划船

罗晋 —— 文

电影《八月未央》主演，朝颜扮演者

大家好，我是罗晋，也是电影《八月未央》中的朝颜。

人的一生充满了各种机遇，会遇到各种各样的人，每一段相遇都是缘分，也是宿命。

我与朝颜的相遇，亦是如此。

小说《八月未央》是安妮宝贝的经典之作，但坦白讲，我没有看过原著。小说是一种艺术形态，电影又是另一层面的东西，两者共通，却又不同。有时候在把文字转化为画面，按照逻辑串联成一部影视作品时，往往会让人有不一样的感觉，而这也是不同艺术形态的魅力。作为演员，我更专注于我看到的剧本，让我的角色有更大的发挥空间，让观众能有共情。

角色的创造性对我来说很重要，我希望观众看到的角色是有想象空间的。朝颜，整个人从上到下充满了矛盾，是个很难定性并且极为丰满的人物。他触动了我用表演去诉说的欲望，就好像《加勒比海盗》之于德普，他自己有很大的角色塑造空间，观众脑海里也会无尽地想象他们心中的杰克船长。

　　在旁人眼中、朝颜足够优秀，学历、家世、外貌甚至性格，都能够拔得头筹。但只有在他自己眼中，才能看到真实、卑微的那个朝颜，看到他真正想要的是什么。那颗深埋在心中的种子，在遇到未央的时候，慢慢发芽，悄悄长大。直到有一天，在未央面前，破土而出，叫嚣着，朝颜才真正懂得他的宿命——"任它长大，任它开花"。

　　朝颜与未央、小乔之间的人物关系可以用"一团纠缠的渔线"来形容——剪不断、理不清，若是稍稍收紧便会有人受伤。但这样交错复杂的关系，包括题材、故事，都源于人性。我们用人性的角度去探讨感情问题，站在每一个人物的角度去体会他的感情立场。所以这个故事里面没有传统意义上的"好人"和"坏人"，也没有所谓的"对错"。每个角色都是寂寞的、孤独的，都在寻找一个感情的出口，这导致他们的选择有时候不能用一般的道德观念去评判。宿命，也是无法抗争的命题，所以他们最终的结局，也可能会让观众一声叹

息。

在感情的抉择上朝颜很痛苦。一边是在一起很久、感情稳定、等待他娶的女孩，一边是遇到了就想把生命都给她的女孩。在普世价值中，可能大家会偏向于未婚妻小乔，毕竟朝颜和小乔在一起太久了，离开就意味着背叛。那怎样才是对三个人的成全？这种情感状态，每个人都有自己的理解，在电影里找到自己的情感出口，足矣。

我一直都相信命中注定，比如遇到《八月未央》的团队，比如合作导演李凯。

李凯，我们很早就认识，他也是一个很虔诚的人，对电影，对工作。他总说我这么多年都没变，我说，我现在其实每天都像是在划船，不想任何目的地，就这么单纯地向前划。以前我会觉得划船就是重复，没意思。但是当你慢慢掌握了技巧，或者遇到风浪，且风向不一样、浪高不一样的时候，你就会从中找到乐趣，开始喜欢这件事情。等到风浪过去恢复平静的时候，安静地划船也成为享受。这就是生活。他又问，那你不怕随波逐流吗？我说，没关系，我还能逆着划。所有的事情我都做到问心无愧，剩下的我就交给命运。

拍摄现场，看到未央和小乔亲密无间的时候，我感觉特别好，两位女演员都非常贴合角色，看她们在一起拍戏是种享受。即使是作为朝颜，我也觉得特别好。我想，虽然爱是自私的，但朝颜并不是想破坏未央和小乔之间的感情，他只是在错误的时间遇到了正确的人，这是宿命。我喜欢站在旁观者的视角去用美好的心态看待身边的事情，只要身边的人好，那怎么样都好。钟楚曦和谭松韵这两位演员都特别真实，这是我觉得特别可贵的地方。我总说，要把这份单纯和纯粹一直保留下去，这是作为演员最珍贵的一点。

《八月未央》杀青了。希望之后的日子，一切都好。愿未央、小乔、朝颜，以及每一位参与者、观看者，快乐顺遂，没有烦恼。

2018年5月21日

邂逅短暂，回忆绵长

谭松韵 —— 文

电影《八月未央》主演，小乔扮演者

大家好，我是谭松韵，我是小乔。

每一个角色和演员的相遇都是一场邂逅，我和小乔的邂逅虽然很短暂，但她是如此吸引我。我想很多年后我都不会忘记这个角色。

原著里小乔是一个像苔藓一般的女孩子，性格是偏绿色的，温柔里包含着一点点忧郁。但是在读电影剧本时，小乔给人的外在感觉是完全不一样的。她非常活泼、开朗。如果用黑夜来形容电影里的未央，那么小乔就是白天，是正午的太阳，温暖着每一个人。

在现实生活中，你和你的闺密处久了、处深了，就会觉得对方是自己的家人。电影里的未央和小乔也是如此。她们惺惺相惜，彼此相爱，可以分享所有快乐和痛苦的回忆。而且她们两个人有一个共同点，就是都很孤独。只不过小乔是善于伪装的，她不太愿意将心里的孤独与忧伤展示出来。她可以笑着对未央讲自己的身世，好像全不在意；她也可以笑着将想要关心自己的父亲推开，好像很懂事的样子。

"懂事"是小乔身上最突出却也最让人心疼的特质。她太善解

人意了，明明知道一切，却不说破。因为不想伤害别人，所以最后只
能选择那样一种方式放开自己最爱的两个人，同时让自己解脱。

　　未央是懂小乔的，从不戳穿小乔，只是默默地去保护她，很有
男友力。小乔也很愿意带着未央进入自己的生活，带她玩自己爱玩
的，吃自己想吃的，就像对待另一个自己。她们像是灵魂伴侣，彼此
慰藉。

　　她们唯一不能分享的就是爱情，这也是造成一切悲剧的源头。

　　小乔是一个很极端的人，她会为了爱情去死，义无反顾，无所
畏惧。生活里或许也会有很多这样的女孩子，即使受了一身伤，却还
是选择相信爱情。她们都是令人敬佩又令人爱惜的。希望那些和小乔
一样的女孩子能走出困境，都拥有美好的爱情。

其实性格活泼的角色我演过很多，但是像小乔这样从活泼慢慢变得沉稳和忧伤的角色很少，她身上的这种转变很打动我。看剧本的时候有几场戏特别有感觉。比如有一幕，剧本里描述，她定定地看着未央，像要把她看穿一样——我脑海里直接就有了那个画面。

所以看完剧本我就决定接这个角色了。从接触剧本到签合同只花了五天时间，可以说是我有史以来最快速接的角色。后来到了剧组和工作人员聊起来才知道，制作团队接触过很多人，到最后才确定由我来饰演小乔。我觉得太荣幸了，我一定要演好她，不辜负她才行。

很多人问我相不相信命运，我记得戏里小乔问过未央："如果那天我没有坐到你旁边，我们现在会不会是这样？"未央说："说不定我们会在馄饨店遇到。"哎呀，当时我鸡皮疙瘩都要起来了。真的！就觉得小乔和未央的相遇就是命中注定。

我们的导演特别有趣。第一次见面时我在拍戏，他特意从北京飞到横店来看我。看到他的第一眼，我心想，哇，这么胖！他坐着跟我讲了两小时关于角色和故事的想法，一边讲一边喘粗气。我心想，来这么久了，咋还没缓过来？当时觉得他好可爱、好好玩啊（笑）。

他的一些拍摄理念和对艺术的把握我非常信服。比如在关于小乔的角色塑造上，我们反复讨论了很多次，他给了我很多让我受益匪浅的解读，使我在演绎时可以更精准地把握角色的精髓。而且导演是一个很会根据演员的现场表现去做调整的人，会根据当时的不同情况做出相应的对策，让每个人都能更好地融入那个环境中。他对那个度的把握我觉得特别好、特别细腻，他非常善于挖掘人的潜力。

拍摄时发生的有趣的事太多了。有一场戏是小乔窝在沙发里，剧本没有硬性说明是要露背的，但是导演他们希望我能穿小吊带或者

内衣这样的衣服，通过镜头来传达角色的情绪。可我那天的内衣并不适合这场戏的感觉，只能临时找人去买。我就用备忘录给导演画了一张图，跟导演确定会拍到哪个位置，根据镜头位置再去挑选内衣。他也经常这样，一讲到什么就拿画画来解释。

那场戏是清场的，现场只有钟楚曦和几个女性工作人员。一个帮着开机，一个帮着举杆，一个帮着打板，然后楚曦既要兼任导演又要兼任化妆师。她指挥着，"往这边转转，往那边侧侧"，调整我的角度，看怎么拍才能让我的背部轮廓最好看。那场戏太好笑了，也太美好了。

钟楚曦是一个非常专业、对待工作极其认真的演员。在这个年龄段能做到她这样的人真的不多，我很欣赏她。我觉得在合作上面我

们两个还挺默契的，一直都是互相给予、互相配合，没有什么所谓的
抢戏。我们在一起的时候，常常都是她照顾我，我依赖她。

有一场戏是拍小乔失恋了，穿着婚纱哭着去找未央。因为前面
已经拍了很久，等到拍这一场的时候，又要调景别，又要调光，很耗
时间，很多时候演员的情绪就没有那么集中了。当时拍到凌晨四点
多，她就一直蹲在我的斜前方看着我。不管现场有多嘈杂，只要看一
眼她那个眼神，我就能立刻找到感觉，眼泪一下子就出来了。

还有一场戏，小乔在监狱里，未央来接她。镜头拍我这面的时
候，我看她是逆光的，所以看不清楚她的脸，但是我能感觉到她的情
绪——那种又压抑又强烈的情绪，直接击中了我。我觉得这个特别不
容易，她在帮我搭戏的时候真的特别用心。导演喊cut之后，我们都
还在戏中。我还记得，当时我以为那个门是出不去的，于是我站在栏
杆里头，向她伸手。她走过来，看见我的样子，那个带伤的妆容，然
后伸手摸了摸我的脸。哎哟，她一摸我，她就忍不住了，我也忍不住

了。我们俩就在那儿一起哭。你能想象吗？导演早就喊过cut了，工作人员都在撤场了，我们俩却在那儿抱着哭。我说："你别这样啊，你干吗啊？"她说："你太惨了，现在。"我们都沉浸在小乔和未央的感情里，分不清现实和戏。一方面，从小乔的角度觉得，她就是我的未央，一直在关心着我；另一方面，作为谭松韵的我觉得，这个演员真好，钟楚曦真好。

我觉得不管以后遇到多少角色，出演小乔对我来说都是一个特别的际遇，我一定会想念她的。

最后我想对未央说，未来的路，请勇敢地走下去。对朝颜的话，嗯……还是祝你幸福吧。

2018年6月2日

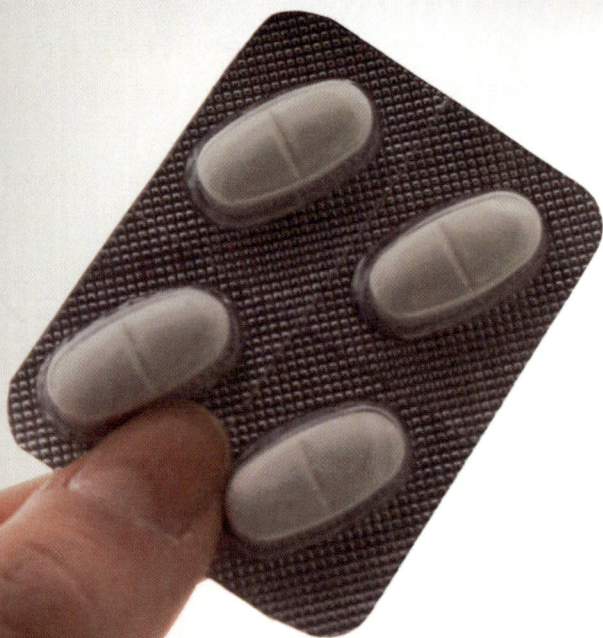

再见加青
不及说青春
Youth
Flow
Away

青春

———————

未央

安庆远山，愿彼安康

林特超 —— 文

忙时的新闻界民工，闲时的广告文案和影评人

　　华灯初上，披星夜归。这座三线城市不慎有了堵车的理由，想来兴许也是成长的一种表现。等红绿灯的当口，看见朋友圈里朋友晒儿子的QQ签名，赫然写道：我的人生就是一片废墟。下面一排整齐排列的"哈哈哈"。不禁莞尔。转而一想，假如我们还如十五岁时一般脑子空空地活着，想来应该没有笑的资本。毕竟那些日子里的我们，也是这类群体的一员，谁也没有比谁好一些。左手郭敬明、右手安妮宝贝，是在当时喜欢四十五度角仰望天空的我们中最流行的姿势。这一个恍惚，十八岁的少年，就变成了三十八岁的中年人。虽未至不惑，但在听李宗盛的歌时也有一番"年少不知曲中意，再听已是曲中人"的感慨。如今的日子，戒了泡面戒了酒，朋友两三还有狗。我们开始祝福彼此身体健康。我知道我已经脱离安妮宝贝式的忧伤与疼痛，离更为恬淡、更接近生活的庆山不远了。

　　综艺节目《厨王争霸》中，主办方端出了比赛的惩罚物，傣族人最喜欢的食物：牛苦肠。中方和意大利主厨轮流看了看实物，闻了闻，那副嫌弃的表情跟要切腹自尽没两样。

爱的人非常爱，不爱的人嗤之以鼻。

通常能这样概括的有三种：臭豆腐、鸭屁股和文艺青年。什么东西对什么人的胃口，还是有讲究的。又不是盲婚哑嫁的年代，爱不爱还得问自己。别人的糟糠，自己的珍宝，这样最好。

文艺青年的出现，是一种格调的区分。二十世纪七十年代，在父辈对黄土地的怀念与时代的变迁中，文艺青年的叛逆只是星光一点，服从是大部分人的主题。他们读王小波的《黄金时代》，也听崔健根正苗红的摇滚，他们不认同碌碌无为、深一脚浅一脚的父辈，也不欣赏一掷千金、纸醉金迷的暴发户。他们拥有过一段乏味的婚姻，也对漂泊有自己独特的见解。在四十不惑的年纪里，他们是行业里带头出发的领航人——有经验，只是少了一点激情。他们在海量的信息接收中败下阵来，力求简单、直接、归真，只问结局。

时间再往后一点，文艺青年便成了那年安妮宝贝小说里的亚麻裙子，MP3里的雷光夏和陈绮贞，胶片机里长发红唇的逆光片。喝星巴克的咖啡，对速溶不屑一顾；听小众电台，吃顿素食还得往佛学上靠；拍张照片永远是侧影和天空，还不忘加个LOMO效果；永远一副"我的寂寞你不懂"的调调，惜墨如金，多说一个字就少了气质似的。微博上不关注人，有也是自己的小号，不转发，不评论，一副作壁上观般的高冷。看冷门电影，写晦涩小说，把豆瓣网当成人生中的最后一片净土。

他们享受被关注却不与人打交道的快感。他们大部分都拥有对事态的分析能力，而这一能力大部分被应用在感情上。星座学太普通，没点厚黑学和弗洛伊德垫底还真不好意思拿出手。批判学用得淋漓尽致，一句话能概括的意思，一定要扯出世界上最遥远的距离。

活得很累，是大部分文艺青年的通病。

他们都明白，这顶帽子重得几乎让人直不起腰来。可是，本能的习惯还是让他必须在朋友圈做一位男神（女神）。找好角度，不露脸。善于从细节中体现自己的格调，被问起的时候一脸从容，心里却乐翻了天。和这样的人相处，你得压制住拆穿他的冲动。多理解"生活不易"这句话的意思，多点赞，不要问他这本书或者这部电影是否好看，因为他估计压根儿也没看过。

伪文艺的衍生，是明星的蝴蝶效应，是包装到了一定地步的时候对内涵必然性的放弃，是信息化的快速检索让事情扑朔迷离的可悲性后果。人与人之间的认知，不再是走出我家的门，到你家里，喝一杯茶，说一夜的话。而是通过现代化的通信工具，完善自我，成为网络世界里另一个完美的假想体。

这就是文艺的悲哀。

活着这件事，难逃比较。人们不再满足于"做人呢最重要的就是开心"，人的要求越来越多。

这个欲求很可怕，多到你慢慢地不像你自己。像泥沼一样，在左脚陷入的情况下，右脚也跟着沦陷。你不得不安慰自己世界就是无数的泥沼，而你不过是芸芸众生中的一个。你和别人的区别，只是在一万个死法中找出最漂亮的那一种，然后拍照，上传，等着带来一秒欢愉的赞。

作为俗世中的一员，我也不能例外，来谈谈我自己。第一次看《八月未央》，是我上大二的时候。高数不济的我却想要在经济系里闯出一片天。所以在炮制那些一样带着哀怨的酸文上，高中的散文功底做出了巨大的贡献。

我模仿安妮宝贝，整天把自己幻想成"安妮宝贝式"的人物——出身于小城镇，尽管没有残破的原生家庭，但属于青春期的叛逆和脆弱，很容易被我对号入座在一篇篇至今看来简直不堪入目的文章里。安妮宝贝当年风头正盛，这类文学在那时算是一种年轻的标榜。于是乎人人都知道经济系有个特别骚的诗人，几乎霸占了中文系所有的版面。

我甚至怀疑，自己当时一度热爱白衬衣，是不是和安妮笔下几近模板式的男主角形象有关。他们都喜欢穿白衬衣，有良好的品位，是事业成功的中产阶级男子。他们都与《春宴》中的许清池类似，拥有对灵性的追求，但又无法割舍世俗的享受，被女主角强烈吸引，却没有勇气相守，结局都是相忘于江湖。

这样的既定性情节，很容易让那些年不知情为何物的我为自己无疾而终的爱情打造最完美的借口。我一边恼火自己的懦弱，一边希望自己可以逃离父母的庇护，成为安妮宝贝书中那种在大城市定居，在钢铁丛林中遗世独立的边缘人。

直到后来我承认，青春期阅读的书籍帮我完成了自己对感情观、世界观的架构。文艺青年的通病我都有，那种刻意把自己放在一种悲伤的境界中无法自拔的做作，是文艺青年创作能力滋长最得力的温床。

我们幻想着那些气质清冷独立、长裙飘飘的姑娘，像《七月与安生》中的安生、《二三事》中的莲安、《莲花》中的苏内河。或者痴迷于这样的描述："庆长很少化妆，不抹香水，不看女性杂志，不戴饰物，没有穿过高跟鞋，不热衷修饰，无意对男人做出取悦依赖的姿态。工作，远行，香烟和烈性酒，刺青，恋爱，思考，阅读，这些能带给她刺激。""气质遗世独立，像生长在四千五百米高山之上的野生鸢尾花，强壮静谧，幽静充沛。"那种"只可远观不可亵玩"的感觉，瞬间拔高了自己对爱情期待的臆想。内心空虚绝望，却又疯狂渴望爱情，在每一次以为得到后又失去的情感中怅然若失，却又迅速告诫自己这是爱而不得的"相忘于江湖"。

我唯一一次与安妮宝贝的交集是在微博上。兴许是墨脱对安妮宝贝的意义很特殊，当时我在微博上写了一些关于墨脱的春天的文字，被安妮宝贝转发了，并附了段话。她说："我没有看到过墨脱的春天，也确定不会回去那里。所有珍重的事情，就理想化的程度而言，就该只有一次。"犹记得当日我的微博关注量嗖嗖地涨。如今想来，人与人之间所看到的、所感受到的东西，的确是有差距的。在电脑前思考人生与在旅途中感受的人终是有差别的。

从安妮宝贝写作初期的《七月与安生》到几年后的《莲花》，说句实在话，这几年中我从毕业到进入社会，再到婚姻，世界观、爱情观都有了根本的转变。以年少的崇拜重新去阅读那之后套路使然的《春宴》，女主寻爱而不得的矫情故事让已然身处婚姻的我看来乏味至极。

我是典型的八〇后，家有妻儿，上有老人。不敢玩单反，尽管我喜欢佳能。不敢看演唱会，尽管我热爱"五月天"。不敢旅行，不敢生病，不敢辞职，不敢大手大脚。因为省下的钱要给孩子上学买书买玩具。

现在时代更新太快，快到你来不及回味，别人已经跑在你的前面。漳州这座小城市的生活，是可以大隐于城没错，可要想做到庆山小说中那样的男主，树一样的风格又带中产阶级人设实在太难。我轻轻松松，没有欲望没错，可是我对我的孩子有期待，我对提升父母的生活品质有想法。三十五岁之后，想要增加自己的安全感，就要转变思路，对固有的模式说不。就像升级打怪一样，你要买装备和提升自己的能力，才有机会挑战更高的级别，才不会被轻易淘汰。

我得懂很多东西，就算是毒药一样的游戏《王者荣耀》，我也只有深入其中，才能打破与小年轻沟通的壁垒。

沟通很重要。

我觉得大部分小说的创作原因，都来自安全感这件事。爱情没有安全感，写出来的小说大多都是流离失所，执手相看泪眼，自此不相往来。没有安全感某种程度上是因为看到了风险。风险这东西可怕就在于无法预知的不可控性，让人措手不及，影响后期的人生规划。如果细分起来，我觉得有几个问题：比如身体健康，买房的烦恼，孩子的教育支出，五年内的持续收入，退休的支出焦虑，等等。

婚姻是什么？断不是小说里写的那种猛烈与博弈。从字面来看，婚姻是一女一昏，一女一因。没有了女字旁，留下的就是"昏因"，我们暂且理解为发昏的原因。结婚激动吗？激动，那是一辈子的事。而激动过后呢，就是现实的生活。它是两个陌生人自愿结合，无论贫富贵贱，荣辱与共。这样的过程简单粗暴，但从你认可这个制度开始，就必须遵守。

我认为理想的婚姻，不需要如古人说的那般举案齐眉。结婚不是把彼此变成客气礼貌的同居者，而是下班回家有个人一起吃饭，咬不开的螃蟹钳他帮你掰开，吃完饭有人一起散步，生病的时候有人照顾你，有问题的时候有个人一起商量，一起解决。你看，结婚远不只是宣誓时的轰轰烈烈，远不是风光时的恩爱有加。更多的是一种"有月色一起看，有困难一起扛"的陪伴。

婚姻就是这样一个"无从选择出生，却可以选择余生"的仪式。可要离开这座围城，不扒层皮可不行，远没有小说里说的那般轻松。

忆起年轻时说过的那句："爱你，是我做过最好的事。"然而爱情和亲情相比，完全不堪一击。年轻时说过的那些话，写过的那些惊天动地的句子，也许只是一种默许的自我需要：有安全感、期待被实现、说的话有人懂、寂寞的时候有人陪在身边。只是大多数人，默许了得到，却把失去的部分放大了一百倍。在一种自我骄傲和救赎感升华后，说出了所有过来人都说过的话：TA不爱我了。

重新开始看安妮宝贝的时候，她叫"庆山"了。她在母女关系中这么写道："三岁她进了幼儿园。这家幼儿园注重孩子的品德教育和艺术发展能力，因此，她经常带回来手工制作的作品和画作。我标上具体年月日替她一一保存起来。家里有一个大樟木箱子，保存着她小时候穿过的花边小衬衣，一些出版人和外国编辑送给她的礼物，我给她缝制的玩具，家里老人给她做的绣花布鞋和织的小毛衣，她制作给我的生日卡片……都是宝贵的纪念。"读来就像同龄人。毕竟我也已然是一个孩子的父亲，我记录他所有的一切，出了一个叫"与你成说"的专辑；我在杂志上写初为人父的感动；把他从出生第七天到此刻四岁零一个月的所有日子，按月分类，挑出千余张的照片冲印成一本厚厚的相册，每张照片后都详细地记录了当时的心情。

这一刻，我觉得我与庆山就像游乐场里等待区的父母们一样，我们望着游乐场中开心玩耍的孩子，有一搭没一搭地聊着关于孩子的种种，分享着为人父母的感动。

记得当时有人问庆山，你还想再生孩子吗？庆山是这么回的："养育一个孩子责任重大，父母首先要自我发展，然后帮助孩子发展。孩子不是父母的情感抚慰剂，不是肉乎乎的玩具，不是他们自己挫败人生的幻想药，孩子带着他们自己独特而复杂的生命内核而来。所以，这是一些需要被深深地尊重与理解的生命。养育不应该是随便做下的决定。"我特别认同，毕竟二胎如果是以陪伴或者防老的理由而存在的话，未免太过自私。

我喜欢的编剧说过一句话：当我们谈论爱时，我们谈论的不是同一种东西。

是的，十五岁的爱情和二十五岁的爱情，是能否光明正大地一起走的区别。二十五岁的爱情和三十五岁的爱情，是情人节是否买花的区别。三十岁的爱情是什么？我真的答不上来。我们这个年代的人，其实许多人就算步入中年，也只是抱着iPhone和iPad的孩子。独生子女的脾气就是如此。我们习惯了整个家庭以自己的事情为重，习惯了有人帮你处理一切琐碎的烦恼，自己只要做最重要的事情就好了——表面上学习，表面上工作，表面上成为一个大人。但是结婚以后，生活就不一样了。我有了孩子，我是一个父亲，我要应付工作的压力、升迁的欲望、同事的排挤，回到家要平衡成人世界里错综复杂的家庭成员关系，空闲下来还要研究儿子吃什么奶粉、穿什么码数的

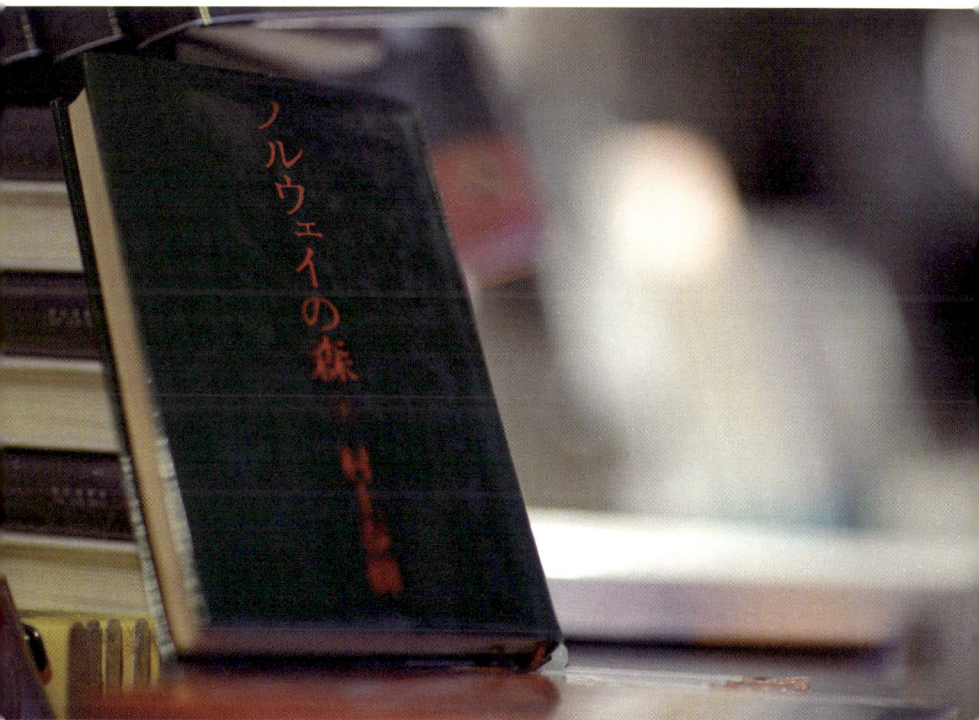

衣服、上什么早教、买什么益智玩具。

为什么我活得这么烦？我想好好看部电影，写份影评；我想出门旅行，不让我的单反蒙尘；我想好好吃顿大餐……我在这些负面情绪里怀念单身的潇洒。

可是，当我有天发现在面临重大事情时电话第一时间打给的是老婆，而不是打给父母的时候，其实，婚姻在某个时间已经真正地改变了我。

庆山说，当人不再计较输赢、深浅、大小、多少、真假的时候，会获得自由。同时，相信、热爱某种已有的事物，以至于对它有一种虔信，它的意义会截然不同并且发挥影响、产生作用。这个无法用文字说明，只能每个人各自内心体会。

年少时读安妮宝贝，读的是书面的辞藻，期待的是轰轰烈烈的爱情，却无一例外成了小说外的路人甲。

为人父时读庆山，读的是人生的共享，像升级打怪的过程中，她写下一篇篇沿途攻略，我按图索骥，亦步亦趋跟上节奏，然后用自己的余生懂得了"婚姻"这个小说里没有的词语。

婚姻成就了爱情的转折，更成就了亲情的生成。

婚姻让我勇敢，更让我懂得了珍惜。珍惜一个人，从二十几岁，到三十几岁，再到很久很久的以后。

感谢庆山，愿她家人安康，我亦如是。

一寸温柔一寸心，寸心能抵寸光阴

江昭和 —— 文

新媒体从业者，雪色、月色，想写出第三种绝色的笔痴

某一刻，我走到窗前，看见对面的一幢高楼，静静地沐浴在一抹清透空灵的玫红色光晕之中，那即刻的美感，令我沉默。

僵硬冰冷的建筑，也瞬间被赋予了一种温柔。

它的温柔，是因为观赏者赋予了它温柔；观赏者感到温柔，是因为此时此刻的这一幢楼宇，唤醒了观赏者内心的温柔，它们在某一点上，取得了呼应。

这种呼应，有种天时地利人和般庄重圣洁的质地，可遇而不可求。

有些人是得不到，有些人是已失去。

生活在都市里的人，被钢筋铁骨的高楼大厦与一滴汗水摔八瓣的柏油马路磨砺得越来越百折不挠，越来越宠辱不惊，越来越不动声色。一颗心久而久之像是被一层层的堡垒加固。

问一问自己，你与这种心境空明、蜻蜓点水的温柔，久违了多久？

*

十二月是欢乐洋溢的圣诞月。

无论走在大街还是小巷，三里屯还是王府井，咖啡店还是电影院，象征着圣诞的元素随处可见。

挂满装饰的圣诞树中央，高悬一颗人造的星辰；圣诞老人系列的玩偶，躺在超市最显眼的地方；大型酒店还会因此开办主题宴会。

在同事的邀请下，我也参加了一次。

青春袭人、眼神懵懂的少男少女们，唱着颂歌，拉着小提琴或其他乐器；衣着规范、彬彬有礼的工作人员来来去去，微笑着为你呈上餐点，赠予玫瑰花；西装革履、礼服优雅的宾客们手举香槟，互相致意问好……

我正品尝那如红丝绒般香醇甜美的红酒时，手机忽然振动起来。

一看屏幕，是一位很少联系但情谊匪浅的好友。我即刻与同事知会一声，便走向角落，按下通话键，谁知对面的哭声汹涌而来。

她是讲究姿态的女子，很少流露灰色情绪，或许这也是为何我们友谊能够维持将近八年的缘由。因为骨子里，我们都珍重那一份清高与自持。

然而，今次她如此情难自已，一定是遇到非常让人崩溃的事情。

我忙不迭劝慰她，让她先不要急，深呼吸，冷静下来，如有必要，好好讲讲怎么回事。她哽咽几番，才含着哭腔一点点道来。

原来是在职场上遇到不公正对待。好心做事，却搬起石头砸了自己的脚；关键时刻孤立无援，别人冷眼旁观；她感到委屈怨愤，始作俑者却依旧仗着顶头上司撑腰而骄横跋扈。

中途我不曾插一句话，等她情绪渐渐稳定下来，我才让她冷静结合形势好好考虑接下来该怎么走，不能冲动行事。

好姑娘。哭完之后她底气十足地说："放心，我不会负气辞职，也不会告诉爸妈，他们那么远，不忍心让他们担心。不能让亲者痛仇者快。下周集会我还要好好打扮，笑得更加明媚。"

酒店的音乐和灯光，在我的头顶荡漾，那一刻，我欣慰地笑起来。

但发自内心，我何尝不感到惋惜和苍凉。

一个人，在陌生的城市生活，遇到小病小痛，或者是鸡毛蒜皮的烦恼，都习惯自己一个人扛着，生怕亲朋好友知道。

总是尽力佯装自己过得很好，最怕他们苦口婆心说一句："那么远的地方，人生地不熟的，你又不是顶聪明的人，想着你会吃亏，心里难受。如果不开心，就回来吧。"

不是说回去就能够回去的。逃避不是解决问题的办法，只能咬着牙去面对，过关斩将，修炼得更加百折不挠。

我感慨也庆幸，她把我当作一个可以作为树洞的朋友。但是扪心自问，我的树洞，又在何处呢？

坚硬太久，谁又能承担我偶尔"失态"的温柔？

*

几天前和两个朋友在王府井的一家餐厅吃饭，等待入席的时候，一个朋友发现餐厅里有向等待的客人提供给图画涂色的消遣游戏。

既然因为等得无聊，何妨涂涂抹抹打发时光。也是因为近来在学习绘画，所以心痒；还可能是因为，那充满童趣的图画唤醒了朋友和我内心深藏的一丝天真吧。于是我们亦步亦趋地画起来。

结果，我还没有涂儿笔，餐厅已经有位置，索性半途放弃。朋友却"矢志不渝"，不愿放下，最后干脆挑几支彩笔拿到餐桌上去画。

身边笑语喧哗，服务员流水般来来去去，但朋友一心一意地在那里继续进行自己的"工程"，直到填满最后一片空白。

画完以后，她抬起头，笑得春光灿烂，仿佛一个孩子，有一种作品完成的满足，又有一种"羞于示人"的难为情。

其实图案是固定的，很难说多么有艺术气息，不过聊以打发时光罢了；但是一个人用自己的创造力，能够赋予它沾染着自身印记的独特气息。

而且，一个人在一件事情上投入的时间和精力，才是那个东西身上最闪耀的价值，应该被正视，值得被珍惜。

所以当朋友说，送给你吧，希望你不要嫌弃。

我即刻笑着应允，一副受宠若惊的神态。

那的确不是出于礼貌刻意造作出来的回应，而是发自内心地感觉到惊喜。

那薄薄的一幅画上，流淌着的是朋友难得的、赤诚的童心。

这才是我所看重，并觉得如获至宝的。

我将它放在我工作桌面的一边，偶尔侧过头就能够看到。那烂漫而花哨的颜色，仿佛在提醒我，端庄持重地做一个不折不扣的成年人久了，偶尔也要将自己深深锁在箱子里的童真放出来，让它在风云诡谲的尘世上，幽幽细细地透一口气。

童真不必刻意去维持，而是不经意邂逅。那种不期而遇的美妙，仿佛吃着慕斯，忽然嗅到一丝酒香。

村上春树曾说："你要做一个不动声色的大人了，不准情绪化，不准偷偷想念，不准回头看。"

多少人将这句话当作人生箴言，并且作为成熟的标杆谨遵奉行。

但从没有人小心在意地说一句："我知道你不过是死撑，没关系，在我面前，你不必处处八面玲珑，你不必句句言之有理，你不必每个表情都拿捏得滴水不漏。"

我们习惯于在内心默默勉励自己，要做一个符合时宜、规行矩步、成熟得体的人，离纯真却一步一步渐行渐远。

成熟太久，希望你明白，并且珍视某一刻，我"童真"的温柔。

*

十二月，还是人们争先恐后、兴致勃勃为亲友爱人挑选礼物，以及收到礼物的时间，这就是圣诞节的魔力。

很多人从十二月的第一天就开始筹谋计划，该给哪些人送哪些礼物，才能既传达足够的心意和新意，也不至于送出的礼物显得小家子气，让对方暗地里将自己看轻。

仿佛大家心照不宣地沉浸在同一种氛围里，做着同一件事情，甜蜜在暗暗发酵，彼此与有荣焉。

距离圣诞节还有一段日子，我陆陆续续地送出了一些心意，也得到了别人的赠礼。

我始终持有这样一种观念——礼轻情意重。珍贵的不是礼物的价格（虽然昂贵的礼物确实存在一种让人无法推却的吸引力），而是礼物上凝聚的送礼物的人的心意，这才是礼物真正的价值。

知道自己被另外一个人眷顾与关怀，这是一种流淌于四肢百骸的温柔滋养。

知道在这人世间，有一些人值得自己去呵护和在意，是一件"我见青山多妩媚，料青山见我应如是"的事情。

它像绵实丰满的土地，沉静稳妥地安放和护养我们尘世生活的那一方根脉，让我们在眺望诗与远方，追求飞扬洒脱、自由自在的人生绝美意境的时候，也不至于过分漂泊无依，毫无退路。

在这些礼物里面，有一件让我感到尤其温暖倾心。

它是一条黑色的围巾，摸上去顺滑体贴，十分有质感。事实上，每年都会收到围巾这样的礼物，在北京度过的第一个冬季，它的存在显得十分必要，不仅仅让身体感到舒适，内心也有一种恬淡的欢喜，像是把一个人的好静静地镶嵌在脖子上，陪自己走过风风雨雨。

真正让人心底油然而生"一哗"的，是围巾的底部，用白色的娟秀字体绣着一句短小却温暖的话——是寻常的祝福表达，但因为增添了我的昵称，就分外觉得亲切——将它围在脖子上，一个不经意地瞥见，就会想起与送围巾的人之间的点点滴滴，那些细枝末节的陪伴与温暖。

虽然我们一个在南，一个在北，感受着不同的气候，酝酿着不同的悲喜，但只要一看到这条围巾，一触碰到它的柔软与温暖，一瞥见那仿佛静静吐露光泽的两个字，回忆里一同走过的山山水水，便和着马蹄声声，绵绵而来。

人们常说细节决定成败。这句话有其仁者见山、智者见水的地方。但细节决定质感，我相信是没有太多的纰漏的。

在圣诞临近的日子里为别人挑选一份礼物，在干燥寒冷的冬季，收到他人的一种心意，也等于是在一年光阴的湍急河流里，忽然捕捉和领略到一丝细节的温暖和质感。

在蓦然回首的脉脉光阴里，在驻足眺望的来日方长里，这一件件精美或者质朴的小物，让生活细节的温柔，如一个个不容置疑的印戳，在流年的须臾跌宕里，静静窖藏出岁月人生的芬芳与醇净。

在细节的温柔里，我执着岁月的马鞭，从不至于荒唐流浪，静静凝睇每一寸芳草斜阳，静静走过每一段绵延长路，静静感受每一丝恬淡欢喜，静静地，等这一年睡去，醒来，在新一轮的光阴流转里，有皎洁的月色、缱绻的和风和轻柔的叮咛……

*

圣诞节前的清晨，从一场令人啼笑皆非的梦里醒来，阳光穿越灰白色窗帘的缝隙，漫不经心地落在墙壁的顶端，留下一抹惬意、真实的金色。

从高不可攀的天宇，到全世界独一无二的、这座城市的、这个房间的、这个慵懒地躺在床上的、留恋被窝的温暖和梦的余温的、不愿起床的、睁着眼睛凝望着那一束光的人的视线当中，走过了怎样的千山万水，又走过了怎样的时空交错？

人世间的一切相遇都千载难逢，人世间的一切喜欢都天造地设。

最近反反复复地在听一首歌——《我喜欢上你时的内心活动》，舒缓诗意的旋律，有阳光般的清澈明朗，有雪花落在屋顶的窸窸窣窣声响里一杯咖啡散发袅袅香气般的情调，有情窦初开般的小心翼翼，又有"行到水穷处，坐看云起时"般千回百转后的释怀坦然。

与清晨八元的鸡蛋灌饼没有关系，与每月两三千的房租没有关系，与每天通勤路上一小时人满为患的地铁没有关系，与老板临时下达的假期任务没有关系，与错过的某部十年难遇的话剧，以及某个曾经知冷知暖的人没有关系。

有关系的，只有车窗外微小细节的晶莹光芒——水管在开花、树叶有翅膀，还有流逝而过的风景和你靠着窗的微妙姿势。

选择一个海风徐徐、人迹罕至的地方定居，买一栋小房子，养一只小宠物，花一些小心思，追求一点小情调，过一种清清静静的日子。

不管是瀚海还是沙漠，不管烈日炎炎还是昼短夜长，只要你在身旁就好。

喜欢一个人，才舍得如此如诗如画；如诗如画的不是这个世界，如诗如画的是凝望着你的时候，荡漾的心境。

喜欢隔绝一切意义，消解一切深刻，喜欢自身即圆满，即富足，即意义。

我没有看过周冬雨和金城武主演的那部电影《喜欢你》，但这并不构成我体会这首歌的意境的阻碍。

所有的爱情片段都大同小异，唯有听见一首歌时恬淡柔软的心境，才是各自的情不知所起，一往而深。

也许是因为冬天，对温暖诗意变得前所未有的执着与渴求——

哪怕它仿佛商店橱窗里精心点缀、丝毫没有烟火气息的水晶，多的是被人观赏仰望，少的是与人肌肤相亲。

哪怕它花枝招展着它的花枝招展，岁月静好着它的岁月静好，而窗外的人一如电影《蒂凡尼的早餐》里的霍莉，孑然一人，大口吃着面包，喝着纸杯子里的咖啡。

不要刨根问底，静静地停在这里，听着一句句看似无心、其实有意的甜津津的词句流过；受着一丝丝五彩缤纷、熠熠斑斓的明艳艳珠光的浸润；感到一阵阵甜得发腻、舌尖抖颤的馥郁香气包裹，就好。

拥有这样一种喜欢的心境，就仿佛灵魂还未枯损，还未被尘世的风风雨雨所消磨，所击毁。还有一个角落，如此晶莹皎洁，如此鲜活柔软，如此勇敢坚定。

就仿佛，还肆无忌惮地年轻，为一个人流泪也没有关系。

但骨子里，还是成熟的底色，对一个人的喜欢，不执迷，不捆绑，不束缚。

愿意捧着一束花，站在路口等你，而斜晖脉脉水悠悠，只要你说你会来。

这是我能够交付的温柔，不深不浅，不多不少，希望你觉得，刚刚好。

*

青葱时候，为一个人在寒夜里冰了脸白了头也是寻常事。

但这种回忆，任其成为回忆即可。

远在某个冰天雪地的异国的朋友向我倾诉，楼下有男生在痴痴等待。或许是情急，或许是她的态度冷淡所以让他有些憋闷，总之来时的路上他出了车祸。她在房间里，只感到内心畏惧不安。

如果换作青春懵懂的时候，被这样一个人喜欢，该是多么熠熠生辉的事情。有人甘心为自己赴汤蹈火，能满足多少浪漫痴想，满足多少虚荣心理，仿佛化身言情片里的女主角一般。但经历过一番世事熏陶，感受过红尘跌宕，对这样热情如火的人难免戒备。

毕竟不再年轻，为人做事还是含蓄矜持一点为好。连自己都保护不好，日后如何保护妇孺？虽说如今女性流行不托赖男性，但女性强求不强求是一回事，男性拥有不拥有是另一回事。

于是她问我，与你的近况。

她问我是不是爱上你，我在看似无头无尾的深夜静静斟酌这个问题。

我想爱是一种过分高不可攀的境界，也许冠名喜欢更让人心安理得。

我这样对她讲——世界是一座游乐场，我的心是一间房子。当我四处流连，疲惫不堪，回到家里，你是避风港，那一把钥匙始终牢牢放在你手中，只要你愿意，这扇门始终为你而开。

隔着屏幕，隔着昼夜晨昏的不同，我也仿佛能看到，她嘴角浮起的那一抹笑意。她说，真好。

我没有说的是——

当我走在外交街胡同，一边呵着气给冻僵的手心取暖，一边眺望着那一座座极具欧洲风情的小楼的屋顶，幻想着幼年时候读过的那些经典名著——觉得从桑菲尔德府走出来，你会在山的另一边；觉得从香榭丽舍大道经过，你会从某一个窗台探出头打量我；觉得兔子洞的尽头，除了红桃皇后，还有你在等候……

当我抬起头，看到中国尊顶上，一弯蛾眉般的月，幽幽地，一寸一寸地被填满，终于圆润得似诗歌里形容的月盘。我想"海上生明月，天涯共此时""舞低杨柳楼心月，歌尽桃花扇底风""如梦如幻月，若即若离花"里，都有属于你的一方剪影……

当我想起你，我会想到你主动给家里的宠物喂食倒水的体贴小心，会想到约会时候你说过的一个个诙谐风趣的笑话（虽然不是每一个都那么恰如其分的幽默），会想到你带回来的一个个小礼物，独特或者平凡。然而最先想到的，还是你眼角的笑纹，如此昭彰，如此明朗，那被岁月吻过的印记里，希望也有我的一点耕耘……

喜欢一个人的感觉，大概就像走一条灯火疏朗的长街，希望无穷无尽，长久绵延，但又时时刻刻恍惚，眨眼就走到头。

所以每一次见面，都仿佛是最后一次。总有一种夕阳侵古道，西风凋碧树的沧桑感觉。

每一次见面，又都仿佛是初见，原来是这样的一双眼，原来是这样的一双手，原来是这样的一个人，却没有所谓的惊鸿一瞥。

喜欢是千山暮雪，万马齐喑，卷上珠帘总不如，雨打梨花深闭门，如此坚定决绝。

喜欢是绿蚁新醅酒，红泥小火炉，纤手破新橙，二十四桥明月夜，如此缱绻温柔。

喜欢是横冲直撞，不知来日方长；或朝生暮死，单凭一腔孤勇，便不顾一切。

喜欢是如履薄冰，一个眼神，一个手势，便辗转反侧，便在心里寒风肆虐，或月光皎洁。

喜欢是极端专制，春雷滚滚，夏雨喧喧，秋风瑟瑟，冬雪霏霏，都应有你作陪。

喜欢是极力包容，脸上那一颗新冒出的痘痘，都似与自己休戚相关；因为工作而不能适时给予的拥抱，都情有可原；点的某一道菜不够可口、不合心意也没关系，看着你一点一点吃光也是绝佳享受。

你看，我在脑海里为喜欢杜撰了如此多条条框框，却总也说不出口那一句，我喜欢你呢。

像寒冬夜里，眷恋一双手的温暖；像凌晨火车上醒来，目睹窗外平原上，一簇为风雪夜归人点亮的灯火煌煌；像少年时候为寻见一道彩虹翻山越岭，筋疲力尽时终于目睹，忽然泪眼蒙眬，仿佛再也不能够遇到如此美景，再也不能够了。

喜欢一个人，是将自己所有的脆弱与勇猛都悉数奉上。是希望一个人的温柔，另一个人能够体谅，并好好珍重。

＊

　　我不知道，我们还有多少这样的夜晚，两个人，平平淡淡地走在三里屯灯火通明的街边，各种各样的圣诞树灯光璀璨，像是将人类最美好的愿望都提炼出来，在这一个夜晚，公之于众。

　　我们走着，深一步，浅一步；我们说着，长一句，短一句。

　　你忽然停住，因为看到一家咖啡厅墙壁上贴着两句话，英文的，意思大概是：感谢你一直以来，做我的坚强后盾；希望你长乐无极，继续和我一起。

　　你用的是直译，我则注重文艺腔的表达。你说这是文科生和理科生的区别，无所谓对错。

　　感情里的细枝末节，兜兜转转，有时候就是无所谓对错，因为对错无意义，深情才是意义。

　　我们说过的话，破碎支离，吹散在清凉的晚风里。只记得你让我站在一棵圣诞树下，说要为我拍一张照片，被我拒绝。

　　我不知道，我们还有多少类似这样的夜晚。

　　但有过今夜，我也会觉得这个干燥的冬天，不那么难挨；生存在这座盛大而寂寞的城市，不那么艰难。

　　喜欢是无比庆幸遇见你这样的对手，愿意在未来的光阴切磋，哪怕只剩一兵一卒，也会勇往直前。

　　喜欢是你继续若有若无地活在我的字句里，让它们变得滚烫、柔软、真实、丰满。

　　喜欢是岁月徐徐，日以继夜，情动于中，心照不宣。

　　这座城市，繁华万千，有时坚硬如钢，有时细腻如雪，但因为有你，我会觉得前途可期。

　　人世间的温柔，有千百种，管它落英缤纷，管它白马秋风，管

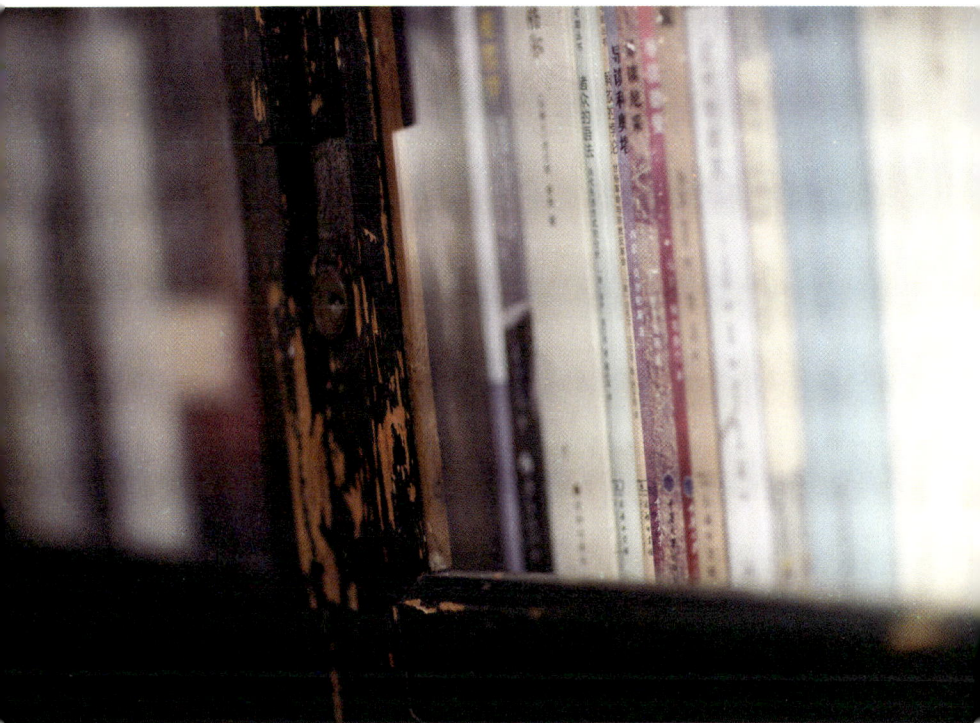

它三千里路云和月，抑或流淌在朝朝暮暮，只要懂得用心就好。

无论风霜雨雪，夜色深沉，还是星光璀璨，你在身边就好。

这种温柔，你懂就好。

终不似少年游

潘云贵 —— 文

高校教师，曾被媒体评为"中国 90 后十大暖男作家"

　　每日从学校北侧门出来，沿沙坪大道向西跑五公里左右便已无车流。大路到了尽头，再往前迈出数十步就是涪江。江水并不湍急，在时常阴郁的天色下呈现近似忧郁症患者的面相，采砂船像老去的水蜘蛛般贴着水面平缓而行。我们站在岸边，孤独挨着孤独，空靠着空，同事谓之"世界尽头"。

　　研究生毕业后，我来合川工作，时日轻飘如江中舟筏，无知无觉间已划过码头座座。日常除却站立于三尺讲台与处理庸常琐事外，跑步倒能让自己心安。在傍晚落日下，撑着膝盖，气喘吁吁，心里倒成了一间空荡荡的旅馆，异常平和。有时候被汗水淋漓浇灌，直接躺在大路尾处，没有一辆车来，只有日子骑在我们身上，并对喘息的我们喊"嘘"。

　　置身于多变的人世，凡事若在心头有永恒之感，下一瞬息，便只剩空落落的须臾回忆，像江上雾中偶尔闪现的幽幽魅影。

　　曾经与友人夜间手挽手，一排四五个人从福州路走到外滩。年少天真，意气风发，明知腊月严寒，被晚风吹红的面颊却始终带笑，感觉年轻的劲儿总使不完，每一秒都被握得温热，像永恒。之后看许鞍华导演的《黄金时代》，看到一群人也挽着手，唱着歌，并排走在新年钟声敲响的午夜大街上，这一幕场景如此熟悉，不免欣喜，又恍然掩面。

热闹向来是人世表象，同蒸笼中的腾腾热气，触碰手心，虽有暖意，但只片刻，始终不觉得真实。

真真切切感受到青春的温度仍是冷的。在第十七届"新概念作文大赛"颁奖会后的翌日清晨，我返程离沪。一个人去静安寺坐地铁，身旁已无熟悉的身影，都是匆忙上早班的人。他们步履轻快，衣着笔挺，面容干净，撑着一股精气神，无论何时都在显示上海的精致，以及我与它的距离。想起一七八六年时的歌德，只身来到意大利，他说："在汹涌拥挤而不断前行的人海中晃荡，是一种奇特而孤独的经验。所有人都汇入这一条江河中，但每个人都极力地想找出自己的出路。在人群之中，在躁动不安的气氛里，我第一次感到平静与自我。街上越是嘈杂和喧闹，我就越是安然自得。"而我亦然。

昨夜似乎有雨来过，沿街湿漉漉，拉杆箱在地面上拖出平行的线条，仿佛两道泪痕，也不知是为谁流下的。冷风扑面，像巨鸟坚硬而隐匿的翼翅扫着我的身体。我瑟缩了一下肩膀，向前走，没有回头。

三次到访上海，皆因比赛的缘故。若被问及印象最深的一次，必然是初次踏上这趟旅程所望见的朝暮。而后有的是相似的重复，以及烟花升上顶空绽放后的寂然。

二〇一三年寒假，在家中，父亲的脸始终绷着。他把一个黄色信封交给我，信封已被拆开，留下一道粗糙的口子。他眉头一皱，嘴巴张开，似乎要对我说话，但那张嘴角留有铁青胡茬的嘴巴很快又闭

上。我拿过"新概念"的挂号信，知道他的顾虑。去上海的前一天，他终究还是问我了，真要去？我点头。他有些着急，继续问我，没奖金，又不安排食宿，车票还只能报火车硬座，你值得这样去？我再次点头。他这下没有再说什么，只叮嘱我照顾好自己，别丢东西，也别光顾着玩儿，到了上海要记得给家里打电话。

有时也问自己，那时为何如此迫切需要"新概念"的认可，毕竟之前也拿了些奖、出了几本书。心中检索这个问题，答案最后落在了高中。高三尾端，偶然从同学那里借来一本《萌芽》，知道此项赛事，也了解到那时喜欢的一批八〇后作家都从这儿出发，"新概念"似乎是年轻人通往作家之路必经的站点。我也跃跃欲试，但那时已错过高中A组的报名。

真正参加的时候，我已经只能报C组。和我一起参赛的是个叫胡姚雨的朋友，高中时因在杂志发表作品而认识。上了大学后，每年我们都会约好一起参加"新概念",并期待能在上海见面。在那些不眠的冬日里,我拿着手机站在楼道的暖气旁跟姚雨打电话,他总是走在从图书馆回寝室的路上。我们不停地聊天,发笑,说着自己的梦,当然,有时候两个人聊着聊着也会突然间沉默。

"我今天又从吧里看到很多人在估测名单公布的日期了。"

"多少号呢?"

"有人说是在圣诞节前后出来,有人说会在一月初公布,也没确切的。"

"真希望快点出来啊,最好我们两个都能进。"

"我也希望啊,再不进的话,我们就真的老了。"

那些夜晚星星不亮,窗子被北风敲击得嘎嘎作响,很多故事沉入汪洋,杳无音信。我们都做着梦,好像转眼就会实现,又似乎已经远去,找不到一丝踪影。

二〇一三年一月上旬某天晚上,第十五届"新概念"复赛名单公布了。当我从长长的名单里找到"潘云贵"的那一刻,向来冷静的自己也不禁激动得颤抖。再一看,并无姚雨。我打电话给他,先不提复赛的事,像往常一样聊最近的电影跟音乐。

姚雨一直喜欢追美剧,他在电话里为我唱他刚学会的一首歌,*Call Me Maybe*。他兴奋地唱了会儿,突然停住,对我说:"我看见名单了,这一届又没有自己,我是不是真的不适合参加'新概念'?"我不知道怎样安慰他,很笨拙地转移话题,给他唱歌。唱到一半时我也停住了,紧紧握着手机的话筒。他在电话的另一头笑了,说:"没事的,谢谢你,云贵。"

那时我与姚雨,天南地北,却能感受到他在寒风中那颗失落颤抖的心。因为我也有过。

我们从高中时期遗留下来的梦不曾死去，还紧紧贴在胸口，时刻瘙痒。我想让自己舒服点，所以选择前往。

每次来上海，总要重新适应它的温度，识记它的轮廓与气味。但无奈，熟识习惯后又匆忙返程，太像被抱回故乡只做数日短居的婴孩。

住在静安寺附近的旅馆里，狭小的房间，灰暗的走廊，散发着年久特有的霉味，整座建筑如果可以抖动，一定会落下满地带着张爱玲气息的虱子。有时外头下雨，一个人便窝在房中听雨水敲打窗子的声响，仿佛长脚的时间在走。薄凉的空气透进来，被我的皮肤吸纳，仿佛身处透明的水域，成为世界上最孤独的鲸。存在的意义，在那时似乎只是为梦而生。

也会出去走走，在巨鹿路上兜转许久，最终在675号的门前停住。刚来那会儿，不敢贸然进入萌芽杂志社，不知是心中所建构的崇高感作祟，还是由于胆怯。而后还是被友人带进去了。空气里弥漫着好闻的花草味道，蔷薇、紫藤、爬山虎交织蔓延，将庭院粉饰缤纷，两层民国时所筑的办公楼似乎能带人回到老上海的光阴里，楼前还有一个洋式的喷水池，裸体的少女普绪赫雕像风姿绰约。同行的友伴都激动地在杂志社楼前合影、拥抱。我天生对镜头不适应，想推辞，最后也在胶卷上留下了自己的身影，呆若木鸡，跟那么多年轻的面孔相像。

无论何时，人总在成长。"新概念"见证了我文风的变化，从最初轻浮的青春臆想，到后来有了审视生活后的"发声"之作。我曾经幻想过无数次自己能走到青松城会议厅的台上，站在红毯铺就的舞台中央，从评委手中郑重地捧过奖杯，接过证书，感受着一生中可以凝成永恒的分秒时刻。但两次从青松城走出的我，怅然若失，像疲惫的骆驼。

有次颁奖会后，我陪黎晔、云梦到地铁站，见黎晔手里东西太多，便帮她拿着一等奖水晶杯。那是我第一次感受到梦想在自己怀里的重量。后来到了地铁站里，在密集而汹涌的人潮中，我们终究分开了。女孩们带着收获到的梦想回去了，而我在原地站了很久。

我在那年冬天的上海，一路苦笑，心里的那盏灯却仍火光频闪，像守候着暗夜中前行的旅人。要重新出发啊，我一边想一边握紧了拳头跑着。

到了第十七届，在与前两年相似的下午，我静坐在教室一角，摊开方格纸，眼前出现两道试题："换季"，"总还有另一种说法"。已不是前年的"图书馆里的猫""诗歌的敌人"，也不是去年的"一个人，一艘船，芦苇荡""第十三个星座"。身旁的参赛者才思敏捷迅速落笔，我看着他们，想到这一届届的筵席竟铺排得如此之快，仿佛昨日才熟悉的面孔，到了今天又全然是新的。我的手仍瑟缩地握着笔杆，愚笨还如过去。

朋友M曾在别人面前提及我，"没有丝毫灵气可言的人，能走到今天全靠他自己的勤奋"。

我承认向来笨拙也不受命运垂青的自己，唯有努力才有出路。来上海参加"新概念"现场赛的第三个年头，我已戒掉了午睡的习惯。临考前一个人坐在静安公园里，冬天的麻雀围绕在我身旁，像热闹的人群在争论，在抱怨，在数落我的孤独。我读着斯坦利·摩斯的诗歌《换帽子》的最后几行："他无法只坐在同一家咖啡馆里，戴着自己最后一顶帽子，喝着波尔图酒，永远抽着理想"。

这些年自己南来北往，求学，恋爱，工作，在世事浮沉中早已打磨得像个普通人。若说在这困顿疲乏的生活中，有什么是自己仍在坚持的，也只有文学了。"新概念"就像一个车站，青春尚在的那几年，我都带着文学的信仰准时进站，在短暂的休憩后继续上路。在第十七届的考场上，当我写下《换季》最后一个句号时，不曾想过自己的"新概念"之旅也就此画上了句号。翌日拿到一等奖奖杯时，并无昔日脑中幻想的种种场景跟心情，一切都如同我坐在静安公园看书的那个中午一样平静。

我就这样"毕业"了，离开了上海，那辆曾以为必将往返的火车终于在开出虹桥站后，也只成了一辆单行列车，再也没有返回过。

一年半以后，我在大学教授文学课。当有学生问及文学写作的意义时，我常常站在讲台上发呆。究竟是为人生，为政治，还是为了其他？中国现代文学史上对此问题的争论，也没达成统一的结果。个人认为在付出行动前谈意义，正是无意义的。当一个人养成写作的习惯，好比饮酒、抽烟、跑步这样，他就不会再去追问执笔的意义，因为它已成了生活的一种需要。

写作十余年，不曾怀疑过一点：最富有生机的文学作品多来自年轻的掌纹。我从不小看任何写作的年轻人，也不厌弃自己曾经写下的关于"青春"的作品。那时，语词可能粗粝，思想可能浅薄，不懂章法，也无主义可言。只是一头感性动物在生活的疆场横冲直撞地撒奔，在文字的田地胼手胝足地耕耘。那也是我，时态虽为过去，但主语未变。

时间、阅历都在写作的河床上灌入水源，使其丰沛，激起的每一片水花，都有你我对个体生命经验与世界关联的体悟，包含怀疑、抗争、渴盼与理想等。每个人都在以自己特殊的方式解读它们，而"新概念"提供了年轻人大胆表达内心话语的平台。从这里出发的写作者，比这世间的许多人都多了一双眼睛，能看到更大的世界，也能瞥见每一个躯壳上的裂痕，以及里面的灵魂。

庆幸往昔在文学远途中，有因"新概念"结识的朋友一路相伴同行，让形单影只的我在这世事易幻灭的世界中不觉孤单。如持神的烛焰行走在暗夜的独木桥上，旁观两侧苍凉，信仰始终没有落入水中，或消散于天际。

我现在所暂居的西南小城合川，古时称"合州"，嘉陵江、涪江在此汇合。站在滨江路上看对岸的学士山，能望见一座八角亭，名为养心亭。北宋理学家周敦颐曾在此传道授业，文人雅士如沙鸥云集。相传为八角亭题匾那日，周敦颐挥毫手书了"养心亭"三字，释意："人，贵在养心也。"

想来，文学也是"养心"的一条路径。在炎凉、多变的当下，能用书写的方式安顿内心，已显得难能可贵。人心若守不住，人大抵只能算是动物，而我们身旁的动物太多了。

原以为生活日复一日，相似且无边，每日通过跑步，易感伤的身心可以寄存于"世界尽头"。但几日过后，我与同事都不免对自己暂还有着的天真傻笑不已。涪江边上铁锤叮当作响，机器发出轰鸣噪声，简易铁皮棚子搭在路的两侧，工人抬着沉重的建材，甫一落定又拎着松垮垮的意志继续机械工作，路中间"禁止前行"的广告牌蛮横、呆滞，阻挡我们前行的步履。

"世界尽头"隐没于灰扑扑的物欲背后，看不到了。昨日所经历的种种已然沦为记忆与经验，薄弱得像根发丝，掉落。记忆太不可靠，又易受潮而霉变、扭曲，一个人经年之后重觅过去遭遭，多半只是电光石火的一瞬。捕风捉影，也难再描摹清晰轮廓。

俗世已负青春勇，终不似少年游。

面对并不持久的记忆，唯有记录，才能在回溯的洞中，让时间的烛火愈加明亮。即便有风吹熄，在而后的寂然里，心中也不觉得暗是暗了。

名校白富美

另维 —— 文

环球旅行体验师，前腾讯 NBA 主播和现场记者

1

我们约在亚特兰大机场。

我先抵达，翻她朋友圈。她今天是Celine（思琳）笑脸包，香奈儿渔夫鞋，Prada（普拉达）浮云墨镜，波波头。休闲造型。

她好像又瘦了，不知道是不是P的，印象里她一直是椭圆形。

因为圆圆小小像颗鸵鸟蛋，被前男友取名黎鸵鸵，每天穿一件免费校名衫，马尾辫毛毛糙糙，语速快，走路也快。To do list[1]一天看三百遍，生怕一不小心手头没事，虚度一两分钟。

不过这是三年前了。二十岁出头的女孩，变化大得亲妈都认不出。

听说她最近买了宝马，加上一身名牌，活脱脱的Instagram（照片

---

1 To do list：待办事件。

墙）白富美，吸粉三万。年初把阵地扩张到微博，两周一篇搭配心得，照片一发，网友排队膜拜女神。

哈茨菲尔德–杰克逊是全世界最繁忙的机场，直飞四十五个国家，二百四十三个目的地。餐厅、SPA、擦鞋店、抽烟店应有尽有，公文包、商务装里行色匆匆的出差人来来去去。我正在观察他们，黎鸵鸵来微信了。

——我晚点了，预计还要三小时落地，你别浪费时间，先去玛格丽特·米切尔故居，我们那里见。

好小子，飞机上有Wi-Fi。

我回：你头等舱啊？

——没办法，飞成达美钻石会员了，各种被升舱。

据说觉得别人说什么都是炫耀是因为自己层次低。我立刻体贴地想，工作一年就飞成钻石会员，那天天岂不除了赶路、酒店就是调时差？太可怜了。

我回：你真够辛劳的。我先去故居，你趁机好好休息。

三年不见，她的脸都进化得我快不认得了，行事风格还是老样子：果决，雷厉风行，天不怕地不怕，就怕浪费时间。

2

那时候我们一起念社区学院，绿江。

有一天，我放学回家，她迎面冲上来，激动万分。

"同学，are you Chinese（你是中国人吗）？"

"Yes, I am（是的，我是），同学。"

我英语差，但笑话她绰绰有余。

　　她问我借手机，打给刚结束早自习的国内男友，紧急得我以为事关人命。

　　"像这样突然没电，我不赶紧联络他，他会以为我被车撞、被枪击、被抢劫、被强奸，然后着急至死！"

　　她一边说一边抢走我手机，然后"嗯嗯啊啊、我也爱你、么么哒"，表演了好一阵。

　　我问她几岁，答曰十六。

　　高中生爱情，难怪。

　　社区学院，是北美一种无门槛大学，成绩差没关系，交学费就能上。

　　每年，差得匪夷所思的高中毕业生从祖国各地来到这里，大一、大二混完有副学士学位，想要本科毕业证的，申请转学。转学结果参差不齐，年年有人去常春藤，直接回祖国的更多。

　　社区学院还收另一种人：高一学生。够拼的话，他们可以两年读完高中和副学士学位，转校读大三。前面的图社区课程简单，后面的嫌高中教得太慢，两种极端。我和黎驼驼一人一头。

　　初次见面，我怎么知道这么多呢？

　　我拿回电话，正要开启聊天模式，她抢先开口。

　　"我要去图书馆自习，一起吗？"

　　我学渣入校，学霸毕业，都因为抱对了大腿。那条腿就是黎驼驼，上天对我无私出借手机的奖赏。

　　黎驼驼带我写作业，她高二、我大一，我们修同一门数学，她一边做题一边讲解，讲到兴头没刹住，把明天的新课也讲了。

　　认识黎驼驼后，我时刻想念她，恨不能把她变成手办，装进口袋带进考场。

所以几个月后，黎鸵鸵想搬家，我第一时间腾出空房，隆重邀请。

黎鸵鸵装扮房间：写着"黎冉♥梁牧"的合影放在书桌上，床上是他送的小黄人布娃娃，书柜摆一只亲嘴猪。

我陪她贴照片墙：梁牧在校运动会跳远，梁牧在教室里比V傻笑，梁牧和她的大头贴……

晚上九点，她迫不及待打开视频，十六岁男生腻死人的声音传出来。我拖上鸡皮疙瘩，连忙消失。

黎鸵鸵说，梁牧也是学霸。

他是她唯一的数学科代表竞争对手，月考谁赢谁上任。黎鸵鸵搞不懂一道三角函数题，死磕，放学不走。有一天教室只剩她和梁牧，男生路过时拿纸团砸她，她愤怒砸回去。他走后她忍不住捡起来，摊开一看，是解题过程，方法一、方法二还有一个擦掉的心。黎鸵鸵在上面摸来摸去，心跳频率失常，连忙上知乎查"心脏病发作征兆"。

后来她如愿考赢梁牧，却莫名悲伤。放学后坐在他的座位上，看他的桌子和抽屉，不小心发现，月考他剑走偏锋的方法二，老师没理解，十四分全扣，她抓起试卷找到梁牧。

"老班改错你一道大题！你才是全班第一！"

梁牧在扫清洁区，静静看完黎鸵鸵变身疯癫女战士，只关心一个问题："你怎么会有我的试卷？"

黎鸵鸵只顾扯他去办公室，他拉她，扯拉之间，年级主任冒出来，命令他们老实交代关系。

梁牧说："我偷了黎冉同学的周记本，被她发现，就有了您看到的一幕。"

他竟然真从袖子里拿出黎鸵鸵的周记本，真诚地补充："她字好看，我想临摹，原本打算放学前放回去的。老师我错了。"

他们逃过一劫。

黎鸵鸵气愤地质问他为什么偷周记本，他默默还给她转身走了。

黎鸵鸵从里面翻出一封信，第一句是：我喜欢你。

她哭着大声喊："你回来！"

男生转回来，笨手笨脚把她抱进怀里。

二〇一〇年春天，成都七中有八个新加坡留学名额，政府奖学金，负担百分之八十总开销。黎鸵鸵考到最后，落榜了，听北京考友说起美国社区学院体制，学费便宜，还有奖学金机会，立刻申请。

她从绵阳考到成都，爱上了看大世界的感觉，可父母是工薪族，二十万元装修钱拿出来，没有多的了。

她骗父母，二十万元加上奖学金足够读完大学，自己倒腾了财产证明，I-20[1]，还有签证。

高一暑假，梁牧在使馆外等她，忧心她用光了学费没学位，走投无路。

黎鸵鸵晃着签证通过的绿纸条，吊在他脖子上，喜滋滋。

"年轻嘛，折腾折腾啦。大不了回七中考大学，最多耽误一年，给你当学妹。我成绩这么好，钱将来肯定赚回来。"

---

1 申请学生签证手续的必备文件。

他笑，高个子揉她的小胖头，说："还用你赚？置你男人于何地？"

黎鸵鸵桌上有台倒数日历，0是回国见梁牧的日子，她写完作业奖励自己撕一张，每撕一张就兴奋地跳舞。

我笑她，出国干吗？天天盼回国。

她说，他支持我出国看世界，我考托福都是他鼓励的！

我就这么看着她的恩爱真人秀读完大一。

那时，我是黎氏爱情学说的忠实信徒——最好的爱情，是一边相爱，一边走向同样的地方，一边把彼此变成更好的人。

可她还是哭了，在距暑假回国还剩二十一天的深夜。

她刷微博，看到一句情话，便@梁牧。许多人回复她，俩妹子@同一个男人，谁绿了？

她认出是英语科代表。

梁牧解释，姑娘@别人，记错了网名。

黎鸵鸵的意识里，梁牧和出轨，公式配平可能性为零，加上她生性坚信自己的选择判断都对，微博事件立马变成她"恋爱宝典"的教学材料：

别被局部蒙蔽，去听他说故事的另一半，你会发现，许多委屈、误会与悲剧，都可以在发生之前避免。

直到姑娘加她微信，发来一大堆聊天截图。

她坐在房间里，屏幕上只有QQ聊天框。

说话的是昵称为"老公"的梁牧。

"你功课那么忙，还要独自应付异国生活，我照顾不了你，只会占你时间说没用的话，我爱得太自责太累了。如果将来我也去了美国，我们再重新开始，好吗？"

她"啪啪"敲键盘。

"我们坚持下去好吗？爱情本来就是幸福、忍耐和苦痛并存，你别遇到困难就退缩呀，我知道异地恋苦，我们一起挺过去！"

她越敲越快，声音在深夜里十分惊悚。

"你别不要我，求求你了！"

她发送，系统显示他们不是好友。

英语科代表发来微信。

"黎冉，我们聊聊吧。"

小房间里静悄悄的，我不敢说话。

黎鸵鸵放下手机，将头靠在我肩上，目光涣散。

"他们商量了好久怎么跟我分手，梁牧说不出来，让她说。"

"……她说我决定出国时心里就已经放弃他了，只是想折磨他以证明自己有魅力，其实满脑子只有自己的前途。另维，我不是这样的人，我很爱很爱他的，对不对？"

"我愿意为他回去，我现在就回去！什么社区学院我不读了！"

我说："快睡吧。"

她爬起来，亲嘴猪、相框和小黄人统统扔进箱子。我陪她下楼，箱子放进小区垃圾棚，又站了很久。

我说："快睡吧，我都困了。"

月光落在她眼睛里，变成泪光。

她吸吸鼻子，"作业还没写完呢。"

作业太多了，她不停地写着，泪珠"吧嗒吧嗒"掉到了草稿纸上。她刘海垂在纸面上，咬住嘴唇，不说话，不停笔。

那画面是我后来备考CPA[1]的强力强心针。

两天后我在她床底看到了放进垃圾棚的箱子。

二〇一一年六月，由于担心黎鸵鸵，我期末考得很差。

她全科4.0，我依然担心她"刺杀"梁牧和英语科代表，差点改签机票跟去成都支援，顺便看看她的Loser（失败者）模式。谁叫她常年一副"我正确我强大"的样子，天塌了也门门考A。

可惜我参加《萌芽》笔会，乐不思蜀，忘了。

她再回来，剪了头发，化了妆，一身新衣服，脖子上添了把Tiffany（蒂法尼）钥匙，春风得意。

一开房门，天花板上飘着小黄人气球，书桌上九十九朵红玫瑰，床边一个大礼盒，上面写：欢迎鸵鸵回家——未来可能会是你男友的Leo。

她在成都待了一周，去广州返签，碰上学长请求插队，两人越聊越开心，从广州玩到东南亚。

学长一边托狐朋狗友潜入黎鸵鸵公寓，秘密筹备惊喜，一边护送鸵鸵返校，从绵阳到西雅图。

黎鸵鸵捂住嘴哭。

学长在我们的掌声中靠近她，吻了一下她的头发，小心翼翼。

那天，我帮黎鸵鸵拿行李，磕到自己也绝不磕到车。

黎鸵鸵说："至于吗，不就是个大众。"

我激动地答："这是辉腾！你钓到富二代了，鸵鸵！"

---

1 注册会计师。

3

华人圈里，Leo有"皮带哥"之称。他每天换条皮带，一学期不重样。

近朱者赤，黎"璞玉"也生出名媛范儿，满身Leo亲手购买的衣饰、鞋包、化妆品，圆圆小可爱颇有些回头率。

我听说绿江有个新晋矮肥圆白莲花，为搭富二代，怒甩国内初恋，分手不足一个月，迫不及待擒下新欢狂要礼物。

我随观光团潜入图书馆一看，惊掉下巴：黎鸵鸵？！

黎鸵鸵在写作业，看到我，笑眯眯招呼我一起，我羞耻地摆手说"今天忙"。

黎鸵鸵听到流言，打听一圈，得知它们出自Leo前女友，便找去对方所在的语言班教室。

走廊上，被包围的矮鸵鸵丝毫不知危险，一本正经用她向来缜密的逻辑解释误会。

没有怒甩前任，新旧恋情间没有关系，礼物也不是索要的……没说完，一女生高喊："你在炫耀什么？"使出夺命推技能，黎鸵鸵一踉跄，抓住最近的女孩，对方反手扯住鸵鸵的头发，尖叫求援。一窝人蜂拥混战起来。

我手握珍珠奶茶站在走廊拐角的围观人群里，惊呆了。

上前解救黎鸵鸵，立即身中夺命推。

黎鸵鸵拉我，女生以为自己要被前后夹击了，反抗中打翻我手中的奶茶，顿时一身香芋味。

她正要尖叫，"咣当"一声，滑倒在一摊紫水之中，大哭起来。

黎鸵鸵拉她，她奋力躲，大声喊："别碰我！"

前女友朋友圈发出全面撤退指令。

"穷就算了，还没廉耻没家教。别打了，真脏。"

我抱住黎鸵鸵，她红着眼睛说："她们误会我了……"

"嘘，没关系的，我们回家。"我说。

不是所有误会都有解。

在鸵鸵的世界里，人只有两种状态：成功和走向成功。她努力学习，努力沟通，努力减肥（虽然没用），努力打扮。结果不完美，就是她不够努力。

现在她遇到怎么努力都无能为力的事，三观损毁。被流言吓得不敢出门，日日哭诉。

黎鸵鸵终于被打倒了。

她整日阅读朋友圈，在被子里哭鼻子，不肯吃饭，月考四科全B。

我劝她振作，她半天才有反应，说："另维，我想回国，想回家。"

我惊慌失措，连忙找Leo。

Leo在家烤牛扒，若无其事。

我很气愤。

"黎鸵鸵都被说成那样了，你这样算什么男朋友？"

Leo夹块牛扒给我，洒上松露油，夸起黎鸵鸵，没完没了。

"她内心太强大了，听到那些话，毫不在乎。我都看不下去要去找事，她阻止我，自己去，被欺负了还阻止我出头，说'她们再说，她也死不了，不如节约时间静心做事，好好生活'。我从没见过这么坚强、聪颖、努力的女孩，和她生活，我自己也充满了正能量！"

没错，我也觉得这才是黎鸵鸵。

翻她朋友圈，一片宁静。

她的脆弱，都躲在没人看见的地方。

她舔伤，以最快速度自我修复，然后用更坚强的弧度，仰头生活。

她说："另维，你再等两天，等我挺过这股受伤劲儿，就更强大了。"

后来我修了心理学，得知恐高症最好的治法是反复站在高处向下看，习惯了那种恐惧，就不会再恐惧。

黎坚强归来，烧了一大桌菜肴，邀请我、Leo和他的狐朋狗友。

Leo问她为什么突然开心，我才惊觉自己是她低谷时期的唯一目击者，动情地望向她，可她已经忙着"嗯嗯啊啊我也爱你"，和Leo互相喂食秀恩爱了。

我忽然注意到，床底下的箱子，不知何时不见了。

Leo很宠黎鸵鸵。

那时候，黎鸵鸵做数学辅导员，清早七点半当班。Leo的辉腾每天七点准时出现在楼下，黎鸵鸵坐进去，吃早餐。

港式早茶、泰式冬阴功汤、韩式包饭，都是他起早亲手做的，很少重样。

黎鸵鸵最爱他专为她发明的碾蛋三明治：切掉面包片边沿，煮蛋碾碎了夹在中间，面包和蛋隔一片火腿。

黎鸵鸵教书，他坐在辅导室里补觉，睡醒了就远远看她，画她。

曾经"梁牧❤黎鸵鸵"的照片墙上挂满了Leo的画，那画和他的笑容一样温柔好看。

他们一放假就旅行。

芝加哥，夏威夷，苏格兰，冰岛，越飞越远。Leo送她莱卡，自己挂上佳能5D，边玩边拍照，照片带回来，和梁牧时代的她判若两人。

我说："你的留学决策太明智了，一年半就脱胎换骨，走上人生巅峰！"

黎鸵鸵手上很忙，只匆匆回我一句话："我的人生还没开始。"

社区学院里的大二，转学压力像高考一样压在胸口，黎鸵鸵忙着考托福、写申请和联络招生办，没时间找Leo。

Leo天天来家里等她，边等边烧菜做饭，我蹭得不亦乐乎。

好景不长。

Leo生日，想让黎鸵鸵把自己送给他。

搬家前，黎鸵鸵留给我一张卡片，谢谢我陪她度过最差和最好的时光，欢迎我经常去他们爱的小窝玩。

4

玛格丽特·米切尔故居，在亚特兰大市中心北部，看一次要十六美元五十美分。

一群游客围着一个小窄梯，讲解员唾沫横飞。

"看，像不像白瑞德推下斯嘉丽，造成她流产的楼梯？米切尔写这情节时，就住在这里！来，我们去看看她的打字机！"

怀着文艺青年的朝圣之心，我疯狂拍照发微博。突然看见笑脸包和主人黎鸵鸵，我惊呆了——社区学院毕业三年，她真的瘦成了一道闪电。

还成了美妆达人。

刚寒暄几句，她就把自己的渔夫帽扣到我头上，又塞了一支001号YSL（圣罗兰）口红。

"作家，这个时代，只有作品没脸蛋，和只有脸蛋没作品一样没出路。帽子和口红是底线，不能再懒了。"

我一涂，果然气色不一样了，口红还给造型教主，她竟然不收。

"你的见面礼。"她说。

"不太好吧，这是名牌。"我不好意思。

"Saint Laurent（圣罗兰）而已。"

我想起四年前的某个星期六早晨。

她在洗手间化妆，边化边喊Leo，我被吵醒了，不爽地翻了个身。

她喊："Leo，拿一下你妈妈送我的那只YSL！"

Leo在她卧室，乒乒乓乓跑到洗手间，进门先来一段时尚基础纠错。

"不念YSL，念Saint Laurent。"

"Saint Laurent。"

黎鸵鸵认真跟读，洗手间里传来接吻的声音。

那年寒假，Leo带黎鸵鸵回家，豪宅里精通保养术的Leo妈妈送她口红，那是黎鸵鸵的第一只正红色口红。她从那时起开始走红唇路线，如今已经是微博粉丝们的红唇女王。

由此可见，黎鸵鸵的女神之路，是从Leo开始的。

她也改变了Leo。

Leo认识她之前，在语言班待了三年，做她男朋友后，半年毕业，学起文化课，都不差。

果然，真正的爱，是你因为他变成更好的人。

最佳诠释在身边，我也无比向往真爱，充满正能量了。

可他们还是闹掰了。

掰得史上最难看，没有之一。

二〇一二年四月，黎鸵鸵手握九份大学录取通知书：伯克利、宾大、卫斯理、约翰霍普金斯、UCLA（加州大学洛杉矶分校）、NYU（纽约大学）……名校排队等她前往。

奖学金和贺电围着黎鸵鸵飞，绿江四处张贴她的照片，为招生大年做足噱头。

Leo虽然是老学长，前三年都在语言班，经黎鸵鸵拯救一年，他依然要到二〇一三年才能毕业。

Leo的父母建议黎鸵鸵留在绿江，来年和Leo一起，转学去佛罗里达。

他们靠房地产发家致富，近来涉足航空业，计划办航校，中美合资，期望对象是佛罗里达大学的飞行学院。他们盼望Leo和黎鸵鸵去熟悉环境，搞好关系，顺便拿到本科学位，回国当航校副总和副总太太。

黎鸵鸵拒绝了。

她说，她不会就这样耽误一年，她要转学，并且选择只在伯克利和纽约大学之间做，这是她的梦想。

Leo很生气。

他生在长幼有别、尊卑分明的南方家庭，看不得黎鸵鸵忤逆妈妈，厉声责备。

两人沟通无效，小吵小闹。黎鸵鸵是大忙人，闹起脾气，向来速战速决。我忙着收录取通知书，暂时没关注她的情感剧情，等到六月一个深夜，她电话求援的时候，我才模糊察觉，事情好像比小打小闹严重得多。

我闯进他们爱的小屋，撞见Leo一耳光甩上黎鸵鸵的脸，怒吼："你花大爷这么多钱，还不听话！"

黎鸵鸵盯着他，不哭，也不说话。

我高举手机，大喊："我报警了！"

在Leo的怒视中，我小心翼翼逼近黎鸵鸵，扶起她，带回家。

夜凉如水，还很静谧。

黎鸵鸵的脸肿胀着，我为她敷冰，感叹Leo下手不知轻重。

而黎鸵鸵居然还在上课，考试，拿A。

我严肃地说："黎冉，这一巴掌打出的是一个人的劣根性，你必须跟他划清界限，越快越好！"

黎鸵鸵眼泪"唰唰"地掉，她仰头想让它们退回去，却涌得更凶。

她说："我知道，我知道，我知道正确做法是什么。你让我再哭一会儿，一会儿就好。"

她看着画和照片，满满一面墙，都是Leo给她的爱。

人为什么要有这么多面，让给过的爱全变成刀。

三天过去，黎鸵鸵上课，写作业，很安宁，山雨欲来风满楼的

架势，叫我后怕。

"你不会想不开吧？"我忧心地问。

"不会。"

黎鸵鸵在我桌前，看视频预习大三金融，认真抄写FIN48[1]的定义。

我感叹，表面上一出青春偶像剧，拿个洋文凭，回国谱写霸道总裁和傻白甜之恋，年纪轻轻就坐拥巨额财富，想要什么买什么，多少女生做梦都要笑醒了。可惜了，霸道总裁a暗藏着五十度灰。

她趁视频广告回我话，学习时间一秒也不耽误。

"他不是坏人，如果是控制脾气不好的问题，我愿意陪他度过。但他让我在人生掌控权和爱情之间二选一，我只好对他说'对不起'。"

黎鸵鸵谈恋爱，感受最重要，反正安全感和未来都在自己的成绩单上。

Leo爱她独立，可这独立成了他们之间不可调和的矛盾。

他的金丝笼、钻石笼都关不住她，她要的是风吹雨淋和自己打出来的、握在手里的天下。

可Leo不这么想。

他把她的不松口看作自己哄女友不到位，一会儿许她毕业就结婚，一会儿许她车房包鞋和轻松后半生，软磨硬泡两个月，终于忍无可忍，骂她不知好歹，动手打人。

"其实就算他不打你，你也早已做好决定，不会动摇了，对吗？"我问。

---

1 《所得税不确定性会计处理方法》，是美国财务会计准则委员会颁布的第48号释义。

"付出，收获，去想去的地方，读想读的学校，这么自然的事，为什么要动摇？"

"明白了，我们去Leo家拿东西，你搬回来。"

黎鸵鸵不想再起正面冲突。于是第二天，我约Leo聊天，五小时后放走他，回到已经没有黎鸵鸵任何物品的家。

黎鸵鸵终于明白，教养好得像王子的Leo，只在他事事顺意时存在。

他失控起来，每天喝得烂醉，哭诉他掏心掏肺的付出，哭诉黎鸵鸵的不知回报，忘恩负义。

"老子送了她将近四万美元的东西，她送我的呢？四千都没有！"

他不知道的是，黎鸵鸵为了给他买一千美元的浪琴，每周二十小时校园工，去当活动接待，以便端吃剩的比萨回家做三餐。

我看不下去，煲汤留她一碗。

她发工资那天，所有吃过的东西，她都买来，放进我的食物盒。

至于那些礼物，我清楚记得，当初黎鸵鸵深夜敲我房门，抚摸着说真漂亮，但是太贵了，压力好大，这样的礼物让她觉得好累，想退掉。

Leo收到几次退款，开始送刻了鸵鸵名字的包包、手机和手表，还细致入微地藏到退货期限过去，才配好情书，悄悄放在黎鸵鸵枕边。

他那时霸道地命令她戴上，他就是要让他女人全身都是他买的东西。

他那时温柔地恳求她收下，"鸵鸵大宝宝，我太爱你，礼物只是我能想到的最好的表达方式，你让我表达，好吗？"

感情的事，翻脸之后谁也别想扯清。

黎驼驼抱了个箱子，里面是Leo送她的礼物，所有。

她把它放在Leo家门口。

我提醒她："你要转学了，正是用钱的时候，这箱东西卖到二手商店，基本能解决一年学费。"

她说："希望这些东西能换他心理平衡，我不欠他了。"

然后一眼也不看箱子，回家，继续写作业。

第二天她开门，所有礼物都被撕烂、砸坏了，散落在门前。

她绕过地上的纪梵希、小鹿斑比，整了整身上的免费T恤，面无表情，上学。

Leo越发失控。

他半夜捶门，吵醒邻居，邻居报警。

他在放学路上堵黎驼驼，被警察发Restraining Order（限制令），勒令他必须和黎驼驼保持一百米以上距离。

学校警告他，美国和中国法律不同，这么骚扰别人，真的会坐牢。

华人圈又炸了。

这段故事，作为一年多前故事的续集，引得人人转发，为黎驼驼说过话的人，纷纷表示打脸。

我不知怎么宽慰她，怕她又崩溃，十分紧张。

可她每天都在埋头做事，关于流言，她的回应云淡风轻。

"以前觉得流言伤人，原来只是不够忙。"

那个血红着眼睛，噙着泪说挺过这股难受劲儿，我就会更强大的人，真的更强大了。

她说："经过一次就知道，流言这东西，乍看仿佛能摧毁我一生，其实过去就过去了，它的杀伤力取决于我有多在意。生命这么短，我为什么要在意丝毫不创造价值的事情？"

她说完，回到C++[1]课本里，专注，迷醉。

"黎女神，受我一拜！"我由衷地说。

我每次考试都拜她，这次我不拜她的成绩，拜她这个人。

那些伤害过她的，都让她更加坚强了。

黎驼驼在忙着解决困难，而这困难是十八岁的她解决不了的。

她没有钱。

伯克利给她半奖，想毕业，年均还需二十万人民币。

黎驼驼读社区学院一年半，奖学金负担一部分，剩下的从二十万元家底里拿。临到毕业，她还有八万人民币，别说伯克利学费，连办理资金证明，换取I-20都不够。

"试试问你爸妈要？"我出主意。

"工资摆在那儿，没有就是没有，何必给他们添烦恼。"

黎驼驼倒床休息，不一会儿就睡着了。

除了校园工，她在中国餐馆做服务生，小费不低，但对于国际学生的学费，杯水车薪。

而交不上资金证明，就是自动放弃录取。

---

1 一种计算机程序设计语言。

后来我得知，那时候她手里有华盛顿大学的全奖录取，一直瞒着我。

我问她："是不是怕我劝你现实一点，放弃伯克利，一起去读华盛顿大学？"

她点头。

我感叹："结果你挺过来了，世界果然是属于不现实的人的。"

她摆摆手，岔开话题，不愿再提起这段时光。

据我所知，她还是回国筹学费了，回的不是绵阳老家。

她找到Leo妈妈，老人家教育她，做人要给自己留后路，把人得罪得咬牙切齿，到头来亏的是自己，又说人没有钱就没有尊严，黎鸵鸵错过了大好的翻身机会，是年轻不知好歹的下场。

黎鸵鸵起身告辞，老人家叫住她，递给她一张支票。

"省得你去找我儿子。"

黎鸵鸵坚持写借条，Leo妈妈不要，她把借条塞进沙发缝隙，鞠躬感谢。

出门走很远了，她才肯掉眼泪，大声哭。

后来，那借条落到了Leo手里，什么后果，我不知道。

二〇一二年夏天之后，我是华盛顿大学的转校生，她去了伯克利，过去的一切一下子就断了。

留学圈有一种生意。

混文凭的富家子们只选课不上课，花钱请代修，一门课一千美元是华盛顿州市场价，加州更甚。

因为Leo，黎鸵鸵认识了这个巨大市场，她默默记下论坛地址，搬到加州，立刻杀入当地社区学院捞金。

她成绩好，你要多少分她考多少分，加上办事爽快，亲切可人，客户越来越多。

她招揽了辅课中心里打工的中国研究生们，收取客户一千二百美元，支付工资八百美元。到大三暑假，她早已退出前线，只联络、收钱、发工资，大部分时间在摩根士坦利加班，誓死要做最刻苦的实习生。

哦，有一回加州法院捉作弊，黎鸵鸵的客户、雇员纷纷落网，学生签证吊销，遣送回国。黎鸵鸵太珍惜时间，凡事只通电话不打字，做了漏网之鱼。

风头过后新客户上门，全部被她拉黑。

也是在大三暑假，黎鸵鸵见到了梁牧。

她回国，路过北京，他在清华读书，约她参观校园。

彼时他大一，她大三。

黎鸵鸵穿着她唯一的奢侈品套装：LV（路易威登）包包，Tory Burch（汤丽柏琦）渔夫鞋，精致妆容，鲜艳红唇，和梁牧不合身的免费T恤走在一起，怎么看怎么别扭。

早先微信联络时，梁牧言辞暧昧。此刻他双手背后，隔着距离，感叹黎鸵鸵会选路子，自己寒窗三年熬高考，她高一就逃出体制，轻松上世界名校，跳两级，还变得这么洋气。

黎鸵鸵也不谦虚。

"高一时，成绩好是你的目标，可是对我而言，重要的是人生选择，好成绩只用来增强竞争力，增加自主权。"她说。

梁牧连连点头。

他目光清澈，还是大孩子模样，还没从"高考大获全胜，我要好好放松好好玩"的梦幻中醒来。生活，社会，未来的压力，都遥远得像在另一个世界里。

黎鸵鸵劝他少打DotA[1]多学习，像劝缺乏管教的弟弟。

梁牧反驳，手舞足蹈。

"电竞已经产业化，是有巨大市场潜力的正规体育项目，DotA的世界大赛TI就在你们西雅图，你不知道吗？今年一百一十美元的门票，淘宝已经炒到三千块了！市场大得夸张！"

黎鸵鸵像在听外星人说话。

他们吃晚饭，散步，告别，又笑，又拥抱，又挥手，像一对交情不错的老朋友。

当晚，黎鸵鸵注册淘宝店，出售DotA周边和TI3[2]门票，又开通现场观赛的接待业务，提供预订酒店、机票和导游的服务。

二〇一三年，美国楼市开始回暖，黎鸵鸵找华人银行伪造材料，申请贷款，八万美元买下一套房，准备来年开设西雅图观赛一条龙服务，让客户全住在这套房里。

很幸运的，来年还没到，Airbnb先盛行起来，她注册账号，给一个当地留学生留了间房，留学生管理日租业务，免费吃住，她在伯克利做远程大房东。

欠Leo妈妈的钱，已经以一点一五倍利息还清。

1　一种电子竞技游戏，全称Defense of the Ancients。
2　第三届DotA2国际邀请赛。

5

我和黎鸵鸵在玛格丽特·米切尔故居重逢，已经是二〇一四年十二月二十八日。

我组队自驾游，经停亚特兰大一天，她即将首次操刀中国公司美国上市，前来培训两周。

博物馆里，我们一起看老照片组成的旧故事——米切尔和两任丈夫的恩怨情仇。

她看完，意犹未尽，让我讲讲《飘》。

我很震惊。

记忆里，她的文学常识和文艺细胞值双双为零。阿泰斯特改名慈世平前，她一直分不清他和托尔斯泰，现在竟然不仅认真读完玛格丽特·米切尔生平，还要听《飘》，听完还要拉我去亚特兰大高级艺术博物馆。

她说，最近那儿有印象派画展，值得一看。

竟然连印象派画展都能说顺溜了，说好的零文艺细胞呢？

亚特兰大高级艺术博物馆，展厅有四层，通体采光完美，黎鸵鸵经过一幅又一幅画，脚步轻轻，目光虔诚。

她说，啊，尚塞！

她说，不愧是高更！

她说，还是莫奈最大师！

我静静看着她。她明明整个大一都以为Fine Art（美术）中文叫"好画"，意思是画很好，对画一窍不通。

然后，我目睹了她和一个前来搭讪的、自称是意大利画家的路人聊天。

　　她说，高更很喜欢用这种古埃及壁画的平涂手法，体现原始感，他画许多土著人民的棕赭色皮肤。他也喜欢用跳跃、艳丽的颜色展现内心的热情，你看这惊世骇俗的大红和纯蓝……

　　我问她怎么知道这些。

　　"半年前date（约会）过一个西班牙画家，耳濡目染了点常识。你刚刚不也教了我米切尔的生平和她的《飘》吗？"

　　是的，黎鸵鸵的爱学习，从不局限于教室，她吸收她所见过的一切优点。

　　坏事到了她这儿，最终也都从怪变成经验值，给她的女神之路添砖补瓦，加速升级。

　　我记得的。

　　当年她和Leo分手一个月后，在微博上看到他的新女友，一个小网红。

　　网红一发照片，粉丝排队提问。

　　"女神鞋子是谁家的？"

　　"求女神T恤品牌！"

　　网红时不时发广告，当时传闻说Leo的新女朋友是网红白富美，一边读书一边轻松挣钱，甩黎鸵鸵几条街。挣钱途径应该就是广告。

　　黎鸵鸵认真读完她的微博。

　　"挺有意思的，不过给别人发广告，投资转化率的主动权不在自己手上，早晚被动，她应该利用名气做别的。"她说。

　　后来我去旧金山面试，顺便过周末，寄住在黎鸵鸵家。

　　她的书柜上摆着*How to Build Your Social Media*（《如何建立你的社交媒体》）、《大数据分析：什么内容能引起疯狂转发》。

发一条微博，精心编写文案，认真P照片，说起关注微博热搜榜、定期蹭话题等涨粉策略，头头是道。

粉丝多了，引来新女友点名讽刺。一排人水淹黎鸵鸵的评论区。

"女神不是你想学，想学就能学，看你肥的！"

"再作你也只是前女友。"

黎鸵鸵不理会。

她安静地涨粉，然后宣传淘宝店，把淘宝店变成网红淘宝店，认证框下挂着三颗蓝钻。

当初兴冲冲骂她的人，陆续换了面孔，一口一个老同学地找上她，这个要合作开店，一起发财；那个在参加比赛，亟须投票，请她转发。

那时节，黎鸵鸵和一个伯克利学长谈恋爱，学长在硅谷创业，去投资人家做客带了她。黎鸵鸵和投资人夫妇交上朋友，拿到投行实习的内部推荐，顺利入职。

微博上传言黎鸵鸵拿男友做跳板，有网友反驳："女神本来就是名校白富美。"

"你怎么知道？"

"十六岁出国留学，二十一岁开宝马，家底不厚可能吗？"

6

离开创业学长时，黎鸵鸵已经分手技能满级。

两人吃顿饭，有说有笑有祝福，还是好朋友。

黎鸵鸵很爱他，说他像是她梦里走出来的情人，符合她的一切幻想，过着她的理想生活，与他说话的时候，她人生第一次理解了什么叫灵魂共通。

分手一年，她说起他，还是面颊绯红，眼睛晶亮。

"那你们为什么分手？"宽阔敞亮的艺术博物馆里，我问。

"他要回国创业，而我想闯荡旧金山金融圈。与其历尽痛苦分手，不如放爱一条生路，各看各的风景，有缘再见，没缘不亏。"

我很担忧。

"你已经不相信真爱了，你知道吗？"

"我信爱，但我更信自己。"

她正在看一幅莫奈，忽然转头一笑，唇红齿白，目光笃定，瘦矮身子散发出顶天立地的气势。

"而且，经验表明，我是对的。"

意大利画家又出现了，他望着黎鸵鸵，"你很有魅力，可以一起喝杯咖啡吗？"

黎鸵鸵回以微笑，"I appreciate that compliment. It was nice meeting you." [1]

说完，她拉起我转身离开，留下潇洒俏皮的年轻背影。

7

亚特兰大一日游进行到下午四点，我困了。

黎鸵鸵进了可口可乐中心，一会儿要和北极熊玩偶合影，一会

1　意为"非常感谢你的赞美。见到你很开心"。此处表婉拒。

儿要看4D动画，一会儿读公司历史，一会儿对着煽情广告抹泪花。
上蹿下跳，兴致勃勃。

我跟着她，想找机会与她深谈。

黎妈妈交代过我，下次见到黎鸵鸵，务必劝说她不要一门心思
工作，腾出精力谈一场认真的恋爱，早点结婚，不要奋斗那么久，到
头来变成大龄剩女。

我小心试探。

"你理想的结婚对象是什么样子？有钱，帅，能够在事业上互
相帮助的，还是顾家的？"

"彼此心动的。"

"就这？"

"小时候努力学习，所以自由选校；现在努力工作和赚钱，所
以自由生活。我想要的事业和生活，已经自己赚到了，爱情的话开心
就好——找到了！"

不等我答话，黎鸵鸵已经冲进世界可乐工厂。

可口可乐根据不同人种、地域调整配方，不同国家不同口味。

全世界所有的口味，全都集中在这间叫可口可乐工厂的房子
里：洲名在头顶，下面一排国名，每个国名对应一个水龙头。

"渴死了！"

黎鸵鸵说完，抓起塑料杯，边喝边摆表情，让我拍照。

又有人上前搭讪。

黎鸵鸵听说他来自比利时，竟然主动说起法语。

借电话的免费T恤土胖姐摇身一变，成万人迷了。

我三观碎裂，目瞪口呆。

可仔细一看她，为什么惊讶呢？

我面前的二十一岁女孩自信、活泼、精致、纤瘦、时髦、富有、名校毕业、名企工作、见多识广、言之有物、笑容明丽、目光沉静。

她与比利时人聊天，一举一动恰到好处，连我都觉得有魅力。

她这么一副独立自主，热爱生活，兴致勃勃探索大好世界，安全感和快乐都不靠别人给的样子。

我憋了一路"你妈叫你快找人安定下来，以免做大龄剩女"的劝诫，说不出口了。

她告别比利时人，突发奇想，要开同学会。

"我们那一届，有六个数学辅导员转学去了佐治亚理工，全部约出来嗨通宵！"

"可是我们去哪里同学会？这么临时通知，他们家里不方便怎么办？KTV、酒吧不开通宵，订酒店又很奇怪。"

我还没说完，她掏出手机，划了一会儿，打断我。

"订好了，Airbnb上的penthouse（顶层公寓），五百九十八平方米，俯瞰亚特兰大夜景，明天下午两点清房。去叫人吧。"

8

巨大的顶层公寓里，啤酒和爆米花横飞。

十三个新老朋友一会儿烤鸡翅，做游戏，唠家常，比赛喝酒；一会儿下楼打台球，斗迷你高尔夫，游泳。

黎鸵鸵玩儿什么都起劲，凌晨三点，我实在坚持不住，睡到半熟，还能听见她亢奋的呐喊。

"哈哈哈我记得，当时我们一群人为那道题吵到十一点，整栋楼都黑了，我时任男友还给我们带饭来着！"

第二天。

十点半，我睁开眼睛，大家都还睡着。

沙发上、地毯上、床上，横七竖八，鼾声此起彼伏。

餐桌上放了六份碎蛋三明治，一张字条上写着"Help yourself（请自便）"。黎鸵鸵的笔迹。

黎鸵鸵不见了。

我拨通电话，无人接听，发微信。

"你人呢？你不是还要培训吗？别玩忘了。培训几号开始？"

"三小时前，现在休息五分钟。"

"那你还下了飞机就满城乱跑一整天，外加玩通宵？还早起做早餐，你睡觉没啊！"

我吼叫，她也太不要命。

十五小时后，我收到一句语音，TVB腔特效。

"年轻嘛，折腾折腾啦。"

少年往事：那些花儿

尧耳 —— 文

四川大学文学硕士，热爱电影的中年宅居大叔

1

父亲来成都过春节，带来了小静的死讯。加上几年前去世的芳芳，童年时代的两位伙伴就这样悄无声息地离开了人世。

从小一起在小镇玩闹，之后又考学出来，各自在大城市孤独打拼。家人的期望刚刚有了些收获的苗头，生命却在这个时刻戛然而止，对她们已不年轻的父母来说，那几乎是个致命的打击。

现在我想起小静，马上就能回到那个傍晚。除了我和她，还有小钢、锋哥、苏美和爽娃。我们没有赶上从县城回小镇的直达车，只好一截一截坐短途车回家。如果客车抛下我们，就去追赶拖拉机，恳求老司机们载我们一趟。

最后帮忙的是一位满脸凶狠的中巴车司机，他找了个回家吃饭的理由，把我们丢在了邻近一个叫作"人和"的小镇上。没有了天时和地利，我们这群高中生只能徒步跋涉这个"人和"。

天色渐晚，公路上的尘土正在缓缓下沉，归于平静。这里没有

城市的夜生活，村镇的夜晚来得很早，人们早早睡下，在外游荡的只有孤魂野鬼。

微风吹不动路边的竹林，但还是能够带来几分凉意。十多公里的路程摆在脚下，却并没有吓到一群从小活泼好动的孩子，只有小静显得有些娇弱和力不从心。

一路上，锋哥领着我们大声聊天、放声歌唱，拿着河边折断的芦苇雄赳赳、气昂昂地朝前迈进。锋哥和苏美姐比我们高一年级，年龄也大一些，扮演着父母的角色。我们大笑或者彼此攻击的声音传到河对岸，飘了一阵，在黑黢黢的小山头里隐去了。

后来，天彻底黑了下来，我们没有手电筒，也没水喝。那时没有手机，我们成了一队尚未失足却已失联的流浪少年。

走了一个多小时，我们渐渐没有了插科打诨的兴致，只剩坚持走下去的残存体力。大家沉默着，对抗着饥饿、干渴和脚板的酸痛。鞋底摩擦着尘土和石块，混杂着几分胆怯和疲累，心脏怦怦地敲打着胸口。锋哥打头，爽娃垫后，我和小钢陪着小静和苏美走在中间。

小静一直默默地走着，我们聊天时她不说话也不笑，但也没有停下来休息或者掉队。偶尔看到路旁房屋里透出的一点光亮，对我们就是莫大的慰藉。小静的齐肩短发服服帖帖，保持着形状。她抿紧了双唇，不发一言地坚持着。锋哥半开玩笑地说大家轮流背她，被她轻声拒绝。

我无法忘记抵达时，在校门口灰暗的灯火下，守望的父母们眼睛里闪烁的亮光。

那一刻，我们洒脱地回应了父母的关切，内心充盈着兴奋和豪迈，就像一群打鬼子胜利归来的童子军。

我们吵嚷着告别，小静则不发一言，笑一笑。然后我们跟随各自的父母回家，大口吃掉母亲重新蒸热的红烧肉，蹭几口父亲的啤酒。

2

按照时髦的说法，小静就是那个"别人家的孩子"。

每当我在外面疯跑打闹，被父亲提着耳朵领回家，在一顿臭骂之外，总会加上一句："你看看人家小静，每天都安安静静地待在家学习，哪像你，三脚猫一样成天不落屋！"

忘了说，我们的父母都是小镇老师，这群孩子从小在学校里长大。在闭塞的偏僻小镇，我们改变命运的唯一机会，便是考上大学，冲出小镇，走向城市。不然，按照父亲的原话："镇上的二流子队伍又多了一个。"

"成功"是什么，我没有丝毫概念，但对二流子队伍的厌恶和抗拒早已成习惯。在小镇上，没有出路的青年，最终都会被熟悉的流氓们带坏。欺行霸市，偷鸡摸狗，在赶集的日子欺负老弱农民，强买强卖他们的鸡鸭；或是拦住外地货车抢夺过路费。平日里便在小街上游荡行走，与行为不端的女生打闹厮混。

虽然隐隐有些羡慕他们的潇洒，但在教师家庭成长起来的人，对非主流生活有着本能的抗拒。虽然小镇偏远，但学校还是一个神圣的处所。二流子们再嚣张，也不敢到校园里来放肆。

而小静，则是与之对立的两个极端。在我们这群孩子心中，她就像一个无法企及的理想幻梦。

炎热又漫长的暑假，我们成天在校园里无所事事，或是叫嚣着跑过空旷的操场；或是在寝室吹着风扇吃西瓜、打扑克；或是躲在角落里通过触碰禁忌来获得快感；或是在夕阳西沉时冲向河边，再扑通扑通跳下水，感受酷暑中难得的清凉。

小静永远不会跟我们厮混，偶尔我们透过她家的大门，看到她从卧室走向厨房，端坐在饭桌旁看电视剧。当她出现时，大家都会下意识地放慢脚步，压下呼吸。如果当年有"女神"这个名称，我会毫不犹豫地将之冠在小静头上。

某日，我独自跑过她家门口时，突然察觉到肚中的异状，于是跑进去讨要厕纸。她坐在沙发上，并没有对我的闯入表示任何的态度，而是安静地等待我开口。

"能不能要点纸？我想那个了。"我揉揉肚子，挤出一个苦笑。

她笑笑，抬起手指了指饭桌那边。我看到饭桌上只有一个插着筷子的塑料筒。这是什么意思？我不敢问，额头的汗珠流进脖子，有些发痒。

"屋里，你进去就看到了。"她像是运筹帷幄的将军。

她的母亲出来解围："小耳朵，你要上厕所哇？"

"嗯。"

"来，这张纸拿去。"

"这么多，我用不完。"

"用不完揣着啊，你怎么这么呆板？傻孩子！"

我几乎是溃逃般离开那里。

3

芳芳与小静截然不同，她比我略大一点，却低我们几个年级。不同于莉莉两姊妹因为成绩差没考上高中，芳芳甚至还没等到考试，年轻的生命便骤然终止。

芳芳拥有率真的男孩个性。记忆中，我们时常凑在小钢家，美其名曰写作业，其实是打闹戏谑，耗费仿佛没有尽头的少年时光。母亲们就在楼上芳芳的家中打麻将。

许多次我都因为出言挑衅，被芳芳追打得满地找牙。她从小发育得早，个子高，力气大，教训我就跟玩一颗泥丸那样轻松。不过孩子的打闹总是过后即忘。

有一次她和爽娃打架，从学校外的荒地里一路打回来，她甚至把爽娃一把推到了水田中，爽娃满身泥污，号叫着扑过来，想把她也拖下水。但是污泥拖延了他的脚步，芳芳在狭窄坎坷的土埂上轻盈跳跃，步伐之迅捷，令观战的我们叹为观止。

有趣的是，小静一直保持着齐肩短发，而活跃的芳芳总是一头长发。为了生活方便，她总是编成辫子，这也成为打架时的一大破绽。我多次试图通过抓紧她的发辫来牵制她，但每每因为实力悬殊太大，被她瞬间压制。

同为女生，我们把小静当作神秘的异性偶像，把芳芳当作哥们儿。我们甚至根本无法从她的身上察觉到一丝异性之间的吸引或排斥。她也大大咧咧不当回事，与我们成天玩闹，凭借着身材优势，虽然没有锋哥和苏美姐那样的威望，但依然可以把我们这几位小孩压制得服服帖帖。

莉莉姐却又有着另外的风格，她是我们精神上的大姐大，区别于锋哥、苏美在主流道路上的引领，莉莉的豪迈带着几分社会色彩和江湖义气。

少年时的豪爽多情有着明显的刻意和做作。她曾为了表达愤怒，把课桌上的一堆书推到地面；初中时，也曾经带领我们庆祝生日，在一个捡来后冲洗干净的蛋糕盒底盘上，挂起小摊上买来的塑料珠串和玻璃耳环，点燃照明用的白色蜡烛。然后我们一人拿着一支冰棍，为她合唱一遍中文、一遍英文的生日歌。

那天，在敞亮开阔的教室里，我们蹲坐在破败的木头桌椅上。夏天的风穿过锈蚀的铁质窗栏吹进来，吹动了莉莉姐身上简单的无袖布衫，我看到了她那微微隆起、正在发育的胸部，一丝好奇混杂着兴奋在体内膨胀，随后被我压了下来。

4

可以说，是莉莉姐对我进行了文艺启蒙。她热爱唱歌与表演，每次文艺活动都是积极的参与者，而且不断追逐和哼唱着最流行的歌曲。

她坐在床沿上，我坐在比她矮一点的小板凳上，一起学唱时髦的《爱江山更爱美人》："人生短短几个秋啊，不醉不罢休——"刻意拉长的尾音制造出沧桑的效果。还有《九妹》《大花轿》，兴致来了便站着，用书卷成话筒的形状对天高歌。

小平房的外面是篮球架和乒乓球台，旁边是蒸饭的煤炉和烟囱，暑假里空无一人，只有我们的歌声在自由回荡。

莉莉姐的开朗任性招惹来了学校外面的二流子，她开始和他们交往、玩闹，躲在厕所外的竹林里抽烟，或是跑到小河边喝酒。我始终相信莉莉姐并没有真正与二流子们发生什么，但在身为教师的父母们看来，这已经是大逆不道的行为。

莉莉姐与她同样活泼的妹妹从此便被贴上坏孩子的标签。因为考试成绩差，莉莉两姊妹曾经被她们严厉的母亲关在门内，跪在沙发前，一边大声斥骂，一边用毛衣针鞭打，话语中充满恨铁不成钢的怒火："你看看隔壁的小静，还有小耳朵，长成那个鬼样子都比你们考得好！你们还要不要脸？"

一不小心，我也成了被学习和推崇的榜样。可是听到这些，我的内心没有任何快乐与满足。原来，成为"别人家的孩子"有时也充满苦涩。

后来我们便上了高中，浑浑噩噩的少年时光仓促收尾。在县城的高中封闭式学习，是小镇少年挤入城市、获得尊重的唯一出路。城市的孩子也许对读大学不以为然，但对当时的我来说，初中三年的拼搏换来了高中的敲门砖，之后也只能背水一战，不然就要前功尽弃。

重点高中每天的安排是从早上六点持续到晚上十点，基本是半军事化管理，没有出行的自由。每周有半天时间整理内务，每个月放假两天回家休整，那次徒步回家就是发生在某次月假。

我高二时，小静也考入了高中，她的教室就在楼下，但我们几乎没有任何接触。即便同车回家，也顶多打声招呼，然后便一路沉默。

爽娃与她有些亲戚关系，另外她还有一位与我们陌生的表哥，他们时常一起接触和玩耍，把圆桌摆在屋外吃一顿热闹的家宴。透过大门看到他们的欢乐，我的心中会生出几分妒意。

高中三年，仅有一次较长的接触。她有事未能回家，她的母亲托我将装着衣服和食物的背包带到县城，同时还要捎上一句话："注意身体，自己去商店里买几条内裤，要纯棉的。"

因本人已有"呆板"前科，所以阿姨将这句话又重复了一遍。

我提着沉甸甸的包，下楼找到小静的教室，在门口扫视了一圈，没看到她。我请坐在门边的同学帮忙通知下，他站起来大吼一声，我才看到小静从遥远的角落站起来。

我退到门外等着她，她走出来，我把包递给她，她轻声说了句"谢谢"。我点点头，一时语塞。教室内有好事者从窗边打探，看到是个小孩便扫了兴，但这依然增加了我的紧张。

她准备掉头回去时，我咳了一声，"那个，阿姨让你自己去买。"

"嗯。"

"就是穿在里面的……那个裤子。"

"要得。"

"还要纯棉的,其他的不好。"

"我晓得了,谢谢。"她笑着说。

我瞬间垮塌下来,僵直的双腿转眼又软得似乎站不住,挤出来的笑估计比哭还难看,脸上的红晕直到走上楼才开始消散。

5

从迷糊的少年时代进入紧张规律的高中生活,这其中似乎只有锋哥的Beyond乐队的卡带提供了少许的缓冲。

为了考上大学这个终极目标,我们没有运动,没有玩乐,没有社交,有的只是不断发育又始终处于饥饿状态的身体,以及一节又一节的课堂自习,一本接一本的模拟习题。

也是在某次月假回家时,我才从父亲的口中得知芳芳去世的消息。

在这之前,我目睹过她被一只老鼠咬伤的场景。她点着蜡烛,独自走下楼,准备与我们一起在小钢家"做作业"。我和小钢在屋内听到她的叫声,赶紧跑出去。没有路灯的楼道一片漆黑,直到大人们闹闹嚷嚷赶来,才看见她歪倒在楼梯的侧面。

她刚刚走下楼梯,便看到一只硕大的老鼠从角落冲出来,她叫了一声,不承想老鼠也受到惊吓,竟然咬了她一口,然后迅速逃窜。她痛得歪倒在地,蜡烛也被摔灭。

她的左脚上出现了老鼠咬出的伤口,幸好并无大碍。我们将她搀扶起来，试着走了几步，所幸她并未把脚踝扭伤。她的母亲叫她回家擦些药酒消毒，她却只想同我们玩耍，于是擦药酒的任务就交给了我和小钢。也许正是这次疏忽，导致老鼠的病毒染进了她的身体。

过后的某天下午，她跟年迈的爷爷说有些腹痛，要在床上躺一会儿。爷爷出门同一群老头下象棋，中途想起她，走回来看，才发现她已经面色乌青、人事不省，赶紧将她的父母叫回来，又慌乱地通知医生，可是一切都晚了。一位刚刚还鲜活生动的少女，就这样突然离开了人世。

在未来的时间里想起这些，我一方面觉得场景恍惚，人生如同梦境般不真实；一方面也对刻板的教育产生了几分厌恶。

读书是我们当时的唯一目标，除此之外的一切杂念和情绪都要被禁止。芳芳的死讯就像一条国际新闻那样，被父亲冷冷提及，然后再无下文。唯一与她的死亡有关的记忆，是我离家的那个上午，看到对面房顶上丢满了芳芳的衣服，就像她的短暂人生，在众人的围观中被遗弃，然后遗忘。与此相伴的则只有隐约传来的，她母亲长久的悲泣。

6

莉莉姐的生活同样只存在于父母的口头转述中，她没有考上高中，而是读了一个职业学校。这在教师的语境中就是鬼混的同义词。

莉莉姐热情开朗、交友广泛，对比傻气羞涩的我，这本应是她的优势。但在封闭原始的小镇思维中，这并不符合主流的价值判断。

抽烟、喝酒、与二流子做朋友及热爱表现，这都严重违背了"好学生"的准则。所以她早早地被贴上了"坏孩子"的标签——这并非肉眼可见，但从教师们的闲谈、眼神和笑声，稍经人事的我们都

能大概掌握。

之后，莉莉姐的人生开始模糊不清，有过两段婚姻。之后的某次会面，她继续衣着张扬、口若悬河。

我这才发现，尽管都是从家乡的那条小河出发，流向广阔的城市。但最初的细小分岔，此刻已成为相距遥远的洪流。

那时年少的我们还是涓涓溪水，在近处相伴成长。二十年后，我们都变成了各自的大河，彼此之间已隔着无数大山。少年时的赤诚坦荡、心无挂碍再也无法重现了。

7

她的妹妹小娟因为继续在家读书，倒是与我有了更多的接触，她有着与姐姐相似的开朗，但言语之间多了些谨慎与克制，圆圆鼻子安放在黑黑的脸上，时常笑着。

长大了些，我不再像小时候那样与爽娃、锋哥他们厮混。我时常到对门的小娟家看电视、打游戏、吃西瓜，给她讲县城和高中的趣事。

"这些歌曲都过时了，现在都流行迈克尔·杰克逊。"

"什么杰克逊？"

"像这样，啊哦！比特，比特……"我摆出经典造型。

"哈哈，像个神经病。"

除了每家都有一套卡拉OK，那时还流行可以打游戏的学习机。

"我们来玩'小蜜蜂'，输了的钻桌子。"

"算了，你还是打'冒险岛'吧，我看你打就行了。"

"好，那我争取通关。"

"你直接打第四关，马上就可以救公主。"

"救公主有什么意思？"

"不救公主，这个游戏有什么意思？"

"太'没压黑（没意思）'了呀！"

"你学得一点都不标准，而且很假，粤语才不是这样的。"

"我们来打牌吧，我晓得一种两个人就可以玩的方法。"

我们翻箱倒柜，凑齐了一副扑克。小娟开始收拾茶几上的零食。

"算了，我们去饭桌上玩吧。"

"啊，桌上好多油。"

"你把它舔干净吧，有营养。"

"哈哈！你来舔，你正好喜欢吃肥肉嘛！"

"那怎么办？"

"到里面去吧。"

可是卧室的书桌比较窄，又没有两把木头椅子。于是我们坐在了床上，叠好的被子正好作为放扑克牌的小桌。我们开始专心地玩"十点半"，后来觉得规则太复杂，换成了"接火车"。我运气不好，总是输牌，一会儿被打手心、刮鼻子、一会儿又跑下床去钻桌子，对着窗外大叫。我的窘态逗得小娟笑个不停。正当我全力以赴、孤注一掷准备翻盘时，我母亲进来了。

在这之前，我多次和莉莉姐、芳芳、锋哥在他们的家中单独玩耍，每次母亲都站在门外唤我回家，我答应一声她便转身离开，我再慢吞吞地道别往回走。但这一次，母亲火气很大，站在床边，怒目而视道："快点回去了！"然后一动不动地盯着我下床、穿鞋、出门，她才像一位刚刚抓到嫌疑犯的称职女警，跟在我后面走出来。

如此反常的表现搞得我发蒙，心想，你打麻将输了钱，却要让我来承受这份愤怒和委屈，到底是不是亲妈啊？

8

再接触到小静，是在高考之后。那次会面却让她的神圣形象瞬间崩塌。

高考如期而至，如我般的穷苦学生将要直面最关键的检验。高中是人生最拼命、最艰难的三年，至于能否改变命运，只有等待上天的安排。父亲专程赶到县城，在表舅家为我做饭，陪我度过了考试的几天。然后，我陪着父母到附近的紫竹公园游玩散心。

父母缓慢步行，聊着家长里短，很快又开始吵起来。我却只想像只鸟儿那样自由地飞起来，于是便一个人冲到前面，四处乱窜。

就在我从一座观音塑像后面的小斜坡俯冲下去，再绕过塑像一跃而下时，我看到了小静，以及她身边那位清秀高大的男生。他们也呆呆地望着我，就像在深山里突然看到了一只猴子。

我很快恢复过来，笑起来，"小静，是你啊？"

她没有说话，也没有笑，而是招手示意我过去，与此同时那位男生朝旁边走开了。

"小……小耳朵，你们考完了？"

"嗯。终于考完了。"

"那……那个人，是我同学。"她失去了往日的淡定。

"哦，我晓得。"

"你答应我一件事。"我们的脸离得很近，她盯着我的眼睛，长长的睫毛一闪一闪。

"什么？"

"不要对任何人说在这里看到过我。你爸妈也不能说，他们会对我爸妈说的。"

"嗯，我没看到过你，我走啦。"

我朝前走，忍住不扭头去打量那位男生。

"你考得怎么样？我以后要到北京去读大学！"她在背后说。

我僵直着脑袋，没有回头，而是举起手挥一挥表示回应。

这个秘密会在我的心底烂掉，我想。

几天之后的饭桌上，我同父母谈起了大学生活。从生活费到吃饭洗衣服，然后说到了谈恋爱。

"你要先认真读书，自己能挣钱了再找女朋友，没有经济基础，不要考虑这些。"

"就是！不要像小静那样，高中就找男朋友，早恋还怎么考大学？"

之后父母的训诫我一句也没听进去，一边"嗯嗯啊啊"应付着父母。我仔细回顾并搜索了前几天的所有场景和对白，确定自己没有泄密。很明显，小静最后在公园里碰上了我的父母，为此，我暗暗自责。为何当时没有告知小静，导致她在享受爱情的同时，忘记了避人耳目。

"早恋"与"坏孩子""差生"等标签有着相似的威力，可以迅速毁掉一个孩子的形象和成绩。小静失去了往日的口碑，迅速地成为父母们口中的反面教材。这加重了她的封闭。她的母亲为此关上门狠狠教训了她，过后几日，我在门外隐约听见了她的抽泣声。

9

再后来，大家都走出了小镇。锋哥去了浙江，小钢在西安，我则到了成都。伙伴们几乎失去了联系，偶尔放假碰上锋哥、苏美姐，寒暄之后便不知该说什么。

小时候的游戏机、卡带、录像厅正在被电脑和网络代替，加上长大后的矜持及爱好、生活的差别，大家已逐渐没有了共同话题。莉莉姐结婚生子，然后离婚去了海南。

一日，父亲在电话中告诉了我小静的QQ号，说这是她父亲的叮嘱，工作后孩子们要加强联系。

那时，她刚刚从专科学校毕业，独自一人在陌生的城市打拼，骤然面对社会生活的精彩与复杂，柔弱如她一定会感到惶恐不安，真的需要一些旧日朋友的支持和安慰。

我每天泡在学校食堂后面的小网吧，加了她的QQ，头像却是灰色的，也许是工作很忙吧。

我发了条文字信息过去，当作打招呼。第二天再登录，看到她发了回复过来，但还是不在线的状态。

某天打开QQ，看到了她的头像闪烁着，有新的留言。

"感觉每天好忙好累，我真的很笨，考不上好学校，找不到好工作，什么事情都不会做，学都学不会。"然后是一个哭泣的表情。

"你怎么可能笨？你是我们的榜样啊！"

隔了两分钟，她居然回复了。

"小耳朵，想不到你现在这么会安慰人了，真的长成大人了!"

"你居然在线？今天没上班吗？"

"请了个假，放松一下。"

"哈，不错。感觉有很多年没联系了。大家长大了，再也回不去小时候了。"

"是啊，不过你在我们心中永远是那个可爱的样子。"

"这是在纪念小萝卜头才会说的话。"

"嘻嘻!"

我们聊了整整一个下午。具体的话题和内容早已忘怀，但我终于从网络上，看到小静内心那个活泼机灵的她。

"我该做饭了，你也去吃饭吧。"

"好的。再见，你好好照顾自己。"

"嗯，我会的，你也要越来越好。我们都看好你。"

"混呗，谁知道未来是什么样子？我们今天说的话，已经超过以前全部聊天的总和了。"

"因为你太优秀，我不好意思打扰你。"

"这句话应该是我说才对啊？"

"小耳朵，我说的是真心话。你是一个骄傲的男生，而且你有值得骄傲的本钱。肯定有一天，我们也会为你而骄傲。"

10

这便是小静留给我的最终印象，那也是我最接近她内心的一次交谈。看到那段话时，我几乎可以透过屏幕看到她笃定的眼神和微笑而真诚的脸。

父亲简单地说起了小静的死讯，在我的追问下才透露出一些听来的讯息。

突然而至的消息让整个家庭陷入黑暗。她的母亲先是昏倒，然后在家里以泪洗面好多天。她的父亲赶到她工作的城市处理后事，之后回到学校，以沉默应对所有的探询。

透露出的死因是被破窗而入的歹徒杀害，坊间捕风捉影的猜测一直没有间断。

从此以后，校园中几乎看不到小静父母的身影。我记得他们当初快乐开朗的样子，她的父亲是一位幽默积极的男人，给我们上第一节政治课时，第一个动作就是在黑板上写下"骗人的鬼话"五个字。除了上课，他还去县城批发老鼠药、猪饲料等各种小商品，在赶集的时候叫卖赚钱。她的母亲更是被直接摧毁，平日低落地穿过操场去上课，面色阴郁，不发一言，笑声更不可能有，就像人生的气候从日光和煦瞬间进入了霜雪冰冻。

与他们一同消沉的还有芳芳的父母，那位身穿破洞背心、在夏日的风中漫步大笑的男人，那位总是召集妇女们到家里打麻将，真诚热情、心直口快的女人，都从这个世界上消失了。取而代之的是一对孤独悲伤的老年夫妻，一个愁云惨淡的失独家庭。

伙伴们长大了，父母们的话题也都从自己的生活变成了汇报孩子们的动态，但是都会有意地避开小静和芳芳的父母。而每当话题开启，莉莉姐的父母也会悄然走开。

小静的父母收养了一个十四岁的小女孩，但谁都知道这仅仅是一个临时的精神安慰。当我回乡再见到他们时，我甚至不知道该用何种表情和语气，才不会触碰到他们内心无法弥合的伤痛。

锋哥、小钢、苏美姐和我都留在了读书的城市里工作，结婚生子，定居下来。爽娃回到了县城做医生。莉莉姐和小娟去了海南三亚。

在微信上，莉莉姐说："很羡慕你离家那么近，你知道大家对我的看法，我不可能再回去了。"

我们都不可能再回去了。

青春的步调

范尔乐 —— 文

正好 95 后，刚入职互联网行业的非文艺女青年

到现在也还印象很深呢，几个宿舍的三五个女生，加上唯一的男生——非得跟来凑热闹的雄哥，一起去看了《我的少女时代》。当《小幸运》响起的时候我正准备流泪，在我右边的雄哥却用完全不在调上的声音跟唱起来，瞬间让我出戏，扑哧就笑了出来。

几个人从电影院出来，吵着再晚一点就赶不上公交了。我们看了一眼手机，发现公交早没了，就决定三三两两组队打车回学校。

坐在回程的的士上，我们宿舍几个人照例议论了一下电影，大家都在说"完全没有共鸣啊""我们的青春显然不是这样的啊"之类的。

夏思维拍着前排的我，说："哎，杨清，那以后你就拍一部真正的青春电影吧，好展现展现我们真正的青春啊！"

"对呀对呀，肯定会票房大卖的！"商小旋附和着。

这个片段我记了很久。我坐在的士前排，车窗开着，风猛烈地灌进来。我看着外面的夜景，虽然硬生生看了四年，但那一刻好似有些不一样。

想要拍一部电影，或者写一部小说，讲讲大多数人的青春过的是怎样的。

真正动笔的时候已经是我们都毕业各奔东西的时候，过了在学校门口号啕大哭的年纪，开始各自在自己的工作岗位流汗流泪。许多人留在上海，有些人继续读书，有些人去了公务员队伍。

有些人可能走得快了些，有些人可能慢了点。回想起来这段被人们叫作青春的时光，我们有些天真，有些无知。

所以我真正想拍电影也好，写成文字也好，归根结底是想为了跟自己的青春岁月，跟以后可能在婚礼或葬礼才能够遇到的人们，悄悄说声再见。

因为我也希望青春可以无限地延长，长些，再长些，青春的步调可以慢些，再慢些。

我也没有很大的奢望，只想将自己的步调写出来，不紧不慢，却独一无二。

商小旋："但是，你没有。"

读书的时候总担心自己以后会怎样，赚多少钱，做什么样的工作，嫁怎样的人。会不会有一天出人头地呢？但自己盼星星盼月亮的事儿就是不会发生，意想不到的倒是自然而然地来了。说不清楚为什么，可能是每一个刚刚好的时刻，遇到的每一个改变生命的机会，你都没有好好把握。

没有说出"对不起，我错了"；没有告诉对方"我爱的是你"；没有拉住该拉住的手，抱紧该抱紧的人。

小学，青梅竹马要搬家了，离开你们每天一起上学放学、一起去对方家里看电视蹭饭（吃饭的时候一定送上几碟小菜）的地方，离开那条狭长的弄堂，那条街角就是一家小卖部、里面有小布丁和辣条的城市。他要走了啊，他看着每天等你一起上下学经过的巷口，每天把你弄哭的巷口，每天交换作业本的巷口。你窝在衣柜里面哭泣。你哭得天昏地暗，弄湿了妈妈的毛大衣。但是，你没有，没有跑下去拉住他的手，告诉他"别走，我真的会很想很想你"，告诉他跟他在一起的每一天都很开心，告诉他他的贴纸还贴在你的笔盒里，帮他写的作文才写到了一半，告诉他"去到哪里，都保持联系"。

初中，你最喜欢的老师突然过世，那个认定你是千里马的伯乐突然离去，那个在班上老爱表扬你的憨态可掬的老师，那个笑着拍你肩膀说"好好努力，我看好你"的老师。你一下子不知道该怎么办才好，听到这个消息就呆滞在教室，耳边听不到任何声音。他批改完的作文还没有发下来，他辅导你的作文大赛才刚刚出结果，你拿了一等奖，他发给你"永远做你的读者"的短信还没有回复，和他拍的合照还没冲出来。但是，你没有，你都没有告诉他，你还在坚持写东西呢！你没有告诉他，后来鲜少有人能认可自己了，鲜少有人刮着你的鼻子，说"又写小说呢"。你没有告诉他，是他改变了你的人生轨迹。

高中，好朋友和自己选了不同的大学志愿。想下海的人下不了海，想上山的人上不了山，运气总是把我们的梦想莫名其妙地推给别人。她拖着行李要去南方，你拖着行李前往北方。你俩看着彼此，也不知道该说什么。她是你三年的同窗，知道你喜欢在上课的时候偷偷地抄抄写写，知道你深夜在被窝里打着手电看书，知道你"不介意孤独，只是不想微不足道"。当时你们谈理想谈人生，展望未来，憧憬明天。约着上厕所，百米冲刺抢饭堂，一圈圈地走操场，讨论一个个校服底下曼妙的身姿。但是，你没有，没有好好说句"再见"，没有好好抱抱她，没有想到你们未来渐行渐远，成了两条呈发散状的线。

没有保持联络，没有更新近况，没有努力地把握友情，只是让它慢慢失去，自然而然，慢慢结束。

大学，刷淘宝，剁手，看电视剧，唱K，喝酒，看电影，学生会社团忙忙碌碌。抱着笔记本可以在宿舍待一天，白天到夜晚都躺在床上，可以一天足不出户。夜里光着膀子，烧烤摊上吹了十几瓶啤酒，和兄弟姐妹们总结出来的人生道理都是瞎胡闹。但是，你没有，没有每天定时定点去跑步，没有每天看书，没有开发自己的新爱好，没有坚持学英语，只知道考试前临时抱佛脚。没有多去几个单位实习，没有出去见见世面，没有懂得人情世故，没有懂得情商是个好东西，你值得拥有。

工作，你为了讨口饭吃，跟大多数的普通人一样，混在各行各业里，"假装"做着一份工作，拿到的钱，都是"演出费"。朝九晚五，赶地铁，买早饭，刷卡，对着电脑发呆。你曾盼望世界如同一个宏大的战场，喊声震天，你大马金刀，驰骋荒野，占城为王。可到最后，不过一兵一卒，拖着脚，被成千上万的人裹入滚滚洪流。但是，你没有，没有扭头做一个不一样的人。酒杯与酒杯碰撞，都是梦想破碎的声音。你没有从觥筹交错中站起来，你没有从平淡无奇中站起来，你没有从碌碌无为中站起来。

结婚，你看向旁边这个人。他斯文白净，没有很大的肚子，也没有帅气的面孔。他领一份稳定的薪水，在爸妈的支持下买了套小房子。婚礼上那么多人，你的同事亲人，他的同事亲人，你站在所有人目光所及之处，拿着捧花，化着最美的妆，穿着婚纱，环顾四周。但是，你没有，没有看到一个当年的朋友，没有一个学生时代就要好的伙伴，没有看到当初爱得最死去活来的那一个。

后来，你坐在阳台晒太阳，你老了，你会开始回顾自己的一生。那每一个刚刚好的时刻，遇到的每一个改变生命的机会——都因为你的没有行动，而错过了。

夏思维："十七岁的那年，吻过他的脸就以为和他能永远。"

我坐在床前/望着窗外回忆满天/生命是华丽错觉/时间是贼偷走一切

七岁的那一年/抓住那只蝉/以为能抓住夏天/十七岁的那年/吻过他的脸

我，梳着发髻，化着这辈子最好看的妆，穿着最美丽的嫁衣，唇红齿白，笑脸盈盈地坐在床的正中央。左边是商小旋，右边是杨清，两个我青春年岁最好的朋友，是我的伴娘。我二十五岁人生中，所有最好的东西，都集中在这个房子里面。我最好的朋友，我挑选了很久最好看的嫁衣和美丽的妆容，最爱我最疼我的爸妈，还有，那个与我在懵懂岁月跌跌撞撞一路走来的他。

他站在门外，和两个伴郎一起敲门。

"夏思维，快开门，我们来接你了。"

商小旋和杨清死死地抵住门说："不开就不开，不给红包才不开呢！"

几个红包从门缝底下塞了进来。

我一直都在笑着，仿佛不知道累。手里拿着捧花，也是挑了很久最好看的一束。那个门外的他，在我们青春年少、一无所有的时候，在我们只知道埋头做卷子的时候，在我们又傻又土又笨的时候，在我们对未来无限憧憬的时候，在我们虽然孤独但义无反顾的时候，我们遇见，我们相识。

在操场、体育馆，在任何荷尔蒙爆发的地方，他出挑的面容和身姿，总是立马抓住所有人的视线。然而他独独看到了我，看到了那个戴着眼镜，穿着厚重的校服，只知道坐在第一排唰唰写试卷，成绩好到从不需要去看成绩，因为"第一名一定是我"的那个女孩儿。

"快开门，快开门！"

周围传来众人的笑声，叫声。突然，门从外面打开了。他，站在门口，大汗淋漓却满脸宠溺地看着我。

"来来来，第二关第二关，在指压板上跳绳！"伴娘拉着伴郎们玩闯关游戏，不赢没法把新娘带走。

他擦着脸上的汗。他的爸妈、七大姑八大姨，我的爸妈、七大姑八大姨都在。我们的亲人、朋友，都在。因为今天我们结婚啊。在我日复一日书写有关他的日记的时候，牵手时候的汗滴，拥抱时候的力量，告白时候的破涕而笑，争吵时候的哭泣，惊喜时候的喜悦……每个时刻，竟然都没办法想象，今天，我们俩结婚了。

我十七岁那年的生日，那句"我喜欢你，我们在一起吧"，到了此时此刻竟然仍能够萦绕耳边。那时候我们多年轻啊，他的一句问话，我的一句回答。我们在山上集体露营，夜很深很凉，星星胡乱撒在天际。我记不清为什么我们两个人落了单，记不清自己回答了什么，说了什么。只知道，世界都是静的，只能够听到两个人的呼吸和心跳。

只知道，他嘴唇的热度一直都停留在我的脸颊，从来没有，从来没有离开过。

"哇，疼死了，疼死了，快快快，下一关，下一关是什么！"

"下一关啊，找新娘的婚鞋，来来来，再包点红包给伴娘，我们就告诉你。"

小旋和杨清站在我前面，男方的人在翻箱倒柜，他更是着急得出了不少汗。想起他大汗淋漓在运动会比赛的样子，他代表班级打球赛的样子……那一刻，我的胃里虽然为了塞进这个婚纱空空如也，我

的脖颈被窗外热辣辣的阳光晒得生疼，但我的脑子里有爱情，我的眼睛里有他，虽然我的灵魂是慌乱的，但我的心是激动的。

"好啦好啦，给新郎一个提示哦，是'第一次'，就三个字哦，'第一次'！"

他挠挠头站在我对面，伴郎们已经找到一只，还差一只在保险箱内，几个人站在保险箱前等着他开口。

"0425？"

"不对哦。"

"0618？"

"还是不对哦。"

他汗越出越多，小旋开口说："要不要再来点红包啊……"

他又从口袋里掏出几个红包递过来。

这个时候，他的妈妈突然走了过来，径直推开他，伫立在我的面前。

二十五年的光阴里，我从来没有预料到这一刻的意外。可能是我以为人生太多意外了，每一个意外，吸足一口气，都能够撑得过去。但是这个意外，我真的不知道，如同海啸、泥石流、雪崩或者地震，我知道的只有——

这一刻，我没能逃出去。

"夏思维，我跟你说，你已经是我们家的人了，现在花出去多少钱，都是我们家的钱。"

接着，她一把捞过自己的儿子，说："夏思维，你看看我儿子今天出了多少汗，我跟你说，你今天让他出了多少汗，我以后就让你流多少的泪给补回来。"

前一秒的众生欢笑到这一秒的寂静无声。

我在床上立马敛住了笑脸，我说："密码是0505，鞋子就在里面。"

小旋和杨清把鞋子递给我，司仪开始打起了圆场，所有人簇拥着要往婚礼大堂走。我穿上鞋，他急忙走过来伸手抱住我，我对他笑了一下。

"我妈太急了，你别放在心上。"

我没有答，拎着我最好看的嫁衣，挽着我最爱的人，跟着一群人走向婚礼的大厅。

那时候，八年的光阴并没有一帧帧在我眼前闪过，我想到的只有我俩十七岁的那年。

我知道，青春期的小姑娘对爱情的幻想都太深，但是这个他满足了我对爱情的所有幻想。在十七岁的那年，我俩在一起之后，等公交车的时候，我看到远处自己的巴士到来，赶紧踮起脚，凑到他脸颊，浅浅一吻，然后跳上巴上，在窗口与他挥手。他意外地笑着，我开心地笑着，我们两个都笑着。

要说青春最美的时刻，不论到什么时候，我都会说，是这一刻。

那一刻，如同沐浴在金色阳光下，带着青草香气的无知和傻气。那一刻，我不怕未来风吹雨打，我觉得我俩一定什么都能扛过。那一刻，我不担心江湖险恶，不在乎未来扑朔迷离，我觉得我们能一直在一起。

我左手挽着他，小旋站在我的右手边。所有人都集合在婚礼大堂了，音乐已经响了，司仪开始讲话了。

我扭头看了一眼小旋。那个眼神，跟十年前我俩约定好提前交卷出去玩耍的眼神，一样。

司仪说："好，那么新娘，夏思维女士，你是否愿意与你面前的这位男士结为合法夫妻，无论是健康或疾病、贫穷或富有，无论是年轻漂亮还是容颜老去，你都始终愿意与他相亲相爱，相依相伴，相濡以沫，一生一世，不离不弃。你愿意吗？"

我挣脱开他的手，向后退了一步，把捧花递给小旋。

我转身，看向所有人。我的爸妈，他的爸妈，七大姑，八大姨。今天，是我们俩结婚的日子，所有我爱的人、爱我的人都在这里，我穿着最好看的嫁衣，化着最美的妆容。我，唇红齿白，笑脸盈盈地看着大家，再扭头看向他。

"对不起，我不愿意。"

说罢，我拎起裙摆，踢掉高跟鞋，大步流星地离开结婚现场。

我没回头，我知道那里如同原子弹发射地，我知道那里血雨腥风，我知道两家人执剑交战。

但我脑子里出现的都不是这些，我想到的只有，十七岁那年我送给他的生日礼物，是一幅我画的水彩画。

我把自己画好的水彩画，用画框装裱好送给他，那幅画还放在我们婚房的床头柜上，但我知道，八年里面，就算是未来的无数年里面，他都不会打开那个画框。

那个画框背后，有我十七岁稚嫩的字迹，写的是：

我们要永远永远，一直在一起到老。

杨清："我呢？我想要什么？"

夜里九点走出地铁口，左拐，顺着路走几分钟，就是一间主打意面的西餐厅。我走进去，放下包和一天的疲惫。服务生走过来，问："还是老样子，今日的主厨推荐吗？"我累得不想说话，只是点点头。服务生了然于心，也没有多问，就照例给我倒了一小杯红酒。

这时候的西餐厅人还很多，不是周末，但约会的情侣依旧甜腻。一个人坐在其中稍显突兀，我却没有非常在意。我盯着杯中酒出神，过了一会儿才拿起来喝一口，然后跟往常一样，寻找他的身影。

餐厅是开放式厨房，他跟别人穿得不一样，因为是主厨，一身黑的他在白色的厨师中特别明显。我一边饮酒，一边看他，眼光渐渐变得放肆，是上菜的服务生让我赶紧收回了目光。

"谢谢。"我说。

"请慢用。"

今天是芝士奶油意大利面，讨厌吃甜腻东西的我，反倒在狼吞虎咽。日子已经变成每天吃东西的时候是最让人开心的时候了。对我来说，每晚来街边的这家餐厅吃饭，是一天中最解乏的事情。

服务生收走碗碟，我小口酌酒，偷偷看他。硬朗的轮廓，做饭时严肃的表情，每天都看不厌。酒喝完了，我起身去前台埋单，我从来都不逗留太久，刚刚好的时间，一样的位置，一样的点餐。

"小姐，我们主厨今天帮您埋了单。"

"哦，是吗？那谢谢他了。"我努力让声音里尽量没有一丝喜悦，照例转身出了餐厅。

再沿着街走一会儿，就是我住的地方。我拧开门，里面安安静静，今早不小心掉在地上的衣服仍然静静地摆在那里。我走过去捡起，拍了拍灰尘，放在椅子上。还能穿一次再洗，我想。

我努力克制自己一天的疲惫，早起上班，中午也没有休息，晚上还加了几个小时班。我不敢在沙发上瘫倒，我知道只要自己瘫倒了，就绝对不会起来卸妆洗澡。这是我绝对不能允许的。

等到一切收拾妥当，早就过了十二点，手机突然响起，我习以为常。

"小夏，新来的实习生不靠谱，你还是多多看着点，你干事我更放心。"

回了领导微信，再客套地说几句，一天才算结束。

我更害怕的是，夜里万一遇到失眠，睡不着又想太多的时候。什么悲伤都要四面夹击，想到自己至今单身未婚，周边的朋友各个四散，婚礼邀请函已经厚厚一沓，拆都不想拆开。想到自己的工作，做着三个人的活儿，拿着一个人的工资，眼看着三十岁了，也没什么要升职的意思。想起自己身体也不太好了，最近容易腰疼，坐久了看久了电脑就浑身难受，更不用说熬夜了。

但是第二天，涂上再厚的粉底，也要人模人样地出去。

用面具面对面具，用假意面对假意，演着无精打采的戏码，流着别人的泪。

只有夜晚九点，华灯初上的时候，进到街边那家西餐厅，吃他做的意大利面，才是唯一能感到安慰的时候。

有时候我的意面里多个肉丸；有时候服务生告诉我今天主厨推荐这个；意面每次的分量都刚刚好，不会很撑也不会很少；有时候酒换成了好酒，价钱却收得和往常一样。

又是一个夜里九点，我走出地铁口，左拐，顺着路走几分钟，进店，放下包和一天的疲惫。我照例用余光扫视开放式厨房，接着心跳停了一拍，然后是怦怦地响。哦不，今天，他不在。

服务生走过来，不是原先经常看到的那一个，换成了稚嫩的少年模样，他问我："小姐您好，请问要些什么？"我一下子不知道该说些什么，赶紧又环顾了四周。没有什么不同啊，熙熙攘攘的人，不是周末，但约会的情侣依旧甜腻。我一个人坐在其中稍显突兀，但一直也都这么突兀。今天，没有什么不同啊。

"小姐，您想好了吗？要不我待会儿再来？"

"啊，哦，好的，这个，这个。"我随便指了指菜单。

服务生离开，我立马又巡视了一圈。厨房处没有人穿黑色衣服，他本是多么耀眼，在我眼中犹如滤镜的存在。菜很快上来了，我无心吃饭，随便咬了几口，感觉味同嚼蜡。我匆匆喝掉杯中酒，起身，头居然有些眩晕，一下子站不稳。

服务生及时扶住了我。

"谢谢。"我说。

"不客气。"他稚嫩的脸上露出笑容。

我去前台埋单，还好，这个人还是熟悉的面孔。

"啊，小姐，主厨交代我，还是给您免单。"

"嗯？"我疑惑地抬头。

"他让我跟您说，他结婚去了，以后，也不来这里上班了，当作送别的礼物给您。"

我微微一怔，但仍保持着礼貌的微笑，强撑着自己的脊背，走出餐厅。

在街角的拐弯处，我整个人垮了下来。那一瞬间，我几乎不知道我该走去哪里，回家的路是哪里。

我一下子不知道了，不知道我每天辛辛苦苦工作为了什么，不知道哪里有人、有热饭和热菜在等着我，不知道以后去哪里寻找每天的期盼。

有些人想要陪伴，有些人想要信任，有些人想要钱。但在人生的某些时间段，所有这些人都说自己想要的是爱情。

我呢，我想要什么？

我跌坐在地上，大声哭泣。

那时的我们

玄子 —— 文

大二艺术系学生，形容自己"静若处子，动若脱兔"

初中，我转了学校。

或许是我爸的原因，我进入了当地最好的中学，最好的实验班，认识了最好的她。

开学第一天，其他同学都是顺升上来的，不用过多介绍，而作为插班生的我们，被叫上讲台做奇奇怪怪的、毫无感情的自我介绍。

同为站在讲台上的陌生同学，她和我吸引了全班人的目光。我不算太高，但对于女生来说已是足够。她很瘦，肥大的校服在身上显得更空荡了，脸蛋不算白，眼睛大并且特别有神，是让人不能轻易忽略的那种。她还写得一手好字，与我那歪歪扭扭的字形成了鲜明的对比。

由于班上的女生宿舍早已住满，我和她便只能"寄人篱下"，住进了隔壁普通班的宿舍。也正因为这样，我们成了形影不离的小姐妹。

在宿舍，我们成了最不安分的存在。

当其他人都想躲进厕所偷偷学习的时候，我们却总想拉着她们打扑克，斗地主。偶尔也会以教她们做题为由，让她们顺便陪我们打扑克。当所有人都进入梦乡的时候，我们也会突发奇想地坐在厕所里，从小窗户里看星星，看月亮。

因为沉迷于同一部小说，喜欢到无法自拔，便对书中那些行为都要模仿到极致。每天我们都交换着扮演书中角色，为另一个人还原剧情，感觉自己就是活在剧中的主人公。以至于某一天我们忘记了，睡觉前，突然有室友问：你们的晚安故事怎么没有了？

最后一个学期，我们解锁了外出就餐证明。在别人为了学习随随便便在食堂解决一天三餐的时候，我们每天都会出校门晃悠晃悠，哪怕不吃饭，最后再踩着铃声进入教室。学校明令禁止把外面的早餐带进学校，我们每天上完早操，便溜出校门，买好包子、蒸饺什么的，往大大的校服衣袖、口袋一藏，躲过门卫大爷的眼睛，在宿舍地板上开始早晨美好的用餐生活。

在教室，我们成了最欢腾默契的存在。

互帮互助小组中，她以我政史太差，拖了大家的后腿为由，主动找老师要了我。我们便如愿以偿地坐在了彼此的旁边。因为这样，理科课上，我们更加闹腾。数学老师是学校唯一的一位研究生，不仅年轻，脾气还很好，加上我这个数学科代表，其他人也是"蠢蠢欲动"。物理课上，我这个喜欢钻牛角尖的优秀物理生，喜欢怼怼年轻、经验又不丰富的小老师。每次成绩出来后，老师"报复"我的时候就到啦，谁叫我在试卷上总不争气呢……

那年跨年，是我们第一次也是唯一一次在学校一起度过。为了看跨年演唱会直播，我们怂恿同班的男生们向班主任提议，晚自习用投影仪一起看跨年。当然，被我们古板的班主任直接驳回。

我们千方百计借到了一个小手机。一下晚自习便飞奔回宿舍，躲在厕所里查看节目单，确认期待的节目还没过，才安心地去洗漱。

跨年节目莫名地不好看，我们等的人被安排在零点后才出场。为节约手机用电，我们关了视频，在厕所里聊天。从天南聊到地北，直到凉风透过我们裹着的大校服直穿入骨，手脚冰凉，才不得不重新回到温暖的被窝里。又不敢就这样睡去，害怕错过了时间，于是只能悄悄地定一个只有振动的闹钟放在枕头底下，才浅浅地睡去。

那晚的我们，只看了BigBang组合的几首歌，在无灯的黑暗中，虽然听不太懂韩文，却也像婴儿学语一样，咿呀咿呀地跟着哼唱。我们借着手机微弱的光亮，看着小屏幕里自己一直期待见到的人，暗暗地想着以后的自己。

那时的你说，一定要去YG[1]，一定会去看BigBang组合的演唱会。

那时的我说，一定要去JYP，一定会去看GOT7组合的演唱会。

现在的我们，又在哪里？

---

1 YG和JYP均是韩国娱乐经纪公司。

致恋人：时光里的情书

孙倩兰 —— 文

业余文身师，想在生活中保持充沛的好奇心与想象力

2015/12/30

TO 小游：

六月的时候，过得潇洒快活的我，发了一条微博说，要遇到一个喜欢的人好难呀，要遇到一个自己喜欢又喜欢自己的人更难。当时觉得特别沮丧，夏天这么美好，树绿着，天蓝着，风都是薄荷味的，而我却遇不到一个怦然心动的人，没有一段美好的恋爱可以谈。

我喜欢什么样的人呢？我也说不清，只是知道我喜欢一个人，那我和他在一起就会很开心，说话的时候，心也会扑通扑通的，像是真的住了一只躁动不安的小鹿。独自一人想起他来，想起相处的小事，想起每一个小细节，会乐呵呵地傻笑，对，就是"痴汉"笑。

可是心里的小鹿实在是消失了好久，一个夏天过去了，又一个夏天过去了，还是了无踪迹。我怕它再也不会回来了。我很想遇到一个人，可以让我喜欢的人，变得柔软的人，可没有就是没有。二十一岁的我，想吃，想玩，想变成天边抓也抓不住的云，也想找回我心里

那只不安分的鹿。

夏天没有遇到，秋天也没有遇到，没想到在这一年的尾巴上却遇到了。我最讨厌冬天了，可是因为在十二月时遇到了怦然心动的人，找回了我的鹿，连冬天都变得挺可爱的。好像很突然的，没有一点预兆就喜欢上了，就像"砰"的一下被击中。

自己也不清楚是怎么回事，想了半天，想不出来。可是和你在一起的时候，好像有很多话可以聊，时间变得短暂而快乐。互动的时候，心里的小鹿也会跑出来探头探脑的，这就是喜欢了吧？因为喜欢，你变得闪闪发光，好像漫长冬夜里唯一一颗星星。

我想起你来就想笑，喜欢你，总想和你在一起。你可以点亮我，让我变得轻快明亮。一想起你的眼睛，你说话时的神情，你的笑，漫漫长夜，皑皑白雪，鹿倏忽跑了出来，我那颗九死不悔的少女心，终于再度发芽。

From Hana

2016/6/4
TO 小游：

距离和你表白的日期也隔了好久了，那会儿还是冬天。

你很温柔，也很冷漠。我很喜欢你，所以，新年伊始，我做的第一件事就是告白。

我们一起去了一个跨年电音趴。零点的时候，我们坐在台阶上喝酒。金汤尼、伏特加、龙舌兰、苦艾，那天我喝了好多。也许是受到了跨年的气氛影响，单纯想饮酒达旦；也许是潜意识里想借酒壮个胆，吐露出那些关于你的心事。晕晕乎乎的我，靠着你的肩，说稀里糊涂的话。说着说着，眼泪吧嗒吧嗒掉，说，我是个爱情的悲观主义者，觉得遇到喜欢的人好难，跟喜欢的人在一起更难。你温言细语地安慰我，像安慰一只受惊的猫。你说，不试试怎么知道呢？

我以为，你大概猜得到我喜欢的人是你，文字游戏似的兜了半天圈子，直到宴会结束仍然没说出那句话。灯一盏盏地熄灭，人陆陆续续散去，走出live house¹时，夜已将尽，是时候告别了。终于，在招手让出租车过来的瞬间，我转过脸，凑到你耳朵边上嘀咕一句，"其实，我喜欢的人是你呀"，便一溜烟跑掉了。你没有给我确切的回应，后来也没有。

隔天，寒风凛冽的深夜里，我站在你家楼下，打电话要你下来，想见你一面。你无可奈何地出现在我面前，让我乖乖回家去。可我不走，丢给你两个选择。我说，我今天来，就是要问个清楚。你要是喜欢我，就答应跟我在一起。你要是不喜欢我，那你直接拒绝我，我立马就回家，以后都不缠着你了。

你不肯答应在一起，也不肯拒绝我，就像你一如既往的作风。你最后选择先送我回家，再独自回去。我们俩住的地方隔了半座城市，一来一回，你被我折腾了一宿，终于躺在床上可以睡觉的时候，已是苍穹泛起红晕的清晨了。我以为，我做出这种幼稚的事，你大概很气吧？可你没有，你连一句责备的话都没说。你脾气这么好，我好像更舍不得放弃了。

之后，冬天往深处走，天更冷了。

1　小型现场演出场所。

你生日的那天晚上，你终于说，Hana，我们在一起吧。第二天早起醒来发现，下雪了。看着窗外飘飘摇摇的小雪，我想起，这座城市上一次下雪，还是三年前。我上一次和喜欢的人在一起，也是三年前。过了这么久，终于又等到了雪，也等到了你的出现。我啊，很喜欢雪，也很喜欢你。

再后来，日子一天天热了起来，是夏天了。

你不喜欢夏天，也想不通我为什么会最喜欢夏天。我呢，也说不出一个实实在在的原因。可我回想起来的好的、温暖的、快乐的片段，总是在热天里。

我想起，我离开成都半个月，回来那天，你来车站接我。我拉着行李箱，浑身汗涔涔的。走进客运站里的麦当劳，你安安静静坐在那里，埋着头在速写本上画画，人来人往都不关你的事，直到我走近，拍了你肩头一下，你才恍然站起身，一手拿过行李，一手把冷饮递过来。

我想起，我们用百利甜兑冰牛奶喝，幻想以后住在一起了，买好多基酒和饮料，夏天热，每晚都兑加许多冰的鸡尾酒喝。

我想起，我们一起走很远的路去学校后门吃鸡公煲。十五分钟的路程，够我们看路过的小吃摊、学生和跑过去的狗，也够我们像小朋友一样拌个嘴再和好。鸡公煲很辣，我们一边喝着冰可乐和雪碧，一边一个劲儿擤鼻子。

你说，你看整个餐厅里的人，一桌一桌的，除了我们，都在埋头玩手机。

我环顾四周，哎，真的耶。可是我跟你在一起，都没什么玩手机的念头，我觉得有好多话想跟你说，好像总也说不完似的。

你说，我也是，在一起不管多久，都还是想随时聊天，一点也不无聊。

我想起了好久以前看过的电影《爱在黎明破晓前》，内容全是对白的话痨爱情。所有乏善可陈的话题，同你都能聊得风生水起。所有不好笑的点，也都能发自内心地哈哈大笑。日子变得天真可爱起来，虽然仍是磕磕绊绊，但也使人感觉不那么难熬。

回去的路上，忘了是什么契机，我们互相背着对方走了一小段路。幼稚，可是也好玩。买了西瓜和桃子，回家切好了，一边吃一边看电影。热气散去了，窗户开着，凉风呼呼往里灌，清清爽爽的。水果的芳香也让人开心，咬一口，甜蜜多汁。这一夜也是，清清爽爽，甜蜜多汁。

我总想把这些与你有瓜葛的鸡毛蒜皮记得深刻些。因为，这就是爱情的模样啊。就算有一天烟消云散，消逝之前，迟暮之前，她也曾可爱纯真，像个妙龄儿童，有着可人儿的眼。

From Hana

2017/10/3
TO 小游：

"时光如琥珀，泪一滴滴被反锁。情书再不朽，也磨成沙漏。"

在一起久了，似乎都已忘却当初为什么在一起了，好像是一种惯性使然罢了。争吵的时候也越发多了，常常彼此伤害。正如萨特所说，他人即地狱。两年前那份喜欢的心情，忐忑不安的心情，仿佛被水打湿的字帖，密密麻麻的小字都润了水晕染开来，模模糊糊了。如今的你，朝夕相处，终究变成了我非常熟悉的、常常惹我生气，同时也常常被我欺负的讨厌的家伙。聚散离合，仿佛都是有朝一日的事罢了。

但是我们没有在一起的短暂时间里，我又总想起你。也不知道想些什么，有时候什么也不想，就想起你睡觉时候喉咙发出的咕噜声，像某种小动物似的，激起人的同情心来。

有时候想起你送我小狗的事情。我心心念念地想要一只小博美，你嘴巴上说不会送我这个，说送我口红吧，或者项链。可是你刚发工资那天，明明离我生日还有一个多月，我却收到了意外之喜。

我下班回家，一开门漆黑一片。开了灯屋里空荡荡的，你不见了，地上却无端多了一只小小的、白色的、像一团雪球似的小狗。它看见我，一边好奇地摇尾巴，一边转了个圈，踟蹰着往窗帘背后钻。这是我的小狗吗？我有些难以置信，但是随后便看见了茶几上的信——

你好，我是馒头，很高兴见到你……最后，提前祝你生日快乐！

信的落款处是一个可爱的小狗爪子。我循着它的小碎步，拉开窗帘，看见你躲在里面，开心得眼泪一下就出来了。

现在馒头一天天长大，变得顽皮捣蛋，时时惹得我发脾气。可是它来的那一天，所带给我的那种快乐和感动，实在是太让人难忘了。

我们因为一次次争吵变得心存芥蒂，你讨厌我的时候，常常说，总有一天要和我分开。虽然是气话，但是各人有各人的秉性，相处本来就不是容易的事，活在当下罢了，我也从未奢望长长久久的陪伴。

但我是个念旧的人，大概分开了便会画地为牢，反复想起你的点点滴滴，兀自伤心蛮久的吧？对你也没有什么特别的希冀，谁叫当初是我先喜欢你。大概一直都是我比较长情，只希望你，也记得一点点我的好。如果没有，那就记得我也不那么糟糕的地方吧。

"回忆如困兽，寂寞太久而渐渐温柔。放开了拳头，反而更自由。"

梁静茹在《情歌》里这样唱道。

From Hana

在二十四小时便利店中发生的

苏笑嫣 —— 文

曾骑行 318 川藏线，做过设计师，运营过自媒体

There's nothing wrong with the blueberry pie. Just people make other choices. You can't blame the blueberry pie. It's just no one wants it.

——《蓝莓之夜》

"叮咚——欢迎光临"，听见店门口感应装置中的机械女声响起，林一抬起头来，看见蓝莓小姐正与一个陌生的男人说笑着走进店里。依然是多力多滋玉米片、黄桃口味酸奶、两瓶冰红茶，然后蓝莓小姐走到面包货架旁，拿起那只蓝莓果酱面包。

"这个做早餐最好了，你要不要也拿一个？"蓝莓小姐晃着面包问身边的男人。这时她长长的眼线直飞入鬓角里去，眼神里更显出一种媚态。

"早餐？不用了。我还是第一次见晚上买早餐的人。"

"这有什么奇怪的，那你大学的时候怎么办的，别告诉我你每天一早跑去食堂。"蓝莓小姐说着，和男人慢慢走到收银台前。

"呃……可是，我根本就没上过大学啊……"男人微笑着，但笑容并不因为这个不得当的话题而显得局促。

"啊……"蓝莓小姐把兜在怀里的东西散开在收银台上，这话题倒是让她稍稍尴尬了一下，随后便极其自然地将一只胳膊搭在了男人的肩膀上，笑得花枝乱颤起来，"对不起啊，霍总，我给忘了。"

林一一边扫码，一边看着蓝莓小姐身上的淡粉色雪纺上衣因为她的笑颤动着，宽领口的一侧稍稍滑落，白色蕾丝下露出锁骨处的刺青。

"再拿一瓶——"和蓝莓小姐后面的"芝华士"三个字几乎同步，林一已经转过身去拿起酒柜上那瓶金棕色的酒——看到她拿的那两瓶冰红茶他就已经猜到。

男人掏出钱包结账，蓝莓伸出手来，"你手里的包先给我拎吧，不方便"。男人把包递给她，笑道："我正是这么想的，不过没好意思说。"

两人走时又是一声"叮咚"，林一站在柜台后面，看着这两个明显才相识不久的男女从门口消失。两年多来，她买东西的口味始终如一，尤其对于那只蓝莓面包，几乎是热衷——这也是他暗自把她叫作"蓝莓小姐"的原因。对于物品她是那种一旦认准了就不会轻易改变的类型，但身边的男人辗转换了许多个。

两年以前，林一刚注意到蓝莓小姐的时候也是因为她频繁光顾这家二十四小时便利店，只是那时她还并不是蓝莓小姐。

通常是晚上八点多或九点的样子，后来成为蓝莓小姐的她和A先生会一起到店里来。A先生在林一的记忆里是有名字的，是"雷雨"的读音，因为很好记，也因为那是蓝莓小姐交往时间最长的一任男友，经常被她喊起，所以林一记得很清楚。

那时的蓝莓小姐像是刚毕业的大学生，还穿着T恤和牛仔裤，素面朝天，常常勾着男友的手臂来买食物和生活用品。两人似乎在一起很长时间，互相了解对方的喜好，以至于选择的东西和说话的语气都几乎一致。有时店里会卖一些小玩偶，Hello Kitty或者兔子、小羊之类，蓝莓小姐会欢喜地拿起来看一看，再回复男友说"不用买的"，然后又放回货架上。

时日渐长，两人一同到店里来的时间越来越晚，有些时候是A先生夜半过后一个人前来，带着微微的酒味，似是应酬过后刚刚回家，还记得给蓝莓小姐买早餐，酸奶和面包，都是他们一贯喜爱的口味，只是不知道是谁最先开始选择了这些。有一次A先生还买下了一只前一天蓝莓小姐看过又放下的毛绒小熊玩偶。

蓝莓小姐和A先生在林一的视线里恩爱地度过了一年——也许他们搬来这里之前在另外的地方恩爱了更长的时间，后来两个人一同出现的次数越来越少，大多时候是蓝莓小姐一个人来，对着电话问道："你几点回家？"

一个周末的晚上，蓝莓小姐又晃荡着A先生的手臂一同出现，她拿起货架上的乐事薯片时——是两人一直都喜爱的红烩口味——A先生同时拿起了一包多力多滋，"这个玉米片我觉得更好吃"。蓝莓小姐愣了一下，放下了手里的乐事。从那以后她便换了多力多滋。但随后A先生又更换了其他的喜好，比如买她的黄桃酸奶时给自己再加上一瓶从前他们一起来时，她会嫌贵的瓶装星巴克。

再后来，A先生把蓝莓小姐也换掉了。

蓝莓小姐和A先生一同在便利店里消失了，过了很长一段时间，蓝莓小姐才又开始出现在店里。深夜里她一个人恍惚地飘来，带着浓重的黑眼圈，看起来瘦了十几斤，因瘦削而突出的锁骨上也多了一枚刺青。她依然买过去他们会买的那款牙刷，吃他爱的多力多滋，喝两人很少买却指定好的芝华士威士忌。就像A先生不管离开她多长时间，她依然会收到从前为他买男装的品牌店发来的短信。

蓝莓小姐的这些习惯不因为世界每天的改变而改变，不因为产品的日新月异而更新，甚至不因为日后她身边的男人而变化，一直顽强地活在她身上。林一有时会想，也许A先生早就把这些习惯扔掉了，或者因为新的女友形成了新的习惯，而她就像一只过期的凤梨罐头，但她固执得一如既往。

也是在和A先生分手后，蓝莓小姐成了蓝莓小姐——从那时起，她总是买一款蓝莓果酱的面包做早餐，在购买的物品上，这是仅有的一次改变，并且持久。林一好奇地自己吃过一只，并不怎么好吃，也不知为何她总选择这款而不会腻烦。

蓝莓小姐就这样一个人阴郁地飘来荡去了两个月后，带着B先生出现了。两个人第一次一同到店里来的那天，刚开始还是很自然的状态，蓝莓小姐挑零食，叫B先生去拿酒。因为这里是蓝莓小姐的主场，B先生不明方位，蓝莓小姐扬起头来喊了一声"雷雨，酒在那边"，然后，整个人就愣在了那里。B先生，包括林一，也都愣住了。蓝莓小姐喊出前男友名字的回音似乎还在微弱地回荡，店里的其他人兀自走动、选购，但林一感到了那种空气冻结的气氛。

很显然，B先生和蓝莓小姐并没有同居，只是偶尔和蓝莓小姐出现在店里，两个人在一起时，蓝莓小姐自顾自地走，并不会挎着他的胳膊，脸上也还一直延续着失恋时期丧失表情的表情。后来变成B先生一个人过来，买一堆进口食品拎走——也许仅仅是觉得拿这些给蓝莓小姐会显得比较高级。再后来的一天晚上，林一到店门口去抽烟时，看到B先生一个人坐在台阶上正吸着烟，一小时后他还在，两小时后他还在……直到凌晨三点，B先生终于消失，但留下了一地烟头。之后，B先生再也没有出现过。

　　C先生是个典型的"文艺青年"，蓄着长发，踩着匡威，脖子上
总挂着一只耳机，胳膊上是一整条的花臂刺青。同时，蓝莓小姐的小
腿上也多了一个刺青图案。两个人经常是在摇滚或者民谣的演出结束
后过来，满口谈的都是"麻油叶"，一出门两人就一起点上一根烟。

　　可惜蓝莓小姐早不是中学时期的小女生，在最初吸引她的"文
艺"的光环背后，她慢慢看到他其他的方面。在C先生说着肤浅的愤
青语言时，林一看到站在一旁的蓝莓小姐眼神里淡淡的轻蔑。

　　然后，是如同每个正常的日子般的正常的一天。

　　"Uber（优步）的O2O模式[1]做得太厉害了，你看，他们针对用
户需求出了一款手机游戏，这样司机一边玩就一边记住了路线。"蓝
莓小姐看着手机，然后把它递到C先生的眼皮底下。

　　"O2O是啥？"C先生漫不经心地问道。

　　"……没文化真可怕。"蓝莓小姐顿了顿笑着说，同时把手机
从C先生面前拿开了。

　　"我家穷，读书少，不懂。"C先生略带打趣地笑道，没想到这
话却踩了雷区。

　　"读书少和你家穷有什么关系啊？不懂的东西就去学啊！靠自
己努力做好啊！"

　　"我有在努力啊。"

　　"你和你的那帮狐朋狗友每天就是下了班一起吃串、喝酒、鬼
混、骂世界，大半夜再花一两百块钱打车回家！你也知道你家不富裕

1　一种线上营销、线上购买带动线下消费的商务模式。

啊？不说钱的事，你这样最浪费的是时间成本，你们每天那样混在一起有什么意思？你告诉我你哪努力了？"

"说到底你不就是嫌弃我穷吗？"

"你不要总是拿钱做借口好吗，好像你穷得理所应当，好像你穷是因为你善良、你有理想，别人有钱都是出卖了灵魂！你们聊的不就是这些吗？你的价值观有问题，你嘴上的'理想'太空了，你知道你眼中不屑的'有钱人'为了他们的理想付出了多少努力吗？"

"你变了。"

"你……"

蓝莓小姐扔下C先生大步离开，一把拉开便利店的大门。C先生自己站了一会儿，之后把耳机套在头上，旁若无人地走了。

那之后的一段时间，林一没有再看见蓝莓小姐。

D先生和蓝莓小姐一同来的时候，蓝莓小姐的外表发生了很大的变化。她烫了头发，化着淡妆，穿质量剪裁优良的裙子和高跟鞋，从前随身的休闲包也变作了职场风。D先生是蓝莓小姐决定开始新生活时，面试认识的。他是一家企业的市场总监，面试后两人留下了微信。蓝莓小姐过了他这关，却没过CEO的终面。结果蓝莓小姐去了另一家公司，却成了他的女朋友。

蓝莓小姐之所以去D先生所在的公司面试，除了觉得对自己的发展有利，也是因为A先生从前在那家公司任职，她想知道他每天都在忙什么，何以能够让他离她越来越远。她想，他能做到的，她也一定能做到。而D先生之所以对蓝莓小姐的第一印象深刻，也是因为她简历上填的毕业院校，和他的某任前女友的一样。曾经他还经常去那所大学打篮球，看到那所学校的名字，他就看到了青春的自己和回忆。

蓝莓小姐和D先生成双入对地出现时，也开始拿起了从前她嫌贵的星巴克咖啡。两人的嘴里经常谈论着互联网和营销。同时蓝莓学会了软声细语，脸上也终于有了笑容，只是并不是那种开怀的笑，是微笑，拿捏好的微笑，甚至有些时候，笑容里好像有苍凉，只是她尽力掩盖着，于是那笑假得情真意切。林一不明所以，但是觉得，始终保持这样的微笑应该很累，担心哪一天它就会僵掉。

而那一天，蓝莓小姐和D先生在冰柜旁说着什么，突然蓝莓小姐的声音有些大了起来，"你把我在你的朋友圈子里屏蔽掉就算了，为什么我们共同的朋友圈里我都不能出现了？"D先生看了看周围，低声道："你小点声。"蓝莓小姐转身，从面包货架上拿了蓝莓面包扔在购物筐里，笑容不见了，面色阴郁，没有说话。

"你现在这样，让我觉得后怕。"D先生冷冷地说。

蓝莓小姐抬起眼来，用同样冰冷的目光看了D先生一眼，随后牵着一边的嘴角笑了一下，"'后怕'这个词不是这样用的。"蓝莓甩出一句无关事情本身的话，然后走到收银台前。

大约一个星期后，一个女人在D先生停在门口的车边徘徊着。林一想可能是D先生的车挡了路，刚想叫他，这个时候D先生也看到了门口的那个女人，瞬间他表情慌乱、立刻松开了攥着蓝莓小姐的手。

蓝莓小姐再来的时候，又变成了一个人。她没有失恋后痛苦的样子，什么都看起来很正常，只是整个人显得很累。这次她什么都没挑，拖着自己径直走到收银台前，对着林一指了指他身后的酒柜。林一拿下一瓶芝华士，蓝莓小姐摇了摇头，"不要这个，给我拿最便宜的清酒就行了。"说完，她不好意思地笑笑，笑得很勉强。

后来，蓝莓小姐再过来时，有时穿着家居的休闲运动装晃晃荡荡，有时收拾得板板正正刚从外面归来，还有时是周末的凌晨三点左右，她大概是从夜场回家，穿着紧身的裙子，化着浓妆，走得踉踉跄跄。多数时候是她一个人来，偶尔身边会跟着一个人，只是他们都面目模糊、转瞬即过。林一见过蓝莓小姐的各种样子，大大咧咧的样子，精致装扮的样子，正常有序的样子，黯然失落的样子，酒醉挂泪的样子，平淡朴素的样子，拿腔作势的样子，故作潇洒或妩媚的样子……不变的是她的蓝莓面包和经常买的酒。

"外面的大排档很热闹呢。"一次，蓝莓小姐突然对林一说。

林一正在给她的芝华士扫码，听到她对自己说话有些意外，只回复了个："嗯？"

"一路走来，很多人聚在一起吃烧烤，喝啤酒，大声说着话。"

"嗯。"

"可是我连一个说话的人都没有，走了很久，想了一路，还是来这里自己买酒回家好了。"

林一不知道说些什么。蓝莓小姐拎起他装好的袋子，也并没有等他答话，平静地离开了。

林一走到门口，点上一根烟，看着蓝莓小姐走在夜色中茫然而单薄的背影，满身跌跌撞撞过后的疲倦，在高楼矗立的石头城市里步履缓慢，和一群群面容阴郁的行人擦肩而过。但那么多人，对于她的世界而言，都只是晃动的阴影。她看起来就像一个漂泊的灵魂，需要撞上谁的拥抱，哪怕只是揽住她脆弱不堪的肩膀。但她的身影只是逐渐缩小，消失在路口的拐角处。而那条街道和街道尽头的天空，依然阴暗地不断延伸开来……

夏天里的易拉罐

风间轨迹 —— 文

以书为业，文史双修，认为写作蕴藏了我们一生的光阴

1

　　我第一次遇见同样偏爱百事可乐的人，是在某年夏天结束前的那个午后，中学小卖部旁边的大树下。微醺的阳光从树影里穿过，落在脚边一只竹篾垃圾桶上。

　　我就在那旁边，熟练地扯掉一个空易拉罐的拉环，"咔当"一声脆响。

　　我至今能够感受到那年秋天的气息。广州的秋天是朔风的季节。夏末，风声四起。我就站在那年夏天最后的宁静里，阳光在校道上铺开，灿烂得几乎让人睁不开眼。

　　真的，从那以后夏天再也没有回来。

　　只记得当年百事可乐推出了一种概率看似颇高的中奖方式，只要你把两个拉环上的数字凑够18，那就能得一部照相机。虽然看上去像玩具，可是那年夏天我疯狂地渴望一部相机，所以我喝下数不清的可乐。可不知为什么，我手上那一把拉环上的数字怎么都凑不够18。

那天，我特地挑了个午后没人的时候，打算去做一件丢人现眼的事。是的，我要去捡别人丢弃的"宝物"。我猫腰蹲在地上，脚慢慢挪动，一边敏捷地从灰里扒拉出一个又一个踩得七歪八扭的拉环，看也不看就塞进裙兜，一边警觉地竖起耳朵，聆听四面可能出现的人声，心想一有人来就装作系鞋带。

2

身后传来脚踏碎落叶的声音。

某些时候，人的心往往会有奇特的直觉。刹那间，我感到了某种异样，抬头，眼前站着一个男生，眉目深邃，眼眸乌黑清亮，眼神却有些错愕，也许没料到中午还能在这里遇见人吧。

"也来买可乐？"他突然间笑了，笑容温煦，如同树荫里漏下的夏日阳光。

我这时才想着要站起来，尴尬地朝他一笑。

"我还记得你，顾夏。"他说，"我们曾经见过面的。"

"是吗？"我瞪大了眼睛。

回忆简直不可理喻。当我努力回想，才发现那是今年年初的事。初三那个寒假，我参加了市里的一个中考集训营，如今依稀回想起他好像也是班里的一员，可当时并没给我留下什么印象。

然后又记起入学时曾有人向我打招呼，问"记得我吗"，好像也是他，却被我鬼使神差的一句"不记得"打发了。

在这个夏末的午后，我恍然回想起这一切，才发现自己再也回不去当年无忧无虑的时候了。

男生从小卖部出来，拿着刚喝完的一个百事可乐易拉罐准备丢掉。见我眼巴巴地盯着他，他低头望了望手上的易拉罐，然后递给我。

"你是不是要这个？给你吧。"

我连忙欣喜地点了点头。

3

那天下午，我的心情是前所未有的好，时常自己一个人想着想着就笑了。我没有告诉任何人那个夏日午后的相遇，那仿佛成了我一个人的秘密。就像一片花瓣，被风吹来，带着年少的懵懂和直率，跌跌撞撞地落在我的手心，上面写着一句陌生的话："我还记得你，你呢，记得我吗？"

那个易拉罐被我保存起来。不知为什么，我一直保留着上面那个拉环，仿佛担心扯下来就会破坏某种完整一样。那个午后，那片刻邂逅的纪念物。

我坐在宿舍的床铺上，靠着被子想心事，旁边室友又在低声聊天。从她们的窃窃私语里时常能听到他的名字：萧逸。而我在一旁听着，沉默不语。

我时常想问他，为什么还记得我，但又偏偏不敢去问。我很想和他像朋友一样聊天，想更多地了解他。可现实是，在班上，我们坐在同一组，中间隔着几排人，这一隔就是两个世界。

幸好，中学里有一种课叫作自修课，可以用来写作业。

每堂自修课，身为班长的他都坐在讲台上面管纪律。我边做作业，边偶尔用眼角的余光偷望一眼讲台。见他也在埋头写作业，就安心地继续做题，偶尔对上他的目光，也极力装作不经意，避免流露出半点痕迹。

不知从什么时候开始，放学之后便觉得无处可去。跟寄宿的我不同，他是走读生，放学后便要回家。我时常从窗户里望见他推着单车走在校道上的身影。他一走，教室便显得空空荡荡。失去了熟悉的身影，我连晚自修都上得了无生趣。有时在做作业的间隙，我独自趴在桌上，把头埋进臂弯，无力地抵抗着内心深深的失落感。

在十六岁那年，我已经饱尝了一种不知从何而来的无名的孤独。

4

那时的校园"男神"是一位高三级的学长，名叫卢家彦，人长得白净帅气，学业运动样样精通，弹得一手好吉他，而且又担任学生会主席，从初一到高三都有大批粉丝。

教师节降临，班上出了一个小品节目。我和班长都在演员名单上。在表演的间隙，可以用来聊天。

当时全校的热门话题是卢家彦学长毕业前的最后一次个人演出，我们这些刚入学的新生，怀着崇敬的心情听着师兄师姐们述说卢家彦学长唱歌多么好、吉他弹得多么动听。我和班长聊起这个话题，他突然说："你觉得，有一天，我会超越卢家彦吗？"

"你相信吗？"当接触到他的目光，我莫名地又开始心慌。我知道这时我想说什么，我知道这时应该说什么。

其实，我心里真正想说的是"你一定能的"，话到口边，却变成了"你哪里比得过卢家彦啊，想都别想啦"。

不记得多少次了，我讨厌这样的自己，最终却毫无办法。

5

所幸的是，班长宽宏大度地没把那天我近乎讽刺的对白放在心上，偶尔在路上遇到，还会笑着跟我打招呼。

高中入学后的第一次期中考来临，全年级按入学成绩划分考场。我和班长分在同一个教室，他主动帮我搬桌子，我拎着椅子跟在后面，内心像是升起无数快乐的气球，轻飘飘的，但随即又收紧了笑容，害怕遭到班上那些女生的妒忌。

正当我乐悠悠的时候，班上传来一个消息：班长有了"女朋友"。

我后来才听说，那个名叫林洁妮的女生天天顺路跟着班长一起上下学，因而激起"公愤"。班上的女生立刻把那个"绯闻对象"孤立开来，谁都不搭理她。

只有我，无视女生们的"禁令"，厚着脸皮，"别有用心"地接近她，她也就当我是个朋友。有一天，她告诉我："他喜欢的人不是我。"

她说："听说他有个青梅竹马，也在我们年级读书。他没有告诉我是谁。"

听了她的话，我立刻傻眼。

原来那一切……那句话……终归不过是自己的错想，那些难忘的话语，那些打动内心的举止，原来并没有什么特殊含义，只不过是友情的纪念而已。

尽管曾经设想过这种结果，可一旦真的成了事实，还是感到心痛莫名。既然他已经有了他的青梅竹马，我能够做的也只有继续背负我那无法言说的孤独活下去。

因为我以身犯禁，和被孤立的林洁妮成为朋友，班里已经有许多女生对我产生不满。我时常怀疑她们是不是想连我也一起孤立起来。

6

就在我意想不到之际，班里已经传开了新的流言，女主角是我，而男主角是我的同桌陈逢春。

平日里我和这男生关系熟络，无话不谈，也许是这个原因，所以就被炒成了一对。

宿舍里也对我来了个集体"公审"，我坚决否认，还走遍几个宿舍，四处辟谣。我猜想陈逢春一定也被谣言所苦，因此觉得自己帮了他一个大忙。

那天课间，几个男生把陈逢春叫出去。等他回来时，简直像换了一个人似的，黑着脸坐在座位上，突然用很多难听的话，对我破口大骂。我不明所以，不明白他上一秒还跟我一副好哥们儿的样子，下一秒就突然变脸，究竟是怎么一回事。他骂完之后，还叫坐在周围的男生都不要理睬我。凡是跟我说一句话的，他就讥讽他们是不是喜欢上我了。这种丧心病狂式的行为令我更感到疑惑不解。

我原以为过两天等陈逢春那股无名气消了，一切就会回归正常。现实却是，随着日子一天天过去，陈逢春的恶劣态度没有丝毫改观，愿意跟我说话的男生越来越少了，女生们也对我报以冷漠。我已经习惯了昨天还聊得开的人，一夜之间便形同陌路。我终于体会到"众叛亲离"的滋味。

在艰难的日子里，待我一如既往的只剩下班长萧逸。早晨我走在校道上时，时常会遇到他，被他的亲卫队环绕着。见到我，他会不顾周围的讥讽，露出阳光般的笑容，主动跟我说"早上好"。

那时我灰暗生活中每天唯一的希望，就是班长这一句"早上好"。

7

我被排斥得日渐孤独，形单影只，因此很快便成为被欺凌的对象……

起初不过是进教学大楼时看见好些人站在二楼向我起哄、扔矿泉水瓶，后来就变本加厉——我笔袋里的笔时常闹失踪，我放在窗台上的胶水会被人无缘无故扔进死苍蝇，我的桌子上时常被画上一些恶心的东西，要花很大力气才能擦掉……

这一切只有装作面无表情才能硬着头皮撑过去。

高一下学期的一天清晨，我和几个值日的同学打扫包干区。打了预备铃，周围几个人在旁不知商议了什么，然后就来了个集体脱逃，剩下我和那个装满垃圾的箩筐孤零零留在原地。

我抓住那个箩筐，却发现它的两只把手之间距离过宽，根本无法单人用手拎起。上课铃响了，正一筹莫展的时候，班长来了。我想他是老师派来找我的吧？看到这情形，他主动弯腰抓起箩筐的一个提手，示意我去抓另一个。

我看看远处教室的窗口，那里似乎有人在探头探脑……我犹豫起来，忽然灵机一动，用扫把的杆子穿过两个提手，自己抓着杆子的中间，就这样很轻松地一个人把箩筐拎起来了。班长看到也乐了，说亏你还能想出这样的点子。我表面上乐滋滋的，心里却泛起淡淡的悲伤。

一个星期以后，我值日迟到了，远远地看见包干区那里有一个人影，走近看，竟然是班长！他正在清扫地上的落叶。我问他怎么回事，他说："看你迟到很久，我就自作主张替你了。"我顿时说不出话来，他做的这件事得不到什么赞扬，说不定还会遭到朋友的讥讽，他为什么要这样做？

也许仅仅因为他是一班之长，觉得有必要照顾同学吧？我就这样找了个理由安慰自己。

之所以这样想，因为我已经没有别的可以期待……

8

为了排遣孤寂，我参加了美术兴趣班。那天，美术老师拿来一大束百合花，分给我们，要我们画水彩画，参加学校五月的艺术展。

我拿着花回到宿舍，忽然看见桌上那天带回来的易拉罐。我剪了一段花枝，想插进去，却看见易拉罐开口处连着拉环。我小心地将它取下来，蓦然发现上面是一个数字，我等待已久的数字，刚好可以跟我积攒的那堆拉环里的一个凑成18！

我犹豫着是否要去兑换渴慕已久的奖品，犹豫过后才发现早就过了兑奖期限。最后，我把那两个拉环像宝贝一样珍藏了起来。

我孤独地画着那幅画，没有理会周围好奇或讥讽的目光。我慢慢地勾勒，慢慢地上色，一点一点地让它显出属于自己的形貌来。有时看着那蓝色的易拉罐，心中便明光闪烁地浮现起那个夏末的午后，那个时刻如今回望过去，已变得如此遥远。

我想到以后不能再和他说话，只能将他当陌生人对待。所有的回忆，所有和他在一起的美好时光，都会随着时间的推移而远去，他也终将把我遗忘……

我坐在黑暗中一动不动，什么也不去想，却还是想起了那些受欺凌的日子。内心仿佛有挣扎，却不再有力气，也几乎不再坚持，任凭四周的黑暗袭上心来……

哭累了，正准备昏昏沉沉睡去，我却忽然感到，身旁的空气有了变化。原来是一束阳光从远处窗口照射进来，刚好落在一朵百合花的花瓣上，把附近连同底下的易拉罐全都照亮了。

那束阳光，仿佛具有生命似的。我不由自主地伸出手去，手心里握住一抹淡淡的温暖。就在这短暂的时光里，我仿佛置身于另一个世界，触摸着这道阳光，内心仿佛得到解脱，感受到一种纯粹的快乐和自由。

我用画笔记录下了这道阳光。我觉得它仿佛是冥冥中来救赎我的，它穿透了黑暗，让我感悟到了一种生机，一种带着希望的力量。这种力量可以使人想要好好地活下去。

学校艺术节上，我的这幅画在众多作品中脱颖而出，拿了一等奖。

9

获奖作品要公开展览一个星期。每次，当我驻足在这幅画前时，都会想，班长他来过吗？他看到了这幅画吗？——他是否知道我的那些心路历程？手心里阳光的温度？

展览结束后，课间有个男生跑来对我说："顾夏，老师叫我告诉你，赶紧去拿你那幅画！"

当我走到展览地的时候，却被告知，它被我的"同学"先行一步给代领了。

　　我知道那幅画永远无法回到我手中了，但我宁愿不去想是谁拿了它。我尽量地坚强，尽量装作若无其事。但偶尔想到我的画会怎样被最恶毒的手段蹂躏，还是无法平息内心的郁愤。

　　我夜里开始频繁做梦。我在梦中尖叫：不要带走它！你们把我的画还给我！

　　蓝色的易拉罐里，那些百合花都已经枯死。

　　我开始失眠。

　　舍长被她们派来对我说："你真自私！班长因为帮你得罪了一

大堆人，你忍心看着本来很受欢迎的他现在被人骂吗？"

我的心像是被狠狠撞了一下——这就是长久以来我一直纠结的。我闭着眼睛大声说："那是他自己要做而已，我根本用不着他来关心照顾！他这样子只能让我更加难堪——！"

那一刹那我从舍长脸上看到某种表情，我知道预计的一切都会发生，想到班长会从谁那里听到我这段话，我心里便五味杂陈，不知是喜是悲。

从那以后，一切都消失了，包括清晨的问好，偶尔的关切。尽管知道是必然的结果，我还是暗暗地感到悲伤。有时在校道上迎面相遇，我根本不知道该拿出什么表情来面对他。我也不知他是什么表情，因为很多次我低着头，根本没敢看他的脸。

10

我的严重失眠终于还是被家里发现了。

父母决定，让我转学，换到离家近的一所中学就读。

我还记得，离去的那个下午，我孤身一人。

没有告诉任何人，自然也没有一个人来送别。

我所在的班正在与外班展开一场篮球赛，班长也在其中。旁边有许多女生拿着矿泉水瓶，聚在赛场边为本班加油。

我买了一瓶百事可乐，走进她们当中。在比赛间隙，班长汗流浃背地从场上下来，许多女生把手里的矿泉水递向他。而我，不知哪里来的勇气，也把手里那只百事可乐的塑料瓶递了上去——突然，旁边的一只手将我的百事可乐打翻在地。

"你没听过运动后是不能喝可乐的吗！"一个女生的声音恶狠狠地训斥我。

我被这突如其来的变故弄得呆住了，那掉了盖的可乐塑料瓶躺在地上，汨汨地向外冒着水花。我一瞬间觉得，像是心脏里的血汨汨往外冒。

没有人出来说一句话。我望了一眼班长，他正跟队友讨论着什么，目光根本没有注意到这里。

比赛又开始了，到处是喧闹的人声。人群中只有我，一个人默默地走在回宿舍的路上，让那一切都留在身后。

那条路仿佛走了很久很久。

那是我最后一次见到班长，甚至没能来得及跟他说一声"再见"。

离去时，我收拾好了行李，来到桌前，又看到了那个易拉罐。

我没有将它带走，而是将它留在了自己的书桌上，宛如留在了时光深处。我不知谁会再拥有它，抑或把它当垃圾丢掉。我已经决定不带它走，它已经成了搁置的一段记忆，没有了出口，就只能和我的青春一起被封藏……

11

回忆结束的时候，十年已经匆匆而过。我又一次站在了学校小卖部门口。这天是校庆，我回到这里，追忆自己的年少岁月。我也见到了那些十年都没有见过的同学。

很多人都在，包括我记得或已经忘记的那些人。

但我唯独没有见到班长。

同学聚会前，我独自来到小卖部的门前，仿佛回到了多年前那

个夏天的午后：头顶，阳光正好；我也仿佛再一次遇到班长，想起他
的脚步，他的微笑……

我也想起了那幅画。那是我的第一幅公开展览的画。尽管它不
知所终，却点燃了我对画画的热情。那些年里，每逢低落的时候，我
都会想起那道阳光，那种使人想要好好活着的充满生气的力量。日后
我又画了无数画，并且举办了个人画展，但我再也没有重温当年第一
次画阳光时的那种感动。

小卖部的门开着，我走了进去。物是人非，这里的售货员是一
副生面孔，店堂倒跟过去一样。

"刚才有位先生来过。"那个年轻的姑娘对我说，"已经走
了，他说本来看到你了，突然有事要离开。他要我把这个交给你。"

我从售货员小姐手里接过一个纸筒，打开，里面是一幅画。

我展开画卷，看见了那失而复得的画面。年少的笔触，如今看
去有点青涩。画面依然是黑色的背景，蓝色的易拉罐里盛放的淡黄色
百合花，以及黑暗中的那束阳光……

我抬起头，看着头顶的树影，一道温煦明亮的光流贯全身，仿
佛是时空中未完的记忆被拼合，最终获得了某种完整。其中既有失落
的东西最终被寻回的欣喜，又带着世事变迁之中淡淡的忧伤。

同学聚会结束的时候，有人告诉我："当年那群欺负你的人打
算撕了这幅画，还扬言要扔进厕所尿在上面。班长出面接受了条件，
答应不再过问你的事情，以此从那些人手中换回你的画。当时他们约
定暂时不告诉你，谁知你那么快就转学走了……"

我盯着画面上的那抹蓝色，那个被我遗失在岁月深处的易拉
罐，仿佛以这样的方式再度回到了我的身旁，里面存放着我的青春：
那里充满欢乐与伤痛，失落与希冀，还有那不可磨灭，而又永不再回
的夏天……

回溯

刘子贤 ——— 文

在读大学生，一位被现实困住的白日梦选手

八月的阳光散落在我熟悉到不能再熟悉的那扇大门前，曾经细小的梧桐树也变粗壮许多。我扬起头，闭着眼睛试图从这样的一种没有现实刺激的情景下，找回一直藏在脑海的那年记忆中的感觉。

我永远记得一句话：有时候友情走错一步，就覆水难收。

"林寻夕！"他的声音仿佛又落在耳畔，眼前取而代之的是很久很久以前的温馨情节。即便这些是已经时隔许久的画面，我也总能很清楚地记得每个细节，譬如我们怎样第一次牵手、第一次拥抱……

那些初时的美好，也不知怎么的，如今都成过眼烟云，氤氲着，蒙住了眼睛。直至现在，我都还觉得一切来得措手不及。现在，是对是错，早已经不重要，因为这已经是很久以前的过往了。

1

如何在自己年少情开时遇到一个男孩子，然后暗自在心里波涛汹涌。

那一年是秋天的雨季，我急急地寻找着实验楼。雾重重叠叠，雨水淅淅沥沥，我就是在这种头发被淋湿、衣服潮潮的情况下和他遇见的。

的确是不期而遇。在躲雨奔跑的时候，我撞了他个满怀。

"新生吗？"他抬眼看我，没有因为我的冒失而有愠怒，手里举着一把格子花纹的雨伞，穿着白T恤。

"是。"我慌乱擦干已经沾满雨水的脸，随即点头。

"那很巧，实验楼就在那边。"他指指雨雾里的一栋庞然大物，然后道，"一起打伞？"

"谢谢你。"

"不用。"

一路上打着伞，他不时抬头看一看伞的边缘。我无意间瞥到他衣服右肩的一角，被雨打得湿漉漉的。

实验楼里，我被人群挤来挤去，终于在不远处的名单上看到"林寻夕"三个字。那天我是最后一个找到班级的人，刚踏进班门，无数道目光便像镁光灯一样打在我身上。老师没说什么，只是让我找个地方坐下。

人影躲躲闪闪，显然，他们都不想让湿漉漉的我坐在旁边，这种躲躲闪闪的气氛让我略觉尴尬。

"你坐到这里吧。"这声音耳熟，是那个打伞的男孩。

就那样，我和他成为同桌，与他熟络起来。他在我心里留下的记忆越来越深。

高中，他开始崭露头角，一次次考试都榜上有名，羽毛球场上跳跃着的身影，加上他原本就温文尔雅的气质，一时间，他成为许多女生青睐的对象。明明自己近水楼台先得月，我却不知道自己算不算这其中之一。

因着我是他的同桌，不少女孩子请求我递情书和塞字条给他，每次从别人手里接过那一沓沓厚厚的、画着粉红色心形的纸时，我都有把它们撕掉的冲动。然而，我从没有这样做过，我都是笑眯眯地放进他的桌屉里，看他一言不发全部塞到课桌最深处。

2

看到进进出出许多次的那栋建筑物，现在细细想来，仍能从那时的小事情里获取许多幸福。

自己早就喜欢他了吧？只是我不说，他也从不问。这一点，我们倒是很有默契。

现在，我确定，虽然我们两个早已渐行渐远，并且在那之后又过了很久，不过我还是没有什么可后悔的。因为我一直都相信，即使是不相交的两条平行线，也会有能够把它们相连起来的东西，或许，再给它们个机会，就能相交成面。

我抬手挡住眼前从树叶间隙里落下的阳光，世界有些光怪陆离，明晃晃，仿佛呼唤着那早已逝去的光景。脑海里一幕一幕的，喧闹着，催着我赶快忘记。

琴房里，他常常坐在琴凳上背对着我，一双手在弹着似乎很久远的音符。

时间悄然倒转，我站在这里又看见了那年的他，又看见那年的我。

窗外是飘飘扬扬的雪。我蹑手蹑脚坐到那边的琴凳上，就这样隔着不远的距离静静听他的琴声，忽然觉得这琴声像是窗外的阳光掺杂了些许月光般的忧愁。

蓦地，我的指尖碰到黑白相间的琴键，现实的触感就像一把泛着森寒的剪刀，狠狠绞碎那年的影子。现在的我双手弹着他曾经弹过的那些音符，还在这间琴房里，任由自己恣意沉溺在那些梦幻般虚假的美丽童话。

童话，童话。那些年少时纯真懵懂的岁月一过，不论再怎样美好的希冀都会烟消云散。

弹到那一段，我也同那时的他一样戛然而止。又在琴声落下的余音中，看见他的轮廓，就坐在那架从未改变位置的钢琴旁。又看到那时的我缓缓打开琴盖，接着那个还未散去的余音弹。

他问我："你相信我吗？"我的琴声也停下来。

"信啊。"我漫不经心地回答，闷笑一声，心里却有些怪怪的感觉。我没有瞥见当我嬉皮笑脸地回答这个问题时，他目光里用戏谑掩饰的失落。

他斜靠在钢琴边，"没有你帮我递情书的日子还真不好打发。"

"那就虚度光阴。"

"你就连弹钢琴的样子都没那么好看。"

"我本来就不好看。"

"你又噘嘴了，哈哈。"

"许哲宇，你有完没完？出去！"我终于没忍住，朝他大喊一通。

他眉梢唇边的笑意蔓延在朝气蓬勃的脸庞上，迈着悠闲的步子坐到那张琴凳上。

高三那一年，我们都异常繁忙，那个晚上，他给我发了一条短信。直到现在我还清晰地记着，而且将那条短信仍旧藏在手机里，就像把最幸福的记忆藏在心底最深处一样，不舍得，也不敢去触碰。

我合上琴盖，手臂支着脸庞，拿出手机，打开信息收件箱，那里最底下的"许哲宇"三个字突兀呈在眼前——寻夕，你要相信我。
我喜欢你。

我哑然笑笑，想不起来那时候自己如何惊喜，如何失措。

现在，我仍旧紧紧抓着回忆不放开，他的笑容就这样印刻在脑
海里。

从前的他，真的如此美好。就像透过薄云的暖暖阳光，不吝啬
他的温暖，不吝啬他的明朗，从始至终照亮我的全部。

3

我们是从什么时候开始一步步拉开了距离的？我支着脑袋听着
八月的蝉嘶鸣，看着暮日的光辉散落最后一点温暖，努力想着。我什
么都想不起来了，只知道这些留给我的是由懊悔、悲伤、忧愁密密交
织成的一张巨网，在心底深处紧紧勒着我。

我好像又看见他的身影在树荫下停留，走出来，又看到另外一
个俏丽身影紧随他后。他们两人并肩走着，两个影子在斜阳洒下的光
亮中亲昵依偎在一起。

第一次见到习媛是在文学社的作品交流会上，那个身材高挑的
天之骄女。她一切的优点在我知道她喜欢许哲宇以后都觉得很刺眼。
我避着她，避到避无可避的时候，只好迎上去。她的脸蛋洋溢着笑。

"林寻夕吧？很高兴认识你，我听说你弹琴很棒。"习媛带着
标准化的笑容，对我甜声道。

"我也很高兴认识你。"我微笑着，不知道自己的笑容会不会
显得十分僵硬，因为扯得嘴角有些疼。

习媛似乎下定决心要和我成为好朋友，而我们在一起时的内容
少不了许哲宇。她同那些女生一样暗恋他，只是这个女生更加聪明，

她总有办法用很自然的语气问关于他的事情，就像职责所在一般。

幻觉中的人影离我的视线愈加遥远，天空中堆积着大片大片的云彩，厚重的，阴沉沉的，好像只要一捅破就会风雨狂作。

"她比你善良得多！"

"林寻夕，他从今以后不会再喜欢你了。"

他们的声音骤响在空荡荡的脑海里。我只是觉得那种怨恨在不停地、一点点地累积在我的心里。是我做错了，我心里明白。可即便是现在，我还是不想对他们承认当初我做错了什么。

那些是慢慢在我心中累积起来的，一次又一次。做出那件事情后，我才知道自己原来不善良。因为如果这件事情所给他们的处罚再重一点，前途就一片渺茫。

那根刺一寸寸深入心的最柔软处。

在她摔倒后，他扶起她时忧急的表情，眉头皱起，我一个人呆呆立在一边；他为她耐心讲解每一道题目，就像是当时为我讲解的样子，心里翻涌的不只是酸酸的感觉。

我走进图书馆，在最里面的书架中隐约传来什么。

"以后你想考哪里？"是习媛的声音。视线越过重重的书架企图看见什么，但是只能看到两个影子在闪动。

"你呢？"

"中文大学。"

"那里很不错。"

"寻夕的成绩也很不错，大概也会考到那里吧！"

"她没那么优秀。"他声音淡淡。

女孩笑了，"看得出来她喜欢你。"

"我知道。"淡淡的语气一点点敲碎我最后保持的冷静。

"你呢？"

我屏息凝气。

"她很普通。"

耳膜像被什么刺痛，手里的书一不小心掉在地上，我急切离开，跑出去。

那天过后，人人都知道，一个普通文科班的女生开始逃学去网吧，午休不休息跑到操场上鬼混，晚上睡觉的时候改电闸门。

我的事迹被贴在学校大大小小的布告栏里，路过的同学人人都会扫过目光。谁都不知道我怎么了，在高三这样关键的时刻我竟然敢肆无忌惮、一次又一次挑战校规的底线。

"林寻夕！"我加快的脚步被喊停住。

"有什么事吗？"

"你到底怎么了？你不知道你屡次做这样的事情会被开除吗？！"许哲宇此时没有往日的风度，扯着声音对我喊。

"对，这是我乐意的！反正我也考不上什么好大学，我和你不一样。"一句不长不短的话，生生把我们的距离扯得很远。

那天以后，他和习媛的小暧昧像是在一夜之间被爆料出来一样，整个学校的人都在津津乐道这对金童玉女，没有哪个人会觉得他们不登对。他们的热度将我的光荣事迹渐渐掩盖下来，可是布告栏里那些纸页依旧贴在那里，就连鹅毛大雪的掩盖都没有让它们有什么破损。

高考第一次模拟近在眼前，可我的行为也愈加猖狂。

然而，当考试排名大红榜张贴在大门口时，我的目光由下往上数，毫无意外地看见林寻夕三个字张扬在红榜的最上方，下方紧挨着的名字，是差一分就能越我之上的习媛。

我陆续被年级主任、班主任及各科任教老师传讯到办公室一遍，最后拖着疲惫的身子，走进已经空荡荡的教室，看到他站在窗边。

"寻夕，祝贺你。"他的声音没有丝毫起伏，平平的，像是发现了什么欺骗自己的事情。

"还是要谢谢你。"我的目光不屑，一把拿起座位上的书包，把门"咚"的一声关上离开，走出去的我，还是没骨气地流了眼泪。

没人知道，我逃学是为了在网吧听网上的免费补课课程；也没人知道，我午休去操场是为了抓紧一点点时间背课文；同样，也没人知道，我偷偷改电闸是为了挑灯夜读。

一切看似不可思议的违纪都只是因为在图书馆听到的那句话。

眼泪无休止地落下，好像要把整张脸淹没了一样。

4

我把他独自留在空荡荡的大教室里，他什么话都没说，也什么都来不及说。

老师眼中的我立刻改头换面，原来成绩真是有如此效果。

"学校今年有两个保送A大的名额，只要你能够保持这个成绩，老师会想办法为你争取到这其中之一的名额。你要好好加油。"

A大扬名海内外，知名度极高，想考进去是难上加难，这就是保送名额为什么只有两个的原因，因此这两个名额也格外宝贵。

只要把习嫒打败就可以了吗？我低笑起来，听在耳中有一丝寒意。

"啪嚓"！刚刚陷入回忆中的自己被一道雷电惊醒。窗外厚厚的云层终于被闪电鸣雷撕破，倾盆大雨倾泻而下，砸在地上的水花浑浊得好像要把整个世界的灰烬尘埃洗去。

第一次模拟考试过后，全学校的人都知道，文科生里又多了一个奇迹。

我和习媛的关系愈加亲密，大家都以为我们成了很好的朋友。

可真相只有我一个人知道，我不过是为了自己最后的目的而已，那种邪恶的念头就在每一次我看到她和许哲宇在一起的背影时慢慢扎根。

我仍能够记起来，当最后目的达成时，许哲宇的眼神。可是他什么都没有做，甚至没有骂我几句。

那个晚自习，我用自己的手机发了一条短信给他——今天第二节晚自习，学校花园里，不见不散。记得带玫瑰。

这是这个错误中，我迈错的第一步。

即时，我的手机收到他的三条短信回复。

——今晚不见不散。

——转告习媛。

——我很对不起她。

后面的两条发来相隔的时间很长，我大概能想象到他对习媛的歉意如何深刻，才发来这样的短信。

"习媛，许哲宇他约你。"我把这句谎话说得很坦然。

"什么？"她的反应果然是我意料中的高兴。

"他说没有给你打通电话，就给我发来短信。看。"我把他发来的最后一条短信删去，打开前面两条给她看。

习媛开心的模样毫不意外地让我想起那时候看到他告白短信的自己。我是不是该就此放弃这种邪恶的念头？

所有事情的发展都在我的意料之中，没有一丝一毫偏差。

他们果然都去花园了，而花园里，每晚凑在一起打扑克的那帮不学无术的人果然发现了他们。就这样，网上疯传的那张照片里，一个捧着玫瑰花却看不到表情的少年的背影，一个表情娇羞的少女，完美展现出那幅照片所隐含的内容。

最重要的是，正好撞见这一幕的是值班老师，两人的结果可想而知。而这也恰恰是我最不能原谅自己的地方，那个值班老师就是我想方设法带到花园里的。

整个学校炸开锅，当即，他们就被带到了年级主任的面前。最终处分的结果使他们被剥夺保送的资格。

这就是我最想要的结果，我永远都记得，他望着我的眼神，她投向我的狠戾目光。然而铁证如山，不论习媛如何解释，年级主任都没有再听进去，更何况许哲宇没有说任何为自己开脱的话，习媛只得背上这个莫须有的罪名。

再后来，这件事情随着习媛的转学而慢慢平息，但就是在那天，习媛最后临离开学校时对我说的话，让我心里的那一点点悔疚骤然膨胀，甚至充斥在身上每一个角落，叫嚣在耳边的每一寸空气里。让我深深地悔恨，痛恨这样的自己。

她说，他在知道事情的真相后，什么都没有说，甚至自己一力承担所有责任。

她最后还说，林寻夕，他不会再喜欢你了。

习媛走了。我站在那里好久好久，忽然想起什么，立刻跑向学校的办公楼，一口气不喘地跑到年级主任的办公室里。我记得我撕心裂肺地哭喊着，请求年级主任把名额还给他，自己愿意放弃这个机会。

整个楼里几乎都回荡着我嘶哑哭喊的声音。我把所有的一切统统说了出来，却看到年级主任无奈地摇着头告诉早已经哭得没力气的我，已经来不及了。

然后，所有人都走了，只剩下我颓败地坐在那里。

最后，我又看到他，他跑得气喘吁吁，单手靠在门框上喘着气，看着我。他很轻很轻地说了一句话，却像一道雷声轰鸣在我的心里，我的心被炸得支离破碎。之后他从口袋里拿出一包纸巾扔在地上，然后头也不回地离开了。

他不原谅我了，不会再原谅我了！

那句话我听得清清楚楚。他说，他说——"习媛比你善良，你的目的真是不值一提"。

他永远都不会用什么恶毒的话侮辱我，却懂得用他随便说出的话告诉我，此刻我在他心里有多么不堪。

现在，我站在雨里，只希望在自己伸手触碰前方时，能够有人拉起我的手，能够在我撞他满怀时，依旧为我打伞；只希望在自己再次睁开双眼时，能看见从前那人如朝阳般的笑容。可是现在，这种期待多么奢侈，只有我自己心里明白。

如今，是时候向回忆做最后的告别了。

5

现在的他远在国外，而我如愿以偿进了A大，并且在那里得到去国外深造的机会。

是给我的惩罚吧？他在南，我在北，隔那样远的距离。不过，比起我们真正的距离，这又算得了什么遥远？我们已经是陌生人，就别再离得越来越远，好吗？

我想伸手握住从天空中砸下来的雨滴，却无论如何都握不住。

口袋里的手机响起来，那一刻我还有过惊喜，希望那个打来电话的人就是他。

"喂？"

"还在学校吗？"

"嗯。明天就该出国了，今天特地回来看看。"

"去琴房吧。"她突然这样冒出一句。

"什么？"我的思维急速运转，尝试理解她的话。

"有人在琴房等你，那人还说了，不见不散。"

"什么？谁？"我急切地问，就像发现故事里那处永远安宁快乐的永无岛一般。

"这次把握好。"老朋友的声音从电话那头传来。

我奔跑到艺术楼里，一层，两层……那些阶梯就像不停出现一样，我一层一层地跑过，不敢让自己歇一口气，怕这次错过真的就错过了。

是你吗？是你回来了吗？你终于肯原谅我了吗？

记忆里的场景毫无意外地出现在眼前。

还是像月光一样带着点点忧伤的旋律，在我心中无数次飘扬起的旋律，那样美好，那样残破。我小心翼翼迈着每一步，生怕这是梦境，踏重一步，就会像飘起的七彩泡泡一般破碎掉。顾长的影子映入眼帘，我靠在窗外的墙壁上，用手捂着嘴，流着眼泪，不敢用目光再看里面弹琴的人。

四年，积蓄在心里的痛楚像是在一瞬间迸发出来一样，变成眼泪流淌在脸上。

突然，琴声又在同一个地方戛然而止，时间过了好久好久，凝固在这里，里里外外只能听见我低低的啜泣。

门打开。是他白色的身影，他就蹲在我的面前。我低着头，低着眸，无论用何种办法让自己鼓起勇气，都不敢抬起头。我怕他和我交汇的目光还带着从前的神色，还带着无尽的失望和灰沉。

"寻夕。"他的声音没有变，而那音色里的微微颤抖仿佛下定极大的决心。

我抱住他，他还是当年的样子。我忏悔，和眼泪一起忏悔："许哲宇，对不起，是我错了，我做错了……原谅我！原谅我吧！"

"早就原谅了。"他拍着我的肩头给我安慰。

"许哲宇，我……相信你……我相信……我一直都……相信……"我停止哭泣，哽咽着说。

迟了四年的回答。

我的哽咽声渐渐微弱，目光对上他的笑。那张在我心底紧紧勒着的巨网支离破碎，他愿意原谅我，这就足够了，不是吗？

我望向他身后的窗外，天际厚重的云褪去阴沉，那滴挂在高高的梧桐树上的雨滴在阳光下折射着缤纷绚丽的颜色。

耳边传来那阵似乎是很久远的一首歌：就这样，一直永远下去。

过了这个夏天，秋天的雨季又要开始了吧？ 最后一抹夕阳从窗子照进来，整个琴房一片轻暖融和的光景，金黄，浅黄……

云海

晏宇 —— 文

作家，好读书不求甚解，有怀旧情结和轻微收藏癖

在云端，是另一个世界……

《朗城日报》——

本报讯（记者×××）：今日上午十时许，我市某重点中学高一学生尹楷奇在一场突如其来的车祸中，为保护一名四岁女童，不幸身亡。

据目击者称，事件的起因是一辆货车的驾驶员操作失误导致方向盘失控，车子冲出马路，撞向人行道上玩耍的女孩。在危急的瞬间，这名十六岁的少年冲上前去，将女孩推向一旁，自己却被车撞上，献出了年轻的生命。

消息传出后，尹楷奇的母校高度表彰了这种舍己救人的精神，并号召全校师生向这名少年学习……

1

十二年后。

清晨,阳光洒落下来,照耀着校门前的林荫道。透过临街的铁栏杆,可以看见里面鲜红的塑胶跑道和保养良好的草坪。在操场的入口处,屹立着一座雕塑:一只雄鹰高昂着头,嘴里叼着书卷,背后是一望无垠的蓝天与金光万道的朝阳。

校门口的林荫道上走来几个女孩,校服胸口印着引人注目的标志,目光略带新鲜地观察着四周。

她们走过一条伫立着红绿灯的斑马线。校门口的马路对面,有一间OK便利店。店员姐姐是她们的熟人。

"又来充交通卡吗?"走进店门,一个熟悉的声音传来。

"不,这次我们是课间临时出来买东西的。"其中一个叫房楠的女孩说。

店员姐姐微笑着从她手里接过清单,浏览了一遍,然后从里间搬出一个大抽屉,倒出里面的东西,在里面翻找着。

这时,一阵风吹开了铺底的报纸,露出一张经年累月泛黄的纸张。它轻轻地飘落在地上,边沿隐约透出红色的印迹。

心突然像是漏跳了一拍,房楠小心地蹲下身,轻轻地将它捡起来。

那是一张年代久远的纸,上面是几行模糊的圆珠笔字迹,右下角有一行模糊的签名:尹楷奇。

心"突"地颤了一下,这三个字映入眼帘,令她产生了一种奇异的感觉,仿佛一道光,照亮了久远的记忆。

"好漂亮的字啊。"另外几个女孩也把头凑过来看。

"大概是比你们大几届的学生写的吧。"店员姐姐说,"这张单子看起来可有好些年头了。"

这时，电话铃声响起，趁店员姐姐转身去接时，房楠飞快地从桌上摸走那张收据，塞进口袋，然后便装作若无其事地与其他人一起走出了店门。

回去的路上，大家都在兴致勃勃地谈论着即将到来的校运会，房楠却有点心不在焉。她身旁的女孩注意到了。

"你怎么不说话？"

"在想东西而已。"

"对了，你有'易初莲花'的卡吗？我纸巾有点不够，下次我们一起去吧。"

什么嘛，以为是关心我，原来只是为了借卡。房楠轻轻白了她一眼，不过还是点点头。

夜深人静的时候，房楠躺在宿舍床上，打着手电筒，照着那张发黄的纸。

"尹楷奇"，听起来像是她曾经遇到过的什么人。可是，回顾过往的岁月，她根本记不起自己曾经在哪里听过这个名字。

在橘黄的光线下，她凝视着那行签名，字体俊秀而又飞扬洒脱。不知为什么，心竟然微微地痛了起来……

2

睡梦中，仿佛又回到小时候，眼前一片明亮而朦胧的白光。似乎有人在呼唤她，很小的时候，妈妈在身边时，也是这样轻柔地呼唤她的名字的……

"你是谁？"她在梦里大声问，"为什么会知道我的名字……"

"房楠，房楠，起床了！"耳旁传来妈妈不耐烦的催促，"每次从学校回来都这么懒！"

房楠从被窝里爬起来，揉着惺忪的睡眼，忽然想起今天是周末。

"还有，昨天你们老师打电话来说你们最近测验了！"

"什么？"房楠心中一惊，猛然间想起那张被她藏起来的考卷。

傍晚爸爸回来时，家里的气氛果然阴云密布。房楠硬着头皮，连说话都小心翼翼的。

"养你算是白养了！"尽管如此，终究还是躲不过去。

"也不给我和你妈妈争口气！你看廖部长家的千金，参加全省奥林匹克数学竞赛拿了金奖！你倒好，连考个及格都难于登天，在人前丢尽了你父母的脸！"

房楠起初一直听着，这时却忍不住脱口而出："那当初谁要你们把我生下来！"

"你！"爸爸气得"噌"地从皮沙发上站起来，扬手要打她。房楠却机灵地侧身一躲，溜进自己的房间，"砰"的一声重重关上门。

晚上，她躲在被窝里抹眼泪。

初中毕业时，她的成绩本来刚够上一所普通高中，但父母动用关系让她进了这所全省最有名的老牌重点中学。在学校里，她时常感到自己跟周围格格不入，学习成绩在班里也总是垫底。

在很多人眼里，她就像个怪人。好端端的，偏要上课时间在校园里闲晃，身边也没有什么朋友。如果勉强要说的话，马曦悦可以算一个吧？房楠有时会怀疑，马曦悦为什么这么热衷和她做朋友。虽然房楠偶尔也会故作大方地让她用用自己的超市购物卡，心里却很鄙视这种行为。但如果没有她，自己岂不更加形影只？

但平日里，她有时更喜欢一个人待着。来到这所学习后，许多节自修课，房楠都没有回教室，而是在校园僻静的角落，漫无目的地游逛。反复教育了多次后，老师们也拿她毫无办法，又不能随意处置她，也只有任凭她随心所欲。

"管他的！反正我本来就是个'问题少女'——专门问问题的美少女……"

偶尔也会这么自嘲。只是，每当徘徊在校园僻静的草地上，听见上课铃声响过之后，远处的教室传来书声琅琅，这声音总会在心里激起一丝若有若无的、羡慕的感觉，也许连自己也不愿承认吧。那时，抬起头，湛蓝的天空，寂寥而空旷，就像她十几岁单薄的青春，空荡荡一无所有。

3

"大家好，我姓李，你们可以叫我李老师……"

实验一中长达一个星期的校运会终于拉开帷幕。开幕第一天，他们见到了新来的代课老师。她扎着马尾辫，鹅蛋脸上是一双灵动的大眼睛。当她在讲台上介绍自己时，几个平日里调皮捣蛋的男生都瞪大了眼睛，坐直了身子，努力摆出一副专心听讲的样子。

放学后，老师说自愿留下来的同学可以和她一起去学校的体育器材室打扫卫生。房楠也忍不住跟进去凑热闹。

体育器材室里挤满了人，房楠匆忙间被人挤到墙边，身体贴着一个玻璃橱站着。抬眼望去，里面摆放着一座陈年的奖杯，边上还有一个相框。

她忽然瞪大了眼睛。眼前的奖杯上，赫然印着那三个熟悉而又陌生的字：尹楷奇。旁边还有一行工整的小字：参加市中学生运动会男子跳高比赛获高中组冠军。下方是获奖日期。

相框里的照片中是一个大男孩，站在田径场上，头顶着灿烂的阳光，笑容粲然而富有朝气。

房楠正看得入神，这时李老师正好经过，房楠看见她注意到了纸箱上面那个奖杯。

"这个不能扔掉，我要去找校长……"李老师停住了，手指触碰到那个奖杯，然后便急匆匆地走了出去。

房楠拿起那个相框，端详着，忽然发现相框背面好像塞了什么东西。不知过了多久，耳旁忽然传来外边走廊上几个男生的议论声：

"你听说了吗？那个奖杯原来是我们学校一个学生打破了全市中学生跳高纪录拿到的！"

"听说那个人是李老师读高一的同学，他创下的市纪录我们学校至今还没有人能超越。校长是新来的，所以根本不知道有这回事。"

"原来李老师也是从我们学校毕业的啊……"

房楠下意识地手指猛地一用力，手里相框的夹层整个松脱开来。背板和照片之间夹着一张叠起来的纸，展开来，似乎是某年某月校刊中撕下来的一页，上面还影印了《朗城日报》的一则消息。脑子里"轰"的一声响，她猛然回忆起，似乎家中的某个角落也藏有一张同样的剪报。

周围似乎变得一片寂静，大脑的空白中，远处的说话声音清晰得仿佛近在咫尺——

"听说那个叫尹楷奇的，在很多年前的一场车祸里，为救一个小女孩死了……"

4

不知从什么时候开始，她似乎觉得，家中的某个角落，藏着父母向她隐瞒的一些事情。

小时候，她在乱翻杂物间里一个抽屉的时候，曾经看到一个笔记本里夹着一张剪报。只是那时候她还不识字，便好奇地去问妈妈，却招来一顿训斥。这件原本逐渐淡忘了的旧事，却因为那个惊人的发现从记忆的底端再度浮上水面，慢慢地逐渐清晰起来。

房楠深吸一口气，压抑着心底的不安，在杂物间的柜子里翻找着。那张剪报也许还在，她一定要把它找出来。

对，就是这个！触到淡蓝色的纸盒，手指微微有些颤抖。她在一个信封里找到了那张发黄的剪报，上面清晰地记载了十二年前发生的一场车祸。

夜里，躺在床上，翻来覆去睡不着。这么多年过去，这件事似乎从来没在父母口中提起过，他们似乎也总在避免让她知道。可是，多年之后他们竟然把她送去和尹楷奇读同一所学校，这又怎么解释呢？

也许父母是怕她心里内疚才不告诉她吧，毕竟，她这条命是尹楷奇用自己的生命换来的。尹楷奇，究竟是一个怎样的人……

5

近来，睡梦里她也仿佛能看到那条长长的走廊。走廊尽头，有一扇精致的玻璃门，只是上了锁。在门的另一端，是陈列的架子，上面放着那座奖杯。自从李老师找了校长之后，尹楷奇的相框和奖杯就都被转移到了这个地方。

她趁中午空无一人的时候，总是在那扇门前徘徊。隔着玻璃，望着那奖杯，又不时左右张望，生怕有人路过看见她。在这扇并不大的门前，她总感到自己的渺小，这种感觉并没有随着时日流逝而淡化，而是一天比一天鲜明。

6

那天下午，高中男子组跳高预赛，马曦悦邀她去看。房楠知道她是想去看小白。小白就是坐在她们后面的男生，时常在课堂上给她俩从背后传小字条救急。马曦悦似乎挺喜欢跟他说话，房楠却时常懒得搭理他。

她们来到操场，那里已经堆起了高高的垫子，竖起了横杆。只见一个身影冲了出来，一个鲤鱼打挺越过横杆，轻捷地落在垫子上，旁边响起一阵掌声与喝彩声。

房楠回头，看见小白穿着运动衣和钉鞋朝她们跑来。

"看见我刚才那一跳了吗？"他有些得意地说，"差一点就平了去年的纪录！"

"嗯，我和房楠会给你加油的！"马曦悦在旁边鼓励道。房楠白了她一眼，又不好再说什么，只能任她拉着，来到赛场周围。

起跳开始，一连好几轮都没有轮到小白。场上的气氛，四周加油的声音，忽然都令她恍若隔世。独自站着，仿佛多年前的风，正从周围的人声中透出来。那增高的横杆，垫子上扬起的灰尘，报数的喊声……都成了喧嚣的背景，成为一个人活过的见证。曾经，那个人也像这样奔跑，像这样纵身飞跃，然后拿下全校甚至全市的纪录……如果不是她……思绪戛然而止，耳边似乎传来车辆刹车时尖锐的声响——

"房楠，你怎么了？再陪我看一会儿嘛。"马曦悦看她有点心不在焉，便央求说。

"我要找李老师补课，跟她约好了的。"

马曦悦显得有些不满，但房楠已经不打算再耽搁了，她转身就走，忽然听见身后有人喊："房楠！"

她一回头，发现是小白，正站在起跑线上望着她。

"房楠——"他又喊了一声。房楠不禁站住脚。她犹豫地转身，但很快又回头，刚好看见他起跳，只是这次姿势似乎有点走了形。只见他有些仓促地跃起，下落时屁股触碰了横杆，与杆子一同掉落下去，狠狠地砸在垫子上，整个人陷在里面爬不起来，四周传来哄笑。

房楠摇了摇头，嘴角露出一丝嘲讽的笑容，再不顾身后的兵荒马乱，头也不回地离开了运动场。

7

"这么说你们都去看跳高了？为小白加油了吗？"李老师温和地问道。

房楠点了点头。

她又开始埋头看那些数学题了，虽然没有几道题是她觉得自己看明白了的。李老师牺牲自己的时间来给她补课，这令房楠很感动。只不过，做不了几道题，她又开始犯困。

趁李老师离开的一会儿工夫，她悄悄地凑近办公桌，想看看某道题的答案，却忽然看到数学书下压着一个记事本，露出的页面上写着几行字：

4：15 — 5：00 补课。

补课后去看楷奇的父母。

看着这行字迹，房楠不觉惊呆了。

放学后，她悄悄地尾随着李老师，见她走进学校附近的一条小巷子里，便急忙跟了上去。

李老师的身影消失在前方的拐角处。她跟着转过一道墙垣，眼前便出现了一座整洁的平房，门敞开着，里面隐隐传来说话声。她猜想李老师一定进去了。门内的墙上有一张黑白照片。她忽然变得很紧张，进门抬头时，刹那间便觉得被什么击中了。

那是一个少年的面容，微侧着头，眼神清亮，面容纯净而富有生气。虽是一张遗照，但那阳光般明朗的笑容冲淡了死亡的肃穆，变成了静美。有一刻，她产生错觉，仿佛尹楷奇还活着，活在这个世界上，活在她的生命里……鼻子里有些酸酸的东西在发酵，眼角竟然有了泪光……

里间忽然传来了人声和脚步声，房楠才突然想起自己是站在人家客厅里。脚步声更近了，她赶紧心虚地跑了出去。一直跑出很远，心脏仍然怦怦地跳着，来到巷口才想起那张照片，她竟然忘了拿手机拍下来。

夜里，宿舍的灯光下，一行眼泪静静地从房楠的脸颊流下。那张陈年的校刊页面已经不知道被她翻来覆去地看了多少次，如今再看有一种心酸的痛苦，往昔的内疚之中却又夹杂着一丝说不清的甜意。她也不明白为什么会有这样的感觉，这种既快乐又痛苦的愁绪，无法言说的心情，比以往更加强烈了。

8

"房楠，你听说了吗？——大新闻哦！"

几天后的课间，马曦悦眉飞色舞地跑过来对她说："李老师，她是尹楷奇师兄当年的……"接着是一段耳语。

"尹楷奇？"

即使没有马曦悦，她也一早就在暗自揣测，李老师为什么这么多年过去了还要探望尹楷奇的父母。她和尹楷奇是什么关系？

后来，几次三番地，她终于下了决心，独自去了学校附近的那条巷子。虽然她去了几次，但屋里经常没有人。倒是听街坊邻居说，这里住的人家日子过得很是拮据，原先还有一个独生子，但在很多年前去世了。儿子死后，做父母的没有搬走，就靠着做些小买卖艰难度日。

有几次，她又看到李老师出现在那里，似乎都是来探望尹楷奇的父母的，而旁人的议论也随之多了起来。

"太难得了呀！"他们说，"这么多年了，多亏她还记得！"

"这孩子算是从这里飞出去成了凤凰呀……"

"是呀，听说是找了一个很有钱的男朋友，准备结婚了。"

"但人家还是不忘本，经常过来探望两位老人家。"

"哎呀，人家是'青梅竹马'嘛——"说到这里，马曦悦笑了出来，听得房楠差点落泪。

　　李老师的事情是马曦悦偷偷告诉她的。放学时分，她们也曾偷偷躲在学校门口，看见有辆黑色的高级轿车停在路边，李老师走过去拉开车门，那辆车就把李老师接走了。那时，漫天的光都徐徐降下来，如同雪一般覆盖了所有的风景。房楠感觉冥冥中有一双看不见的眼睛，在呼吸，在凝望……

　　——死者是否一直在窥视生者的世界？

　　尹楷奇，他的生命永远定格在了十六岁，在那舍己救人的光环背后，他的离世又留下了什么呢？穷困的父母无人赡养，青梅竹马的女孩许嫁他人，连存在过的印记都差一点儿被抹去，这一切都是她造成的。

　　而如今，也只有她来怀念他了。

　　幼时的她也许根本记不起他的面容，他却俨然成为她生命中至关重要的人。没有他，也就没有她。

9

　　"房楠，怎么了？又在看天上的云？"体育课的时候，马曦悦问她，"你最近有心事，不会是恋爱了吧？"

　　房楠怔了怔，却没有回答。

　　"房楠……"马曦悦又问，"你将来想做什么？"

　　"我也不知道。考那么差……"房楠边做准备运动边叹了口气。

　　"马曦悦——"她忽然说，"你以为我没努力过吗？我试过了，但没有用。我这么笨，怎么都学不好，实现不了他们对我的期望。"

"你父母对你的期望是什么？"

"考清华。"

"啊？"马曦悦不由得惊讶起来。

"你看，没希望了吧。"房楠意味深长地瞥了她一眼。

如果是他的话，应该可以考上吧……

夜里，灯光照着那行签名，想起那张照片，心中的那点思绪，在黑夜深处若隐若现：如果被其他人知道，肯定会觉得尹楷奇活着比她更有意义吧……他品学兼优，体育出众；而她，用爸爸的话讲则是"不学无术，百无一用"。他那么出色，却救了资质平平的她。如果早知道这一切，她拼了命也要好好读书。而现在……她看不见希望在哪里……

过去每当回家，父母因为她的成绩和在校表现责骂她时，她总是愤愤不平，好像有天大的委屈。现在却一声不吭，不再像过去一样反抗顶嘴，只是无声地去想念尹楷奇。这种想念，带着一种微醺的感觉，温柔地将她包围，而又藏有深深的渴望。既痛苦，又欣慰，支撑着她的内心。这么多年来，爸爸和妈妈虽然一直照顾她，但是也经常责骂她，所以她觉得他们的爱是有瑕疵的。她无论如何也要寻找一份完整的爱。而尹楷奇给了她，他用生命成就了一种完整，完整得来不及迟疑和离去。

在她心里，尹楷奇是特意为她死的。她用死亡留住了他……虽然这听起来有些自私，但她为什么不能任性一次呢？一生就只这一次！……她在等待什么呢？这注定得不到回应的爱。她竟然喜欢上了一个早已死去的人！……马曦悦知道了，会怎样想她呢？

她忽然从心底生出一种无端的恐惧，害怕自己年岁渐长，有一

天终将超过尹楷奇，那更会提醒她一个事实，尹楷奇的时钟永远停留在十六岁。如果她有一天老去，而尹楷奇依然是当初的少年，再次见到那张照片，又会是一种怎样的心情呢？

<h1 style="text-align:center">10</h1>

那天中午，房楠像往常一样拿着放行条走出校门，朝平日常去的一家快餐店走去。路边却忽然窜出来一个人，挡住了她的去路。

"出了那么大的洋相，跳高还能拿第二，你也挺有两下子嘛。"看清来人，她皮笑肉不笑地说。

"——房楠你是不是有了喜欢的人？"对方严肃又认真地问道。

接下来的几天里，房楠总觉得马曦悦有点慌慌张张，有一次还特地跑到她面前问："房楠，你见过小白吗？在校外——听李老师说的，小白这几天每天中午都不见人影！"

"他是怎么出去的？"

"他对老班说父母出差了，他要回去照顾生病的奶奶。"

房楠听着，继续装若无其事。这几天中午，都是小白来找她，陪在她身边，好像专门来做"护花使者"一般。因为他来得殷勤而又执着，房楠也就不置可否，但也不多跟他接近。两人就这么走着，一前一后，保持着一段距离。回想起来，小白这个举动还真有些大胆。

尽管如此，她总是想，是他自己要来的，如果被发现了，别指望她会帮他什么。

几天之后，就是房楠的生日。家里已经开始准备生日宴。周五晚上，妈妈订了蛋糕，做了房楠最爱吃的一餐饭。晚饭后，忽然间电话铃响了，妈妈在厨房不得空，房楠又懒得动弹，于是爸爸去接了电话，一边听着，面色逐渐阴沉下来。房楠一直在看电视，完全未曾注意到，直到爸爸突然间关了电视，她才如梦初醒。

"老师说经常看见你和一个男生往学校旁边的小巷子走，是去做什么？"

房楠低头一言不发。

"说，你自己说！为什么和那男生跑到校外那种地方去？"爸爸的声音虽然不大，却带有一种压迫感，"你还嫌自己不够丢人现眼的？"

房楠突然间有了主意，这次决定豁出去了。

"我到那里，是去看尹楷奇的家人。"她抬起头，冷静而又郑重其事地说。

听见这个名字，爸爸和妈妈的脸上都有些不安。

"你怎么会知道？——是谁告诉你的？"

"没有谁，我自己知道的！"房楠说着，跑进房间，翻出那个信封和里面的剪报，扔在桌上。

"看，是你们瞒着我的！尹楷奇牺牲自己的生命救了我，那么多年，你们都没有跟我提起过！"

"哼，我当初就说不要让她来这里上学，你偏坚持让她来！你看现在好了，这下子，你说怎么办？"爸爸冷笑一声，对妈妈说道。

"楠楠，当时你还小，我们不告诉你，是害怕你背包袱。觉得自己是别人用命救回来的这种想法本来就不好受！我们本来想等你长大以后再告诉你，没想到……"妈妈有些急切地说。

"尹楷奇家里，你们知不知道！尹楷奇的爸爸前不久生病了，没钱付住院费，只能躺在家里吃药！"

"楠楠，当年我们是要谢他们的，你爸爸和我准备给他们一笔钱，谁知那家人却怎么都不肯要。他们说如果他们死去的儿子得知，必然不会让他们要这钱。既然这是死者的意愿，我们怎么好违背呀？"妈妈连忙抱住她说。

"虽然尹楷奇是救了你，我们也应当有点表示。但一次两次可以，时间长了可怎么办！而且他父母上了年纪，我们帮衬了一次两次，难道还能天天照顾他父亲十年八年的？这种事情应该交给社会来做。"爸爸的声音盖过了她的思绪。

"可是……可是……"房楠说着，眼泪却流了下来。

"我现在看你是越来越过分了，嗯？当初因为实验一中在全省排名第一，我们才费尽心思让你来读，现在那个男同学已经让你无心向学，这书也要白读了。等明天我就跟学校说，让你转学！"爸爸斩钉截铁地说。

"什么？不要，我才不要呢！"房楠哭闹起来，挣脱了妈妈，"我再也不要回家了！"

说着，便抢过自己的书包，夺门而逃。

11

夜晚，她独自一人回到空落落的宿舍，室友们都已经回家了。

她打开灯，将写有尹楷奇签名的那张单据拿出来，放在灯光下看。那时她和小白在那条巷子里听见尹楷奇父亲生病的消息，对她几乎是晴天霹雳。她想见他啊，那么想。这些日子以来，她都默默地承受着这种心理煎熬。想起这场搞得一塌糊涂的生日宴，她心里有些难过，可终究是把长久以来想说的话给说出来了，又有些轻松。她又想到这个生日还约了马曦悦回来一同庆祝，便给她发了一条信息。只是还有一个人，她拿不准要不要发。

　　第二天一早，马曦悦便提前一天回来了。她们逛了一天的街，都只吃了点零食小吃。傍晚，房楠和马曦悦走到"自由天堂"餐厅门口，马曦悦看见门口竖立着一个柜台，便过去看菜单。

　　忽然身后有个人影，她转过头，发现是小白。

　　"你怎么会在这里？难道——"马曦悦突然间醒悟过来，"哦，原来你们一直……房楠你骗我，我问你中午有没有见到小白，你说没有！原来是和小白背地里有'奸情'！"

　　"马曦悦你说话声音小点行不行？"小白眉头一皱，"就你能来啊？"

　　"难道你还不知道！"马曦悦大声地说，"老班早就盯住你了，你难道不害怕？房楠家里有背景可以没事，你有吗？！"

　　"马曦悦，你说什么啊！我家哪有背景啊，什么叫'没事'？我爸骂我的时候你见过吗？"房楠听着，终于忍无可忍，"还有，谁和他有'奸情'啊，是他自己赖着不走才成这样的！"

　　"你看，她就是这样说你的，你还那样天天跟着她！"马曦悦对小白的话音里流露出少有的冷嘲热讽。

　　"哼！"房楠冷笑一声，"不知是谁这么厚脸皮，自己厕纸不够了就跟着别人天天蹭'易初莲花'，还好意思说别人！"

　　"你怎么这样说啊，谁稀罕你的什么购物卡啊！"马曦悦急了，脸上泛起一抹潮红，"有点钱就瞧不起人，谁要再和你这种人做朋友啊！"

　　"说得好像我愿意跟你似的，以后你是死是活都别来找我！"房楠大声说着，心里却好像有什么东西在急速坍塌，眼角也湿润起来。

"房楠，你怎么了？"小白在旁边关切地问。

房楠的目光转向他，眼泪忽然夺眶而出。她一把推开小白，头也不回地跑了出去。

"房楠，房楠！"小白在身后追了出来。

房楠跑得很急，眼睛里含着泪水。慌不择路之下，她跑到马路边，回头似乎还能听见小白喊她的声音。她一脚跨了出去，完全没留意前面就是马路中心，耳边遽然传来车辆的轰鸣——

"房楠，小心！"

"房楠，有车啊！"

她听到前后两个声音在身后响起。然后，如同电影里的慢镜头一样，她看到小白从马路那边跑过来，嘴里似乎喊着什么，朝她伸出手……

刹那间，眼前浮现出多年前记忆深处的一幅影像：一个身影，从马路上跑来，伸出手去，将她推开……

两幅画面逐渐重叠。耳边传来一阵急促的刹车声。眼前顿时陷入黑暗，那看不见底的深渊……

12

"房楠——"

"房楠——"

耳旁，又响起那轻柔的呼唤了。眼前出现一片朦胧的白光，她正站在一团软绵绵的云上。天空是纯净的蓝，太阳高挂当空，目之所及，白茫茫的一片，到处浮着蓝色的光泽，是那种宛如极地般的苍蓝。远看，犹如一片漂满浮冰的海面。

　　她记起来，自己小时候和妈妈乘飞机时，从窗口望去也是这样的景象。难道，这里就是云层之上？

　　白云在脚下厚积松软，她小心翼翼地用脚探下去试了试。忽然发现，自己的手、脚都变得像小孩子那么短，她似乎变回了孩提时期的自己。她迈开小腿，小心地在云上走了起来。

　　密密层层的云絮，宛如深浅不一的沼泽。身旁有无数连绵起伏的小丘，她爬上其中一座，然后看见在那云的远处，有一点颜色，似乎有什么不一样的东西。她觉得好奇，于是便走下丘陵，朝那个方向走去。

　　走近时，她看见这里是一幢房子，上层的阳台种满了花，下面搭了遮阳棚，上面是一个OK便利店的标志。房顶上，还放有一只风筝，飞在很高的地方。

　　便利店里站着一个人，个子很高，穿着店员的服装站在那儿，旁边热气腾腾地煮着什么。

　　"你好，这里是云端平原。"房楠走进店里，就听见他说话，"想要点什么？"

　　"嗯……我要热狗，豆腐，还有鱼丸。"她说。这些都是往常OK便利店里她最喜欢的东西，可是她忽然记起自己没带钱。

　　"没关系。"店员哥哥说，"我们这里的东西都不收钱的。"

　　房楠听了，便找了一个位置坐下来。

　　"这里好安静啊……"过了一会儿，她说。

　　"是的，因为这里是平流层，隔离了下界的一切喧嚣，所以才显得那么宁静。"

　　"那里是什么？我刚刚来还好好的。"她指着附近一片变成灰色的云问。

　　"那下面在下雨，但这里是不会下雨的。"店员哥哥说，"这里的大气中几乎不含水汽，所以天气也是终年晴朗。"

"就你一个吗？"房楠问。

"是啊，不过有时也会有不同的人前来，然后再离开。"店员哥哥说着，抬起头，朝外边望了一眼。

"一个人在这里，不会寂寞吗？"房楠想着，忽然心里一动。她发现了一件之前没有注意到的事情：这柜台，这货架，跟学校对面的那家OK便利店那么相似，简直是一模一样！

那么……这个人……这种似曾相识的感觉……

她恍然大悟似的喃喃自语："尹……楷……奇……"

"奇怪了，你怎么会知道我的名字呢？"店员哥哥转过头来，微笑着望着她。

那眉毛，那眼睛……俊逸的脸，明朗的笑容……就是照片上的，不，活在她内心深处的——尹楷奇！

房楠想说什么，却发觉自己张着口说不出话来，眼里有什么溢满了，无法抑止……

"怎么了？"店员哥哥从柜台旁走过来，低下头，温柔而关切地问。

"对不起！"她终于忍不住"哇"的一声哭了出来，"对不起……都是因为我……"

她想把所有事情都告诉他：单据上的签名、奖杯、他的父亲，还有李老师……一件一件，全都堵在胸口，不知从哪一件说起……她想，他知道，他什么都知道！她哭得更伤心了，两只手捂着眼睛，眼泪从指缝间滑落下来。

店员哥哥看见了，微微一笑，拿起纸巾，半蹲下来，用手一点点擦去她脸上的泪水。

"自从来到这里，"他低头望着她，认真地说，"我已经忘记过去的事情了。——但是，小妹妹，你一定要幸福快乐啊！"

……

……要幸福快乐啊……

……

房楠醒来，发现自己躺在医院的一间病房里。床旁边是一扇窗户，从那里可以看见蓝天白云。

"那是个梦吗？"醒来之后，她望着窗外的天空，愣了许久许久……

忽然响起了敲门声。还没等她说话，两个人影推开门走了进来。

两人看到她，都是一阵惊喜。

"太好了，房楠醒了！"

"房楠你终于醒了！"马曦悦跑过来说，"你都昏迷一天一夜了，我们大伙好担心你哦。"

"你爸爸妈妈已经去看尹楷奇的父亲了，他们听到你醒来了，很快就会过来。"小白告诉她。

"我怎么会在这里？"房楠抬头环顾四周，不解地问道。

"你忘记了吗？那天真的好险哦，你晕过去了。你跑到马路中心，小白去救你，差一点也被车撞了，幸好那辆车及时刹住了。他还被表扬了呢。"马曦悦告诉她。

"马曦悦也是，那时候，多亏了她跑到路旁去找交警，拦住了其他车辆，否则真不知会发生什么事呢。"小白补充道。

房楠觉得他们的话中，多了一种从前没有过的默契。她起初还有些在意，但很快便释然了。

我回来了。她想。

一座断裂的桥

陈娇 —— 文

水果咖啡店主，三十几岁就沉迷于小店的理想者

　　我住在香城。那是一座多桂花楠竹，以温泉闻名，每年有马拉松的城市。那里也被称为"千桥之乡"，虽然年久失修、断裂废弃的桥越来越多，却丝毫不影响"千桥之乡"的称谓。张艺谋的最新影片《影》就是在此取景拍摄的。尽管如此，这座城市依然有伸手不见五指的黑暗和每座城市都会有的孤独，以及被孤独吞噬的男女，而我就是其中一个。

　　我从未走出过这里。高中毕业，大家都尽可能远地填报了志愿，去到从来没有机会见到的天地。那次选择确实重要，因为后来很长很长的人生，都与当初的决定有关，而我选择了当地唯一的一所大学。我也不知道自己留恋什么，朋友都走光了，也没有遇见爱情。父母是离异状态，我大多时候住校，已经很少与他们生活在一起。要说是留恋，倒不如说是寂寥和胆怯吧。

　　我就这样平凡至极地展开了我的人生。快毕业的时候，同一位学长日久生情，毕业后自以为水到渠成地到了谈婚论嫁的地步。母亲给了我一张婚礼清单，其中有一项是婚前旅行，并写出了目的地——

墨脱。男友以礼金不足为由拒绝，我也因此生气，赌气关机一周，再
联系对方时，对方竟然换了号码，一桩婚事因此不了了之。那年我
二十六岁。

　　我曾在一本书里见过对墨脱的深入描述，潮湿古老的林间路，
会有吸人血的蚂蟥钻进裤腿，甩也甩不掉。我问母亲为何单单选了墨
脱？她说，自己是离了婚的过来人，如果婚姻的中途还是不可避免地
分道扬镳，不如婚前就沦为陌路。墨脱是个让人脱胎换骨的地方，去
过之后再回到一方天地，自然会珍惜当下。

　　我的工作非常乏味。虽然在当地最好的电影院主管运营，听起
来好像可以自由观影，但常常只在巡场的时候才有机会瞥见一剧两
幕。理性排片，提升票房卖品，每周主推一款匹配大片的套餐，大厅
展架海报布置，开源节流，员工考勤培训，月底盘存，供应商维护。
除此，每周二都要向店长和总部递送厚厚一摞报表。周遭是理不清的大事琐事，常常加班到最后一场电影结束，回家倒头就睡，梦里仍是各种数据。这样的生活持续到去年。过完二十八岁生日，我辞职，在家把那本有关墨脱的书又看了一遍。

母亲多年经营水果生意，淡季走了两个员工，因为缺人手我被叫去帮忙，后来发现这个工作很适合我。无论专注还是闲散，都可以让自己很真实。

我增加了进口水果的品项，澳柑、西柚、恐龙蛋、释迦、牛油果等，突出水果的功效，并切洗摆盘，送货上门；又推出了水果沙拉和水果捞，生意渐好。母亲开始帮我相亲，也语重心长地告诉我，女生过了三十，不得不承认，有些事要开始走下坡路了。

这都是去年夏天发生的事。

去年夏天，我在网上认识了一个人，不算网恋，最多只存有好感。他叫水豹，真名。我查阅过这种动物，水豹——通体幽白，身体健硕，栖息于山地、丘陵、荒漠和草原，尤喜茂密的树林或大森林。无固定巢穴，单独活动，白日伏在树上，或卧在草丛中，或在悬崖的石洞中休息，夜晚出来游荡。

他说，名字本是父母给的，就同被动的生命一样，对他们可能重要至极，对自己几乎毫无意义，最多觉得水豹这个不常见的名字有点酷而已。他说，因为足不出户，他的皮肤白得异于常人，甚至白得有点病态，在这点上确实符合水豹这种动物的特性。

你在形容自己的时候，是不是过分消极，甚至有些残酷？我打出一行字问他。

水豹发送一个笑脸。他说，谈及自己，确实有点不受控制，倒没有对外界失去信心，只是不喜欢自己的名字而已。不喜欢到什么程度呢？不喜欢到，有时候恨不得就这样消失。

他说，我现在是连接他与世界唯一的桥梁。

切凤梨的时候，我一直思考水豹的话。可能我是那个主动接近他的人，听他说话，陪他思考，各自在彼此看不见的空间一同熬夜。他说他住在一个很适合看星星的地方，院子里种满了竹子，不管不顾，竹子没有束缚，繁衍疯长。院门是一扇厚重的黑漆铁门，风吹雨打多年也未曾掉漆，厚重得像几十年的岁月，一个人单手很难推动。

台湾凤梨是非常受欢迎的水果，无须挖眼泡盐水，香味怡人提神，像切西瓜一样切成一片片的很好入口。有一位瘦瘦高高的女孩近来一直买凤梨，她看我切水果的过程始终饱含微笑，不像其他顾客那样多问。我喜欢这样安安静静的交易，也喜欢她。

再来的时候，女孩主动问我，什么水果多吃会让皮肤变白，有时候总觉得这是一道伪命题，问的人多了，想都不想便可脱口而出，成为惯性。但她问得认真，好像是病人期待着医生开一道珍贵的药方。我思考片刻，告诉她新西兰的佳沛金奇异果、南非的红心西柚、突尼斯的软籽石榴王、澳大利亚的甜心车厘子，坚持吃这些，效果就会像退潮后的海滩，留下明显的痕迹。

她果然每天都来，就吃我推荐的那几样。有时候我内心会窃喜，感慨顾客都是这般就好了；有时候也不忍，毕竟几样水果日日坚持也算一笔不小的开销。所以我尽可能挑最好的给她。

她喜欢黑色衣裳，好像有很多样式，质感也不尽相同，但颜色都是郁郁实实的黑，是那种午夜时分的黑，哑光色。她的身上没有多余的饰品，看得出凹陷的耳洞、镯痕和戒痕，应该有相应的饰品佩戴多年，留下深刻的痕迹，但现在一并摘除。露出的肌肤不知是衣色的原因还是多日吃水果的缘故，近来越发的白。

我每日也习惯睡前同水豹互通文字。有时候他会秒回，有时候隔了一阵，好像能听到水开的声音，怕是去煮茶了；浴缸水满，应该是去泡澡了。夏季的夜里有几次突降大雨，世界被雨声掩埋，同时醒着的两个人心意更加接近，雨声好像一座独一无二的桥，把两端的人连在一起。淅沥的雨声中仿若某种神秘的通道打开，我们都通过它，看到真实的彼此，也一并停留在那个未知的空间。空间里什么都没有，只有两颗赤子之心。

他说晴好的夜晚，头顶总有繁星。房间有一面古老的立地铜镜，竖起来呈椭圆形，与人等高。镜身十分厚重，周边用铜片包铸。每月十五，月光最亮的午夜，如果刚好从一场梦里醒来，起身正对这面镜子，会发现月光之下，镜子里延展开一条路，通向另外的空间。那一头湿气雾气绞缠，有一种深不可测的力量不怀好意地注视着，让人没有勇气跨进那片黑暗。

他的世界好像一直与众不同，仿佛生活在庭院深深的老宅子里，与世隔绝，靠通达的虚拟网络建立与外界的唯一联系，却对世界的绝大多数事物不感兴趣。在我们认识不久的所有交谈里，听他提得最多的便是院子里的竹子、头顶的星空、镜子里的路。他问我愿不愿意一起去探索镜子里的世界，我说容我考虑考虑。

对方是个什么样的人呢？除了性别和名字，我对他的年龄、过去、重要的信息几乎一无所知。想起最初建立关系的来由，不过是因为他的一句个性签名——十多年里，你成了庆山，而我却没有成全最初的流浪。

母亲托昔日的姐妹帮我约见相亲对象，听到开头的说辞，我便拒绝了。年纪逼近三十，倒也觉得没什么好怕。当我想起人的一生，应该还有青春这样东西的时候，却发现自己完全想不起，自己的青春曾经在哪里。就好像一座断裂的桥，断了、裂了，要么回不到最初，要么通不到未来，是一种孤绝无助的状态。

女孩近几次话语明显多了起来，也主动告诉我名字。她说她叫古筝的时候，我停下手中的水果刀，郑重地望着她。确实是个好名字，名字于她，无论是她还是名字都更加分。她有些尴尬地说：可我不会任何乐器，甚至连唱歌都不会。小时候开口说话晚，能好好讲话就不错了。也害怕同人沟通，虽然觉得你亲切，但也是来了多次才鼓起勇气说话的。

那你会通过上网打字和人沟通吗？

古筝露出羞怯的笑，好像我猜中了什么不该猜的。她看着我把一盒车厘子浸泡在水中，发出阴郁的感慨：人们听到"车厘子"三个字便会欢喜，无论吃不吃得起，都知道那是好东西，病人、孕妇、孩童、老人，都会尽能力选择这样的水果。车厘子仿佛出生就被人拥戴，无须成长，就已高高在上。这点与人生何其相似，也一样何其不公。有些水果拼尽了全力生长，仍然默默无闻，就像有些人，一餐一饭好好活着都已不易，又怎么读万卷书，行万里路，去实现自己的理想抱负呢？

我把洁净的水果打包一并递给她，彼此都露出愉悦之色。那是她说话最多的一次，好像还在温饱线上挣扎的有些人说的就是她自己。以至于开头问她的那个问题，跳过去便忘了。但临走的时候她回答我说，近来一直在网上畅所欲言，好像有人倾听，便可以一直说下去。我说这种感觉我懂。我同水豹之间正巧也是这样，我只要听，他就会言无不尽。

中元节快到了。母亲每日都叮嘱我夜里不要外出。店里千万不要少秤，也不可以掺杂坏的水果。明知道我不会如此，她却总是不厌其烦地再说一遍。在我之前，母亲还生过一个女儿，如果还活着的话，我应该会有一个大三岁的姐姐。她出生在中元节当天，只过了一周便死了，医院也没有查出原因。母亲只轻描淡写地对我说她命不好，不该选择中元节当天来世。后来的每一年，中元节前后，母亲都格外看顾我，不许外出，不许吃生冷食物，不能做亏心事，即便遇到与平日不一样的事情也要冷静。每年的这个节日，我们都会一起放河灯，河灯都是自己动手做的，上面写满了祈福语。我没见过那个生命只停留在第七天的姐姐，每年只重复写道——早日往生，保佑阿娘和我。

有一晚，水豹没有上线。我有些惴惴不安，说不出为什么。明知这不是时下流行的网恋，彼此也并非深沉的灵魂伴侣，但面对一直灰色的头像，竟隐隐有些悲伤。好像连接彼此的一座桥断了，没有其他途径可以通达。窗外有混浊的月光，树影摇曳，嘶哑的风被聒噪的虫声撕得四分五裂。我终究失眠了。第一次分手也没有这样辗转反侧过，好像他真的走到过离我心底很近的位置。一个人的青春已逝，那种怦然心动的感觉却又刚刚开始。可我们留给对方的终究不过是一个名字，没有比这更多的了。

再上线是三天后。他说，这几天眼睛混浊，不停流眼泪，早年算命，眼盲可能就是近两年会发生的事。他说，近来吃了一百三十七盒蓝莓，其实不太喜欢这种浆果，太脆弱，味道有酸有甜，整体口感不算浓烈，也不会记忆犹新。但蓝莓很像人的眼珠，深蓝色，覆盖一层雾霭般的果粉，在阳光的照射下，才有几分可爱。仔细想想其实人类挺可怕的，什么都敢吃，吃的数量也很夸张。一粒蓝莓从种植到零售所需经历的种种，吃进去的人很难想象。单单觉得这样东西对眼睛好便会疯狂侵占。人什么都吃，却很难活到百岁，植物只不过饮雨水，晒阳光，很多却超过了百年。想来挺讽刺的。靠一盒接一盒的蓝莓来缓解不知何时失明带来的恐惧感，你能懂得吗？

屏幕留下大大的问号。我确实没办法感同身受，只能发去一个拥抱的图像。害怕他的头像会再次变灰，我询问他的地址，说，不介意的话，想去探望。

水豹说，那个问题你考虑得怎样了？镜子里面真的有另一个世界。你若愿意，我们可以一起去探险。

这个问题确实已经被我遗忘了。我也不清楚这么重要的邀约怎么转身就可以抛在脑后。我没有及时回复，错综的神经像久蒙尘的蛛丝一样混乱。八月里最热的时候到来，我感觉整个灵魂都汗津津的。一切按部就班地推进，毫无新意。

水豹离线前留下了地址，仿佛转身前搭起了一座桥。我不必再害怕突然断联，只要做好了准备，随时可以跨过去。

中元节这天终于到来。我与母亲做好了三十三盏河灯，一年多出一盏，从母亲一个人动手做，到后来我长大，母女一起做。傍晚的时候，街灯同月亮一同升起，护城河的上游，会有背影相似的妇人提了篮子，篮子里装有纸船、莲花、蜡烛、元宝、纸钱。这一天，人们对过去的记忆十分浓烈，越是年长的人，脸上神情越是沉重。岸边，母亲烧掉最后一包纸钱，全是用白纸包好，用狼毫笔写上名字的。她说这样其他的鬼才不会冒领了去。旁边也烧了一堆零散的元宝，说是给那些没有亲人的魂魄。每年她都重复做这些事，比春节还要用心郑重。

白日古筝来店里，我正在处理顾客售后。一年之中，会遇到很多奇葩的投诉，明明哭笑不得，但对方一本正经或者盛气凌人，觉得如此才能维护正义，讨回公道，所以很多时候只能克制再克制，忍耐再忍耐。白日里遇见的这位顾客八日前买走一个日本玫瑰蜜，在八月里最热的天气常温放置，八天后再切发现已经烂心，于是怒气冲冲地拎了瓜来到店里破口大骂小店欺客。

我一言未回。母亲说中元节前后，总会有怪事发生，一定要保持冷静。古筝进来正好撞见这一幕。她拿起已经变味的哈密瓜，看也不看就扔进了垃圾桶，并叱喝那人，说：越好的东西就要越早吃掉，你当水果是木乃伊，能保千年不坏之身？八天不闻不问，连情人都可以变质，更何况是一个水果？最后那人无话可说，扔下几句给我等着之类的恶语走了。

我从未见过生气的古筝，她好像一直秉持一种气定神闲的脾性，一如她的名字。她说对付无理取闹的人，只有更无理取闹才行。我回答说，有道理。她说，有的人其实真不配享受那样好的水果，同人比，还是水果更高贵一些。说完我们相视而笑。

她买了好多水果，几乎拎不下。店里所有的蓝莓和车厘子都被一扫而空。我说你已经很白了，其实不必如此执着。她说，要走了，以后可能不会再见，谢谢我每日精心挑选的水果，味道和人情，她都记得。末了，她留下一盒车厘子送我，说一定要舍得吃，知道那个卖油的姑娘水梳头的故事吗？希望你不是那个姑娘。

中元节后，古筝再没有出现，水豹的头像也一直处于灰色。生活无趣到谷底。水果生意淡季终于过去，每日都处于疯忙的节奏，密实压抑到透不过气。终于有一天，就像晴空万里突然惊现一道响雷，我的心电波突然一阵抽搐，一个决定像刀剑刺入土里那样稳落心底。

城市再小，一个人在城市里生活几十年甚至更久，也没有办法把这座城市的每一条路走遍。去往水豹家的路，我甚至都没有听过，导航起来，居然也不太远。城郊之间，有一条新生的路，新起的名字，听起来遗世独立。只是那个偏僻孤绝的山庄，仿佛遥远古老的虚无世界，红墙灰瓦，几世同堂，堂前有河，堂外有山。绵延不绝的庄稼看起来养分极好。天空大地明明如常，并行于世，却又觉得完全是新的天、新的地，有别于日日眼见身立。

我带了蓝莓来看他。一个人知道当下眼睛随时会失明，却不知道具体时间。那种越来越近的压迫感，走在陌生的乡野路上，我才突然有了一点悸痛。人与人之间的感情要完全做到互通有无，其实是很难的。我的生活没有多少需要诉诸他人的部分，作为合格的听众，也并非闲得发慌，或是圣洁心宽。听与诉之间，偶然搭起一座桥，两个原本毫无关联的人有了连接，说其中没有爱，是不正确的；说仅仅是出于爱，也有些偏颇。我疑惑自己在这条路上踽踽独行，最终是为了寻觅什么。

一切和水豹留下的信息全部吻合。独立的院子像山中的眼睛，这样的眼睛每隔一段就有一只，规律，节制。远处有人影浮动，似乎只专注当下的生活，对陌生人和外界事都漠不关心。活着仅仅是为了活着本身，与活着以外的事情都保持距离。

门没有上锁，其实连门也并不需要，存在不过是为了维持房屋的完整，或者防风和各种动物，只是并不防人。用足力气推开了半扇门，八月的傍晚，门里的世界居然幽静清凉，竹林的叶子沙沙作响，有风的形状在其中飘摇，却捕捉不到。竹林与内屋之间，有一条铺满山石的路，山石斑驳，有粗细不一的裂纹，缝隙之间长满碧绿的苔藓。脚踏上去，静悄悄的，完全是一个安静的所在。

那扇被投射一身金辉的门轻轻一推就开了。夕阳的光在地上拉出一条长线，仿佛迈出脚步与人同行。屋内过于简洁，木具不过是倚墙站立，中间留出大片空间，光越过窗棂投射进来，随着时间的推移，先在墙上游走，然后匍匐在地，最后退出屋外。

我放下蓝莓，唤水豹的名字。空荡荡的房间只有微弱的回音，声音听起来空洞陌生，明明来自身体，却好像从未熟识。我一间间屋子寻他，终究是空无一人。房间过于干净，好像主人刚刚打扫完，只是外出买菜或是散步去了。但水豹明明说过他已多年足不出户。

最后来到他的卧室。光线陡变黯淡，不知道是因为极尽灿烂的夕阳霞辉此刻已经沉入地平线，还是因为房间背阳的缘故，投到身上的一股股凉意比在院子时更盛，仿佛置身潮湿的洞穴。墙上有察觉不到重量的数不胜数的细小水滴在流。就像一群群蚂蚁开疆辟土，悄然无息，不露痕迹。

果然面对床头的位置，有一面与人等高，看起来无法移动的铜镜，属于很久很久以前那种有年代感的旧物。镜面与水豹的描述大不相同，上面布满无数像蛛网那样的裂痕，却又不像被某种重物砸过。似乎因为某种内在的力量产生，仿佛是为了挣脱什么。

是等待还是离开？我望着呈现在镜子里面四分五裂的自己。傍晚已逝，月亮爬升，再过几个时辰就是子夜。月光落在镜子上的时候，那里面真的有一条通向另一个世界的路吗？水豹是否已经进入，多久才能回来，还是永远也不想回来？他的眼睛好些了吗？一百三十七盒蓝莓之后，有没有继续食用？

沦陷在无限的疑问中，我感到疲惫不堪。

镜子里像地毯那样展开一条无限长的路。路上有湮没脚踝的草丛，草丛中有冰凉的露珠滚落脚背，似乎被轻薄的绸缎捂住眼睛，模糊看到外面的世界，涌动着细微颗粒状的雾。草丛越来越深，淹没膝盖，湮没腰，湮没肩膀，湮没额头，最后整个人像一只迷路的动物，在深沉的草丛里，仅凭嗅觉识别方向。

草丛很柔软，来回摩擦裸露的肌肤，只觉得有水痕滑过，或者云朵在游走。前方有森林水泽的味道，清新冷冽，不同于空山雨后。一定是有故事的茂密森林，无数的动物繁衍穿行，最后长眠于此。视野逐渐看到一片雾霭般的蓝色，中间有亮如萤火的东西悬空，像黑暗中两支燃烧的烟，让我想起幼年看到发光猫眼的经历。小东西迎面扑来，我没有闪躲，温暖的脚掌出人意料地搭在肩上。

　　母亲将我从昏睡中唤醒。她说，你昨晚回来已是夜深露重，没有清洗，倒头就睡。浴室放好了水，快去泡个澡吧。

　　我问母亲，梦与现实有何不同？她说，有青春的人，梦和现实往往分不清。三十以后，梦是梦，现实是现实，定会泾渭分明。

　　我一边清洗身体，一边回忆夏天发生的一切。水豹的出现，古筝的出现，古筝的道别，水豹的消失，一面可以通向另一个世界的铜镜，一面碎裂的铜镜。有时候，我觉得水豹和古筝才是那对最后一起去探险的人；有时候，我也会认为古筝就是水豹本人，一个出现在我的现实生活，一个进出于虚拟的网络世界。

　　仿佛生命里有一座桥骤然断裂，抵达不了彼岸，也找不见答案。想起一盒古筝临别时赠予的车厘子，那是实实在在的东西，睡在冰箱的角落。翻开再读那本有关墨脱的书，一颗一颗接连吃下，味道竟是我吃过的最佳的一次。

　　古筝和水豹从此像生命里蒸发的一滴水，无迹可寻。我没有试过再去找那样一条路，怕路也在大地上消失。

　　青春余烬，到此成灰。人与人之间赋予的情感，无论稀薄浓烈，都像凭空架起的桥梁，以为可以通向彼此心里的某个地方，最后无故断裂。墨脱看了一遍又一遍，却从未鼓起勇气去一次。我与墨脱之间，书本是桥梁，合起书，桥梁即断裂。还有最近感慨颇多的"青春"二字，当时身在其中，不觉动容，再回望曾经触手可及的部分，惨烈的地方空白，空白的地方惨烈。三十岁到来，我成了一个完全陌生的我，站在断裂的桥上，同过去告别，同未来say hello（说你好），笑比哭难看。

夏天的故事

单超 —— 文

一名翻译者，爱好是一个人坐在长线上绕着城市转圈

1

下雨了。

匆匆赶到教室的时候恰逢铃声大作，我手忙脚乱地收起雨伞，把教参和备课本甩在讲桌上，心虚地宣布开始上课。

学生们虽然森森立了个整齐，却都在用神鬼莫测的眼神看着我，狡黠里带着灵精。自从那次和娟娟无意中聊起他，这种情况已经连续了三天之久。

"香菇，还记得高中时的同桌吗？他暗恋你来着。"

高中时代的同桌？给娟娟这么一问，他的影像残片陆续在脑子里落下来。如同簌簌落下的俄罗斯方块，好不容易要现出全貌时，又在一瞬间无影无踪了。

我努力想把仅存的一点回忆捏合成型，却总是浮浮沉沉，看不真切。

　　干吗要提起这个话题。我心烦意乱，想栽赃嫁祸到娟娟头上，回头看时她却悠然啃上一只香气缭绕的烤番薯。

　　"好吃好吃。香醇，柔滑，甜而不腻，是地地道道的中华美食。喏，赏你一块吧。"

　　头还是痛个不停，一定是娟娟提起他的缘故。我愤然离席，找到教学组组长要来一纸假条。

　　组长一边打手机游戏一边教育我说什么高三战事在即，要以身作则才行，负责好学生的前程跟学校的升学率。

　　假仁假义的家伙，恐怕在"电影史上的一百个伟大表演"里都有一席之地。

　　雨仍旧淅淅沥沥下个不停。

　　烤番薯的老伯伯身穿雨衣站在邯郸市第一中学校门口，形如孤舟垂钓的蓑笠老翁。番薯的烟气越过遮雨棚缓缓爬升到天空里，最终成为俯瞰大地的一朵似有若无的白云。

2

　　毕业相册一直放在书架最上面的格子里。

　　因为够不到，每次都成了大扫除里的漏网之鱼。踩着凳子拿下来时，才发现它已经吃了晶莹剔透的一层尘灰。

　　"李明泽、李明泽……"

　　我顺着人名找过去，视线停在一个高个子、微微有些驼背的男生身上。他的校服上落着斑驳树影，点点浮光，散发着岁月的味道。

　　奇怪，竟然完全想不起来这张脸的主人。

　　记忆果真是种无法捉摸的东西。

翻到后面的同学录，旁人无不是洋洋洒洒的一长串，唯有他的那一页上写着寥寥两句："江湖险恶，大海无量。人生如梦，黯然销魂掌。"我不禁扑哧笑出声来。

看罢同学录，他的肖像画在脑海里又修复了几块，但缺少几分人类的生气。暂且如此吧。像什么来着？我在脑海里回味着，像《道林·格雷的画像》里的情节。

也许学校里还留着关于他的蛛丝马迹。

这个猜想果然不错，只是发现那些东西的人并不是我。

下了晚自习，看看表已经十点过半。外面榆树上的蝉叫声兀自悠长地回旋。我收拾了书本正准备走，发现弟子们一个没动，齐刷刷地将目光紧锁在我身上。

"说吧，又得罪了哪个老师。莫非在语文课上温习数学来着？"

底下纷纷摇头，眼神里闪动着编织圈套般的光彩。

"这里这里。"

他们连拉带扯地把我拖到靠墙的座位那里，指着一堆涂鸦给我看。

那是学校屡禁不止的恶习，整面墙壁成了历届学生的留言簿。当时的校长盛怒之下原本准备招来装修队一举捣毁，无奈尚未施行便被赶下校长宝座。整改计划也因此不了了之。

我顺着他们的手指看过去，在满篇狼藉中发现了一幅漫画，下面刻着笔画轻浮的一行字：上杉达也by英（2）李明泽。

"上杉达也？那是谁？"

"这都不知道？《棒球英豪》里的主角，风度翩翩的美男子。"

"话说回来，老师不是英（2）班的毕业生吗？认识这个李明泽师兄吧？"

又是一阵起哄。

"认识倒是认识……"我盯着那幅画，试着回想起那时在课堂上的情形。

和他之间几乎没什么交流，这是唯一的印象。那人的爱好似乎就是在所能触及的任何东西上涂涂抹抹。至于画的是什么，我则从来没有注意过。

回过神来，蓦地感觉到不对劲。他们无缘无故怎么会知道那个人？

"回家回家，明天全部上交《五年高考三年模拟》，要突击检查。"

我沉下脸来，借此维护自己的威严。

果不其然，哀号声此起彼伏。

"顺路的男生把女生护送回去，耍威风的探险行为一律禁止。听见没有？"

我在后面大声喊道。

回到家，我给担任职业画师的表哥打去电话，借来那套所谓的《棒球英豪》。

若说心里对那人丝毫不起波澜那绝无可能，不过倒也算不上兴趣浓厚。应该说介于微风徐徐和夏日风暴之间比较合适。

越窗而来的晚风非常舒服，带起窗帘轻缓地摇曳。

那一期毕业生中，唯有我一人形单影只地回到母校做起了高中教师。

　　"邯郸那个地方嘛，长期生活的话怕是会变尼姑哟。"

　　问及几个关系不错的同学，无不是异口同声这么说道。

　　摩天大楼自是不多，是座历史绵延的小城，因此天际线显得异常辽阔。早晨红日升起，傍晚红霞满天，都是一番绝美的景象。

　　街上行人寥寥，步履不疾不徐。主干道旁的梧桐树上挂满巴掌大小的红灯笼，在夜晚冉冉亮起时宛如美丽的光虫飞舞在浩瀚的星空中。

　　整座城市就如同一只神采悠然的驼鹿行走在人迹罕至的山林道上。

　　大都会的魅力自不待言，所以那些人才纷纷逃离家乡对其投怀送抱。较邯郸这座朴素小城而言，那边名叫生活的那场战役恐怕要惨烈得多吧？

　　我不过是个寻常姑娘，秋天在落叶满地的街道上骑着自行车去学校；冬天深一脚浅一脚地踏着积雪气喘吁吁；春天挽起裤管去淙淙流淌的河水里捕鱼；夏天一边放烟花一边期待着秋天的到来。

　　这么一想，这座小城也足够开启璀璨的人生。

　　眼睛看着漫画书，脑中却胡思乱想了这么一大堆。

　　不知何时，课堂弥漫起一阵骚动的情绪。

　　我只好把书本扣在桌上，起来维持秩序。

　　"自习课也要珍视才行，卷子什么的认真去对待。明天就是数学考试吧？不好好准备的话又是大败而归，那会儿哭鼻子可就来不及了。"

　　我看看手腕上的表盘，又说："有问题的稍等片刻，白老师马上就会过来。"

　　讲桌后的笨重木椅上空空荡荡，正在等待主人的宠幸以便重新耀武扬威。

按理说小白从不迟到。

"那个，老师……"

"闭嘴，谁再捣乱就赏他个百词考。"

骚动平复下来。我坐在角落里专心致志读《棒球英豪》。

女主角叫小南吗？倒是跟我的名字有几分相似。

这时教导主任推开门进来，看看群龙无首的一众学生，然后伸长脑袋研究贴在门后的课程表。

"郑南南老师，你在搞什么名堂？"

那戴眼镜的男人问。

我向他解释这是数学自修课，过不多久小白老师应该会飞奔过来主持局面。

教导主任拨下眼镜，越过镜片斜睨着我，伸出右手指了指课程表。

我走过去，视线顺着他的手指爬到纸上，只见自己的名字赫然印在自修栏里，顿时脑海里一片白雾茫茫。

不知道是谁先笑了起来。

接着全班的学生开始哄闹满堂，连教导主任都忍俊不禁。

我哭了。先是抽抽噎噎，后面变成了号啕大哭。

教导主任和学生安静下来，不知所措地看着我。

我趴在桌子上，哭声从胳膊的缝隙里传出去，变得缥缈无常，像是来自久远的曾经。

想起来了，在高中时代我也曾这样哭过一次。

那是高二的上半学期末尾。早晨起床时感觉外面明亮得几乎要满溢出来，拉开窗帘一看，白皑皑的一片苍茫。

"好冷！"

我打了个哆嗦。

只掀开一条缝隙，强风便呼啸着钻进房间来。

原来冬之神趁人不备，在夜里落下罕见的一场大雪。

爸爸戴着毛茸茸的耳罩，在楼下笑嘻嘻地朝我挥手。看样子是想邀我一起除雪，被我断然拒绝。

我裹起厚厚的大衣沿沁河缓慢步行，一串脚印蜿蜒跟随在身后。这种天气，连上班族都开始足不出户。

到了学校心头蓦然一惊——眼前的校园里鸦雀无声，一个游荡的人影都看不见。车棚里黑压压停满了自行车。

心知不妙的我扯下围巾，气喘吁吁地爬上教学楼。呼啦推开门，发现同学们三五个围在一起叽叽喳喳讨论不休。讲台上的代课老师正在清点试卷。

不用说，是我记错了考试的时间。

作为目光的焦点，我低垂着头走到课桌前坐下，然后用力把头埋进双臂里。过了片刻，眼泪沁出眼眶，哭泣声像钟罩里的余音那般瓮声瓮气地回旋在自己耳畔。

这时一只手把我拉起来，拖着我离开了教室。

"干什么？"

我抹掉眼泪，看清楚来人是沉默寡言的同桌。

这样的举动自然惹人注目，于是我极力想撇清关系。

"喂，你要干吗！"

原本错过考试的我已经极度沮丧，因此对这种戏弄怒不可遏。

那人今天穿了一件长摆大衣，从背后看过去颇显魁梧。若按常日来说，这家伙倒是不管对谁都一概淡漠处之。虽然没有讨厌的理由，但也绝对谈不上招人喜欢。

他一直把我拖进教员室才撒开手，在我面前放下今天早上的试卷。

"奉老师的命令给你拿来的，限时一个半钟。"

惜字如金的冷峻口吻，简直跟《卡萨布兰卡》里面的亨弗莱·鲍嘉如出一辙。

说完那人两手伸进大衣口袋里，眼睛看着别处。

我吸了吸鼻子，拿起笔开始答题。外面大雪重新弥漫起来。

3

印象中那人精通理科，考试题目可谓手到擒来，所以我偶尔也会放下身段去请教。

讲解题目时虽说每个步骤分析得仔仔细细，但废话是从来不说一句的。

倒是前座有个女生若开尊口，他会破天荒地接过来话茬。

我记得那个女孩笑起来很是动人，仿佛咬了一口清清脆脆的苹果。左颊上有一点梨涡，眼睛漆黑而清澈，发型也温婉可爱。

想到这里，记忆又复苏几分。我拿出毕业相册用手指挨个比对，发现果不其然，那女生和我同名，也叫作南南。

所以娟娟那个他暗恋我的结论，在我看来纯属无稽之谈。

"你不知道？"娟娟将两条腿叠起来支在办公桌上，品咂着手里的蒙布朗蛋糕，"男人都有一种无聊的自尊心。欲擒故纵，投石问路。"

真的？他的面孔再次浮现于脑海。

这次场景变换成了新年音乐会。

那家伙看起来一副沉闷迂腐的样子，没承想竟然也出现在节目单里。登场时观众席上一阵欢呼。

他表演的是劲道十足的古典舞。

身边儿个女生如痴如醉，我看来却不过尔尔。

"一般嘛。"

"怎么会？"同行女孩憧憬地看着舞台那边说，"面如冠玉，目若朗星，是俊俏的男孩子啊。"

我回看过去，那家伙已经弯腰谢幕。

班里有同学把几束红色蔷薇抛向舞台，气氛骤然高涨。姑且算他有几分神采吧。

总之他的肖像又修复了一部分，心情也因此稍微有些好转。

今天上午，我被外派到了初中升学考试的考场里做监考。

入场时，有一位考生的相貌与名单上的照片相差十万八千里，而同行的女上司无论如何希望我可以放行。

我考虑了一下，提出在监控录像存照的前提下可以放行。

那女人信誓旦旦拍起胸脯，保证出不了差错，对于我的提议却敬谢不敏。

"那恕我无能为力。"我冷淡地回复。

于是那女人开始咄咄逼人，说出十分不雅的话来。

回到学校，一通电话已经打到校长耳边。不消说，是来对我发难的，以不遵守监考章程的罪名投诉过来。

我气得眼泪直淌，浑身打起哆嗦。

"教育局那帮浑蛋的脑部构造有问题吗？是不是智商受了万有引力的影响直线下降到盆地地区了！"

娟娟站在办公室门口怒骂。

"就连乌干达的雄性大猩猩都不屑于跟那些人渣为伍！"

娟娟维护我的时候着实血气方刚。

"没办法，因为爱着你呀。"娟娟坐在办公桌对面说。

"背脊都发凉了。"我抱着双臂装出颤抖的样子。

"我跟你说呀，爱情分为燃烧的爱和细水长流的爱——燃烧的爱像烟火一样璀璨着点亮夜空，然后不可避免地坠入黑暗；细水长流的爱是轻轻淌过你面前，对你说：'洗洗脸吧，然后我带你去环游世界可好？'而我对你的爱，本来是细水长流也愿意为你燃烧起来。"

"从哪里找来的台词？"我问。

"是某人说的。"娟娟用笔杆敲着脑袋说。

这番话让我的脑袋又漫起成片成片的云雾。

那是高一下半学年，班里的队伍原本在健美操比赛上独领风骚，却因为判罚标准的原因最终屈居隔壁班身后。

全班同学怒不可遏，凑在一起商量后决定联名上书校方追讨荣誉，并且发动了罢课活动。

校方老谋深算，派出一支别动队分头进行家庭访问，实施各个击破的战略，大家最后只能乖乖回到学校复课。

调查发起人时，我莫名其妙被推为替罪羔羊。

结果是休课反省一周，并在校会上朗读检讨书。

那天大雨滂沱，狂躁的夏风把我的检讨朗诵吹得四分五裂。

散会后我一个人撑着伞跑到操场，蹲在没有遮掩的草地上发泄委屈。

"你好啊，香菇小姐。"

不知何时他举着伞站到一旁——一副若无其事的神态。似乎是新剪的头发，爽朗利落，衬托得脸部线条相当硬朗。

两个人一言不发地在雨地里待了很长时间。

那种温柔，就像在离地万米的夜空中，拉开舷窗看到了满载的月色。

"香菇小姐"这个雅号似乎也是那个时候叫起来的。

回到家，爸爸从报纸后面挪出一道目光看我。

"被教育局的人欺负了？听说是娟娟站出来仗义执言。"

见我不准备说话，他又问："你们俩什么时候结婚？"

"不好笑。"我径自走回自己的卧室。

宇曦从东京寄过来的Tokyo Banana（蛋糕品牌）毕恭毕敬地摆在写字桌上，我拿起一个送进嘴里。

随蛋糕一起寄来的还有宇曦跟男朋友的合照。那是个轻井泽出身的男孩，笑起来虎牙外露，不胜可爱。

照片背后写有一行字：亲爱的香菇小姐，这是你钟情的表参道之丘。by宇曦&健太。

蛋糕着实是人间至味，谢谢你，宇曦。

自家楼下有一间Popland（甜品店），虽然售卖的糕点水准一般，却胜在清幽雅致。坐在那里，树的影子伸展在桌面上，时不时绕过手臂和脸颊，如同时空另一侧的细吟之声。

微一闭眼，看见了富士山脚的竹林。

梳团子发髻的女孩送餐上来时会迷人一笑说："姐姐今天还是很漂亮哦。"

二十六岁吗？我把两手叠在脑后想着。

收到的喜帖溢出抽屉，看来要另辟蹊径才行。中学毕业时的合照两侧卷起麻花边来，像是渐渐拉拢的幕布一般。喂喂，不是要丢下我吧？

第二天风和日丽，天空蓝得如同倒悬的湖底。走进教室，意外地发现学生们早已整整齐齐地坐在座位上。

"不像你们的作风嘛。"

我看了看表，距离上课还有半小时。

纪律委员是个留一头短发的女生，她带头站起来，打了个什么暗号。跟着所有人撑开手里的雨伞。

"你好啊，香菇小姐！"

那些青春快要满溢出来的面孔上都带着阴谋似的明艳笑容。

"你们这些小鬼……"

我转过头去，慌乱地打开手提包。

4

来年，高考的日子。

我站在寂静无声的十字街口，蓦地感觉红绿灯框里闪动的两个灯十分孤独。彼方亮起，此方熄灭，如此往复，循环不已。

来不及吃上爸爸的早餐就奔出了家门。空气清凉，月亮也尚未落下，可谓是披星戴月。

给弟子们备好后勤，其间应对突发情况，而后耐心等待凯旋。这些事情做起来已然得心应手。

蝉声兀自叫个不停，我蹬动自行车踏板，轻快地穿过人们甜甜的梦乡往学校走去。

把弟子们陆续送进考场，岁月沉浮的感觉陡然间涌上胸口。

距离亲身经历的那回还不到十年的时间吧？我暗自回想。怎么好像一口气经历了寒武纪、奥陶纪和白垩纪这一完整的历史长页一样？

我记得那天他走在前面，进场的时候一如往常那副如梦初醒的样子，文具袋夹在臂弯里摇摇欲坠。

那天阳光灿烂，焦黄的光线和黑色的短发纠缠在一起。

娟娟跳上主席台，给自己的学生发动了一场战时演说。手势夸张，声嘶力竭，若是回到二十世纪的战乱年代，应该是角逐政治党派领袖的绝佳人选。

"不是要哭吧？"

目送最后一个学生进入考场，我问站在一旁捂着嘴的娟娟。

"别说话，快把肩膀借给我。"

她伏在我的肩头，瞬间泣不成声。

那两天真是出乎意料的安稳。篮球架、草坪及橡胶跑道安然度过了太阳升起又落下的寂寞时光。

办公室里多出一张桌子，想来又有新的老师要入职吧？人未到，行头倒是不含糊。我这样想。

平淡的更迭，未免有些不近人情。

如同《八月照相馆》里描述的那般——总有一天所有人都会无声无息地消失。

高考结束，学生们兴致高涨地组织了一次聚会。聚会前夕，他们神神秘秘地给我送来一套校服要我穿着赴约。

"拜托了老师，这是最后一次了。"

聚会的地点是学校的展览室。

若不是这次的拜访，那展览室所在的褐石楼简直可以说是人迹罕至。

名义上是展览室，摆放的东西却五花八门，而且都是历届怪人的"遗物"。学生们早早穿好校服等在那里，恍然如同过往的三年时光。

不知是谁提起了将来的打算，于是大家叽叽喳喳讨论起来。

"我嘛，要做牙科医生。"

"我要在周杰伦的唱片公司出道。"

"那我肯定是要加盟洛杉矶湖人队了。"

"陈夫果呢？"

我笑着问一个戴着厚厚镜片的女孩。

"我，还是想进入国务院吧。"

那女孩扶了扶眼镜，严肃地回答。

在场的人无不面面相觑。

"没有人愿意回到这里当老师吗？"

我有意摆出失望的表情。

他们笑嘻嘻地你望我、我看你，脸上再次浮现出那种阴谋式的顽皮笑容。

"老师，这里有一样好东西。"

他们早有预谋似的把我推到展览墙前，不约而同指向一幅画。

"什么嘛，神神秘秘的。"

我抱怨几句，只好由他们摆布着。

一个举着伞的小姑娘仰头望着天空，天空阴晴参半，一如我现在的情绪。

"落款落款。"

学生们大喊着。

上杉达也爱上浅仓南了，比世界上的任何人都要爱。by 英（2）

李明泽。

我顿时怔在那。

从窗户漏进来一束阳光，催动夏天的气味。

回过头时，学生们已经悄然散去。

一个穿着校服的高个子男生靠在墙壁上看着我。

"你好啊，香菇小姐。我刚刚办理了入职手续，今后请多多指教。"

温暖的光束如同缎带一般在房间里游动，时间也随之静静地流淌。

一个真实存在的谎言

陆晓彤 —— 文
嗯，没什么伟大的理想，平凡的生活里多些有趣就好

璐璐坐在电脑前，盯着屏幕，有些无措。她意识到，前几天她真是撒了一个极为拙劣的谎。她现在不知该怎么办了。

前几天高一新生军训，璐璐就是那个站在队伍里疯狂流汗，任凭带着咸味的汗水流进眼睛却不敢擦一把的女生。军训间隙，新同学们会聚在一起聊天，在没有互相熟识之前，彼此都非常客气，个个都彬彬有礼，友好地交谈着。因此，几个被晒得黑乎乎的女生，穿着迷彩服坐在树荫下聊天的场景，显得异常的美好与和谐。如果那时候再吹过几阵风，那就再好不过了。

璐璐的谎就是在那时候撒下的。

当时大家都在聊中考结束后去哪儿玩了，璐璐记得那个头发特别长的女孩跟着父母去海边度假了，说这是她第一次感受五星级酒店的服务。戴着厚厚镜片的女孩去了文化古镇，听上去也非常不错。还有蛮漂亮的那个女孩子，跟着父母去欧洲十几日游了，说是净忙着坐车、赶飞机了，大家配合着发出了笑声。

璐璐哪儿都没去，她只在家里帮忙照看年幼的弟弟，偶尔带着

弟弟在小镇上逛一逛，去个儿童游乐场什么的。毕竟在儿童游乐场充卡了，充了就得花啊。

　　璐璐一边听着新同学的分享，一边心里打起了鼓，还没有人说自己什么地方也没去呢。璐璐打定主意，要么沉默到底，要么找个借口离开。但是，也不知怎么的，就轮到璐璐"分享"了。在还没有熟悉之前，大家连交流都是那么彬彬有礼，要按顺序讲，谁都要有机会讲。大家等着璐璐开口，她还没说呢。

　　"哦，我跟着爸妈去了趟新疆。"璐璐冒出了一句，她突然记起她表姐在朋友圈发布的照片，他们一家在新疆自驾玩了半个月。"我们自己租车，在新疆玩了半个月。"璐璐马上又补充道。这个讲法听上去很酷，女孩子们开启了提问模式。璐璐不断回忆表姐在朋友圈发布的照片、文字，还把表姐和她的聊天记录在脑子里全翻了一遍。

　　是啊，当时璐璐也很向往那片土地，因此，当璐璐看到弟弟在儿童游乐园安全地玩耍时，她就和表姐有一搭没一搭地在微信上聊了几句。

　　"喀纳斯那边传说有水怪，不过我没看见。那儿有一座很美的山，山上有很多很多野花，我们先乘车上山，最后还剩百来级台阶，这个是要自己走上去的。"璐璐居然说上瘾了，好像她真去过似的。

　　"走台阶的时候，突然下起了暴雨，超恐怖的，一下子超级冷。后来居然马上转晴，喀纳斯湖上还出现了彩虹。他们说那边经常这样冷不丁下雨和天晴的。那些在山上摆摊的人，大夏天都准备着棉大衣呢，下雨就穿着，风大，真的很冷的。"说完，璐璐都有些佩服自己的记忆能力，看来，自己真的是羡慕表姐能够去新疆玩。

　　本来璐璐说的都是表姐分享的游玩内容，也没什么问题。坏就坏在，璐璐当时讲得兴奋，有些添油加醋了。比如，她说在晚上九点多打开窗子看夜空，新疆的晚上特别美。是，璐璐记得表姐发布过一张新疆夜空的照片，星星很美。璐璐当时羡慕得啊……那张图上的星星美得好像都和这边的不一样。所以，她也想和大家分享一下。

璐璐坐在电脑前看的是表姐更新的新疆游记。璐璐在军训那次"打肿脸充胖子"后，一直想多了解些有关新疆的东西，以备"不时之需"。正好，表姐整理照片后，写了一些游记。那天，璐璐吃着薯片，饶有趣味地看着。新疆确实很美啊，表姐的好多经历都好有趣啊。直到璐璐看到那张照片之后，她一时不知道该怎么办了。

表姐拍了一张新疆晚上九点三十的照片，照片中还能依稀看到太阳，暮色四合，草原上一片祥和，一切都定格在那里。

晚上九点三十，就像是璐璐在的这个小镇傍晚六点左右的样子。璐璐一下也被定格了，所以，晚上九点多能看到美丽的夜空吗？连太阳都还能看见啊。璐璐定在那里。她突然想起了自己在军训时的侃侃而谈，实在是个笑话啊。

她们一定都会发现的。

璐璐查了下，新疆在东六区，自己所在的地区在东八区，同样使用北京时间，但是因为地理缘故，至少会有两小时的时差。

她们一定都会发现的。

璐璐手心开始微微冒汗。也许，也许有人老早就发现她在说谎了。

璐璐为自己军训那天聊天的冒失，难过了整整一下午。

她觉得必须有一些补救的措施，只有更加熟悉在新疆游玩的一切，她才有底气在同学提出质疑后，轻巧地说一句"噢，我记错时间了，新疆晚上九点多的时候天还有些亮着呢"。

璐璐把表姐的游记从头到尾看了三遍。第一遍，通读全文。第二遍，记住游玩的过程，着重记忆有趣的地方。第三遍，把自己代入游玩的情境中，培养真实感。璐璐平常做阅读理解的时候都没这么认真。没办法，璐璐想，说出去的话泼出去的水，万一同学再问起新疆之行，怎么办？得有准备啊。

璐璐还从表姐的朋友圈里盗了几张新疆的美景图。她想了想，打开了朋友圈——"军训结束，突然想起了新疆之行，再发几张美图安慰一下晒黑的皮肤。"——然后添加九张新疆美景图，每一张图代表璐璐"去过"的一个新疆的景点。精选喀纳斯、禾木、魔鬼城、赛里木湖、那拉提、火焰山、大巴扎、巴音布鲁克、葡萄沟。照片添加完毕，璐璐想着，还有哪里不对，又谨慎地按照游玩的顺序调整了照片的顺序，就像是又考验了一遍璐璐的记忆力。不错，对照着表姐的游记，这几张图片连顺序都没有放错。

璐璐又选择"部分可见"，将新加的几位班级同学选入"选中的朋友可见"。璐璐稳定了下情绪，点击"完成""发表"。这下，看见这条朋友圈的同学，都可以是"证人"了。志忑的璐璐每过五分钟，刷新一下朋友圈，终于，所有可以看见这条朋友圈的同学都点了一个"赞"。一切似乎都天衣无缝了。璐璐在同学们的印象里，应该就是跟着父母在新疆自驾游过了。连璐璐都觉得像是真的了，就是她去过新疆了。

出乎意料的是，开学后，同学们再也没有提过去哪里玩。璐璐曾几次想复述一下新疆自驾游有趣的事情，以便增加真实感，但都找不到切入的点。大家要么就是聊最近的电影，要么就是聊最新的电视剧，还会聊一聊哪一家淘宝店的衣服款式不错。总之，熟悉后的同学之间，一副不学无术的样子，吃喝拉撒睡变得十分重要。

璐璐倒觉得有些怅然若失，没有"展示"记忆力的机会了。不过，她又想起之前发现自己破绽时害怕的样子，连薯片都没兴趣吃了，整整看了一下午表姐的游记，她还想起了自己装模作样发的朋友圈，到底还是觉得有一些可笑了。

没有人再聊起中考结束的暑假去哪里玩儿了，这个话题好像聊了一次就结束了生命。璐璐觉得好像大家都在回避这个话题一般。这样也好，璐璐觉得，这样就不必再用拙劣的方式来圆谎了。

那天，璐璐和表姐一道逛夜市。

"这边的羊肉串，总没有新疆的口味好。"表姐嚼着羊肉串，同璐璐说道。

"也许吧，禾木草原上那个大叔的羊肉串味道应该是最好的，他的羊就在山上跑，随时抓一头过来杀了做羊肉串，那个新鲜啊。"璐璐随口说道。

表姐一下笑出了声，"对，我就是这么想的。看来是你和我去的新疆。"

璐璐也尴尬地笑了笑，咬了一口羊肉串，使劲嚼了嚼。其实在璐璐看来，这边羊肉串的味道也蛮好的。

春夏秋冬又一春

王天宁 —— 文

焦虑症＋强迫症双重患者，拥有一颗恨自己不红的心

　　我和陈曦的战争从蜡烛包里就开始了。

　　这是妈妈给我们说的。

　　小婴儿时期的我自然不记事儿，当我们长大后为了一支脏兮兮的铅笔、一团黏得能当橡皮泥玩的饺子面打得不可开交时，妈不是把我从他身上抱起来，就是把他从我身上抱起来，一边拍我们身上的土一边教育我们："你们是亲兄妹，亲兄妹要相亲相爱！"

　　这个时候，她多半还会教育陈曦："你是哥哥，就不能让着妹妹嘛！"

　　看陈曦一副百口莫辩、委实将掉泪的样子，我心里把他嘲笑了千万遍。叫他装成熟！叫他打我一女孩子！叫他明明只比我早三分钟爬出妈妈的肚子，非逼我叫他"哥哥"！

　　"我是四月二十四日晚上十一点五十八分生的，你是四月二十五日午夜零点零一分生的，我比你大了一天你知道不？叫哥哥！"

　　听听，听听陈曦的话。只是大了我三分钟而已，牛气什么！要

是当时的我，脾气大一点儿，身体壮一点儿，再争强好胜一点儿，说不定我俩的身份现在整个倒置，得是陈曦叫我姐姐呢！

妈训着陈曦，训着训着她"扑哧"一声笑了出来，我知道又到了她讲我们在蜡烛包里斗争的时间了。

"你们小时候啊，一样黑黑皱皱的，躺在我怀里，争着抢奶喝。陈薇身体弱抢不过陈曦，一个劲儿哇哇直哭。后来你们爸爸想了个法子……"

"——给我喂奶的时候就把陈曦抱走，给陈曦喂奶的时候就把我抱走！"我面无表情地抢白。这话我妈说了百八十遍，我当真能够做到倒着一个字一个字地复述下来。陈曦盯着我，我对他虚假一笑。

我很好奇妈妈的奶水会是什么味道。妈从少女时代便跟随队伍考古，她和爸是同一个考古队的队友。作为资深考古学家，爸和妈在前往埃及金字塔的途中曾经被漫天黄沙掩埋，几乎丧命；他们以朝拜的方式，曾在印度寻找稀奇古墓，喝过恒河浑浊的水。

她踏遍世界各地，风餐露宿，过惯地当床、天当被的日子，她奶水的味道也一定和寻常妈妈不一样吧。我真想找到婴儿时候的我，去问个究竟。

妈妈常对我和陈曦说："你们兄妹俩本是天上的雪花儿，落在地上化成水，冷风一吹又冻成冰，就再也分不开……"

陈曦的学习成绩从小烂得够呛。我和他恰好相反，他的成绩有多差，我的成绩就有多好。一提起学习，陈曦愁眉苦脸，我眉开眼笑。我是真的高兴，这是唯一一个他没法和我争的东西。

只是我们升入初中以后，陈曦好像在一夜之间变成了一个沉默的小孩儿。家里的东西什么都可以归我，给他留一台电脑就行——他爱上了编程。

嘿，我常常觉得好笑。你说这有多奇怪！陈曦一百以内的乘除法向来只能用计算器计算，用英语和别人打招呼说句平常话都说得哆哆嗦嗦。计算机程序那种用成串高级的英文词汇和1、0串联起来的语言，凭他的知识水平，怎么可能轻松驾驭？

我曾经偷偷溜进他整洁的房间，打开他的宝贝电脑，看看他究竟在搞什么名堂。JAVA语言、C语言……我一个都看不懂。但是凭直觉，我的哥哥陈曦确实用他不聪明的大脑和储备量不多的知识，将这些天书般的程序编写了出来。

看到最后我不得不承认，天赋这种特殊的东西，确实存在于陈曦身上。

可是我陈薇的性格，绝不是轻易认输的类型。与陈曦争已经成为一种惯性。拼不过编程，那就搞些破坏。鼠标右键一点删除，轻松容易并且威力巨大，够他再奋战几个通宵来弥补。

我忙活得正欢，发现双子莲的叶儿已经垂到屏幕前边了。镶金边儿的天蓝色叶子，我还没见过它开花，听说花朵是纯金色的。我有点紧张，眼观六路耳听八方，防止陈曦突然闯进来。

悬在他电脑上方的双子莲却野性得与陈曦的房间很不相称。这种植物非常奇特，这是爸妈在离希腊的奥利匹亚考古区不远的花卉市场买给我们的。一年一开花，一年一结果，周而复始，无穷无尽，只要一株不死，另一株就能长久地活下去。

名为"双子莲"，不经外力加工，这两株花的外貌几乎一模一样。一起长叶，一起开花，一起花枯结果，相依相生。

我房间里的那棵双子莲要是不经打理，怕是也长成了这副披头散发的怪异模样。

大功告成，我不知触碰了哪个关键软件，陈曦的宝贝电脑自动重启了好几遍。我把电源一拔，屏幕漆黑，一片清净。我仿佛看见了陈曦站在电脑面前手足无措、欲哭无泪的样子。就像小时候他和我打架，因为哥哥的身份，被妈妈训斥一样。

要是搁以前，我早就一蹦三尺高，撞开陈曦的卧室门，大剌剌地跑出去。可是现在我是贼一样的破坏者，必须小心再小心。我蹑手蹑脚地推开门——"陈薇你在这儿干吗呢？"

我的冷汗瞬间冒了一身。再一看声音的来源，我差点脚一软直接瘫到地上。

"啊！陈曦，我、我打算给你的双子莲浇水，叶儿都、都干了……"

这谎撒得真巧真妙，门边恰好立着浇花水壶，半壶水还在里面晃荡。陈曦狐疑地看了一下我，又看了一下水壶，黑黑的眼球没有光泽。他推开卧室门，声音冷漠地对我说："以后你不用管我的双子莲，我自有分寸。你别把自己的养死了就谢天谢地了。"

卧室门"砰"的一声关上了。我对着坚硬的门板大吐舌头：谁会照顾你的破花儿！你给本小姐钱，本小姐都不稀罕！

爸妈又要出远门了。

据说他们的考古队在太平洋中央一个荒无人烟的小岛上探索到有价值的文物，这次考古发现简直是人类文明史上一次质的飞跃。

从小我就恨死了爸妈的工作，恨死了考古队。我们一家和和美美地过我们的小日子多好，什么人类进步、什么社会发展，那么大的命题与我们这样的小人物何干！

毕竟我小时候的哭闹都无法阻挡他们离开家的脚步，现在已经懂事的我也只好平静接受。可爸妈一人背一只比他们头顶还高的登山包出现在我面前时，我还是克制不住地哭了。

妈妈打开手机里的日历给我看。"囡囡你瞧，今天是二月二十五日，两个月后囡囡的生日，妈妈爸爸一定不错过好不好？"说完她对陈曦笑了："顺便再给曦曦补过一个，放心，儿子姑娘都是心头肉，哪个都亏待不了。"

妈亲了亲我挂满泪珠子的脸蛋儿，爸用力抱了抱陈曦。他们一刻也没耽误，太平洋汹涌的海浪及无人小岛上珍贵的文物资源都在一刻不停地召唤着他们。

爸妈走了，日子继续平静地运转。其实我早就习惯了与陈曦的二人生活，我们也能过得有条有序。陈曦能起早，早餐由他来掌勺。午餐我们在学校食堂解决，他和他的哥们儿，我和我的姐们儿，各吃各的，互不干涉。晚餐则是本大小姐亲自下厨。

我们虽然上学在同一所初中同一个班级，但平时碰面互不理睬，上学放学也是各走各的，陌生人一般。虽说我和陈曦前后差了三分钟爬出妈妈的肚子，但是模样无半点相像。我从小被长辈们夸水灵，走的也是大方优雅的淑女范儿，而陈曦自上初中以后，就变成一块高大沉默的木头。

要不是有一次我被同桌小胖欺负，陈曦拍案而起，将小胖压在身下暴打一顿，班里根本没人知道我们是亲兄妹。

班里居然有不明事理的女生羡慕我有个保护神一样的哥哥。她们哪懂我的苦呀！

爸妈离开以后，家里只剩我和陈曦，大眼瞪小眼，相视无言。他的眼神尤其冷漠，对视一眼能叫人浑身结冰。只有开饭前他才会叫一声我的名字，"哥哥妹妹"这种亲昵的称呼从来不会出现在我俩中间。他也从来不学习，吃饱饭把碗碟一推就钻进卧室捣鼓莫名其妙的程序，在屋里一憋憋一个通宵。

陈曦的生活依旧被繁多的电脑程序左右着，那次我偷偷搞的破坏似乎对他没有影响。也许是有的，只是他不在意罢了，就像不在意我。这个破坏对他的伤害就像我在他生活中所占的比重，小得不能再小。

就连那次他为我出头，将小胖暴打一顿，最终的结果却是我们向小胖赔礼道歉，并写千字检讨，对方家长才肯原谅我们。

明明自始至终我都是一个被害者的角色啊！

我常常想，有这样一个哥哥，究竟是我上辈子造了什么孽？

我全身的每一个细胞都在盼望着、欢呼着，四月到了，离爸妈回家的日子真的不远了。

因为爸妈所去的小岛通信不方便，这一个多月我没法跟他们联系。我不断猜想着他们会给我带来什么稀奇古怪的小玩意儿。他们进门的那一刻，是妈妈先给我一个大大的拥抱，还是爸爸先用满脸络腮胡扎我的脸？

四月一日、四月二日……转眼四月二十四日深夜，爸妈没有如他们的约定回家。在零点到来之际，陈曦拿出一个丑兮兮的蛋糕，算为我俩庆祝生日。我草草吃了两口，饭厅里黄乎乎的灯光异常暗淡。爸妈从来没有食言过，这次怎么……

我的心脏忽然猛烈地跳了一下，都说母女连心，我心中忽然产生了不祥的预感。

从那夜开始，我变得寝食难安，夜里噩梦连连。我梦到太平洋铺天盖地的海啸，梦到小岛上发着荧荧绿光的文物。

爸爸妈妈，你们在哪儿呀！

日子变得真难挨，陈曦的沉默一如既往。他甚至经常逃课，钻进卧室里捣鼓他的破程序，几天几夜不出门。

爸妈至今不知下落，他居然有心思捣鼓这些东西？

有一次我趁他熟睡溜进他的房间，这次的破坏要搞就搞个大的、搞个狠的！可这次他的电脑桌面变得有些怪异，唯一能启动的只有一个叫"Circle"的软件，我点了点，丝毫反应没有。一定是他发现了我曾经溜进来，早就留了一手。

我对着他长得乱蓬蓬的双子莲，对着他心肝宝贝的电脑，大骂道："去死吧！"

这会儿，就算他睁开眼睛，我也一样会不留情面地指着他的鼻子大骂："去死吧！"

可陈曦一直睡得很沉。

转眼到了五月中旬，爸妈还没有回家，我们也没有收到他们丝毫的讯息。我变得行尸走肉一般。

五月十四日这天，我在上学路上给一只小花狗带了路，数学老师批评我上一次的数学考试成绩下降得厉害，又讲了新知识。小胖借了我一块橡皮。课间操我以身体不舒服为由逃掉了，趴在桌子上哭了一小会儿。中午我帮一个卖煎饼的老爷爷推了三轮车，他送给我一块煎饼，这就是我一天的饭。

五月十五日，早上我醒来，忽然发现世界发生了奇怪的变化。

上学路上我又遇到那只小花狗，它似乎找不到妈妈，在路口嘤嘤直叫。我想，这小狗真够笨的，也真够可怜的，和我一样。我带它走了一段路，后来它被一只大狗领走了。

不知为什么，数学老师又讲了那套试卷，又批评了我，连话都一样。我纳闷，成绩下降究竟是多大逆不道的事儿，必须批评两次？

她讲新知识的时候我插嘴道："老师，为什么昨天讲一遍今天又讲一遍，期中考试快来了，时间不是很紧吗？"

她脸上不高兴了，"陈薇同学成绩下降，知道提前预习很好。

可是这都是新知识，老师第一次讲，上课期间请你保持安静！"

我闷闷不乐地挨到下课，小胖又借我橡皮。我怪他："昨天借的你还没还呢！"一打开笔袋，轮到我愣了，这块橡皮安安稳稳地躺在里面啊，小胖什么时候还回来的？

小胖嘟囔："你记忆力出问题了吧？"说完拿起了橡皮。

课间操我请了假，我没趴在桌上哭，而是双手托着下颚想：我怎么啦？我到底怎么啦？

午休时我遇到那个卖煎饼的老爷爷，推着三轮车死活上不了坡。我本来想与他错身而过，可良心不断谴责我，我又折回去帮他把车推了上去。

"小姑娘，谢谢你啦！"他擦着脑门儿上的汗，"俺今天头一次到这儿来，没想到遇到你这样的好心人……"

我接过煎饼，傻乎乎地咬了一口：头一次来？昨天上不去坡的不是他？他兄弟？双胞胎？双胞胎一起卖煎饼？

我的脑筋完全乱成一团。

家里的日历牌没翻，五月十四日。

手机上的日期没变，五月十四日。

昨晚我明明睡了一晚，日期不是应该过了午夜就加一天吗？那一刻没到来？

我觉得我应该找出头绪，搞个明白。可家里那个我唯一可以谈心的哥哥，今天和昨天一样逃学了，这一刻和昨天这个时候一样，蒙头大睡。

罢了。餐桌上摆着和昨天一模一样的剩饭，我一丁点儿胃口都没有。我觉得这就是一场梦，同一天怎么可能一过再过呢？

现在的我，只需要睡一觉，用被子捂住昏昏沉沉的头，睡一觉就好。

第三天，五月十四日；第四天，五月十四日；第五、第六、第七天，手机日期不变，一样的五月十四日。

而这些天来，每一天我都过得和五月十四日一模一样。我简直快要抓狂。小狗、数学老师、小胖、老爷爷，他们变成一个无穷无尽的循环，好像一个圈。这究竟是怎么了？是我疯了还是时间凝固了？

不知过了多少五月十四日，重复的日子了无生趣。乖乖女如我，也开始逃课，反正每天教授的知识一模一样。我去过这座城市最豪华的游乐园，云霄飞车几乎把我送到云朵里；我也独自吃过几千块钱一顿的大餐，反正第二天钱还在抽屉里，一分没少；最疯狂的一次，我独自坐火车离开了这座城市，在火车上睡着了，第二天我在自己床上醒来。

我的生活变成了永恒，永恒的欢乐，我从小到大不曾体验过的欢乐；永恒的等待，既然时间没有变化，那我就不须忐忑，爸妈回家指日可待。

慢慢地，我发现等待也是一种幸福。

我的身体不再发生变化。

我的辫子不再变长，我的瘦弱身体不再"拔节"。其实这样也不错，爸妈离开了那么久，他们一回来，发现他们的小小姑娘还是这样招人疼爱，他们该多高兴。

说起来，妈妈爸爸是不是也一点没变呢？

我仔细在大脑中搜索，想起日复一日在卧室中沉睡的陈曦，想起他的宝贝电脑和当时我为发泄悲伤点击的那个名叫"Circle"的软件……

多少个五月十四日过去了，我头一次走进陈曦的卧室。我惊异地身躯一震，双子莲蔚蓝色的叶子爬得满地都是，一朵朵纯金的花爬满电脑屏幕，挂在墙壁上，甚至爬上陈曦的床。而我房间里的那棵，依然是缩手缩脚的淑女模样。

妈妈不是说这种植物一对一对同时长叶、开花、结果，甚至同时死亡吗？电脑机箱"嗡嗡"地运转着，漆黑的电脑屏幕上，一个巨大的"Circle"不断闪烁。

望着熟睡的陈曦，我觉得我终于找到时间不再变化的根节了。

在我不断的呼唤中，陈曦睁开了眼睛。

"终于等到你来叫醒我了。"他对我微笑，走到电脑屏幕前一看，"真好，已经过去五年了。"

我皱紧眉头，"陈曦，告诉我这到底是怎么回事？为什么时间不变，为什么你的双子莲长大了而我的丝毫没变？"

"莫急莫急。"他对我眨眨眼睛，"你先告诉我，你现在快乐吗？"

"快……快乐。"我许久没有探望自己的内心了，自从爸妈没有在我生日那天回来，它就变得焦急、抓狂。可是现在它平静如水，它又是温暖的了。如果真如陈曦所说，已经过去了五年，我想，是经历和时间将它抚慰的吧？

陈曦又笑了一下，居然删除了"Circle"软件。

我的身体顷刻间发生了奇妙的变化。我的身子被拉长，头发变卷，五官隆起。陈曦也立刻变成了一个成熟的男人，越发高大挺拔。

"你瞧。"他把我拉到梳妆镜对面，"看看，十八岁的陈薇和十八岁的陈曦，长得像不像咱们爸爸妈妈？"

"这……这是……"

"设计这款软件'Circle'可费了我好多力气。我成功了，它能叫时间暂停，让你把一天过成永恒的一生。它通过电脑向外发射信息，可是电脑周身没受影响。你瞧，电脑外壳发黄、变旧了，双子莲因为紧紧靠着屏幕，也不受时间局限，一直在生长。"

"陈曦，你干吗设计这个软件，干吗让我不断过这一天？"

"为了让你快乐啊，你这姑娘，小时候和我争，长大了和好学生争。这样重复的日子一定会促使你去寻找快乐。从你的脸上，我能看出你已经找到了。陈薇，快乐是忘记悲伤的良药。爸爸妈妈那样讲信用的人逾期不回，猜也能猜到发生了什么。太平洋的惊涛骇浪、无人岛上的奇异生物……他们是好人，好人都会上天堂。"

这一刻我有点想哭，可是眼泪一直没掉下来。爸爸妈妈也一定希望我快乐。他们呀，在天上看着我呢。

"陈薇，你跟我来。"

陈曦拉着我，打开我的卧室。双子莲蓝蓝的叶子爬满了整个房间，金色的花反射着阳光，我的卧室里好像生长了无数小太阳。

"你瞧，咱俩的双子莲一个样了。双子莲同生同长，就是死也在一起，一辈子都是同一副模样。爸爸妈妈不就是希望咱们兄妹像双子莲一样吗？"

"哥哥，谢谢你……"

"傻姑娘，谢什么。妈妈不是说了吗？咱们兄妹俩本是天上的雪花儿，落在地上化成水，冷风一吹又冻成冰，就再也分不开……"

陈曦牵着我的手，我低下头，泪珠儿终于痛快地滚落下来。

一万两千公里

眼睛为她下着雨，心却为她打着伞。

——泰戈尔

一开始，姚瑾并没有打算去纽约。

但她接到了美国移民局打来的电话，通知她，她的母亲王玉月女士已经病危，遗嘱将她作为了自己的唯一继承人，并给她申请了绿卡。

姚瑾本打算一口拒绝，但电话那头的官员好像也是华裔，见姚瑾英文并不利索，便换了一口广东口音的普通话，劝她还是来一下美国，毕竟老人家都快要死了。

在此之前，姚瑾刚刚从专科大学毕业，并且持续失业有半年之久，在校期间谈的男朋友，见势不妙，一脚就踹了她。屋漏偏逢连夜雨，养大她的外婆这时也得了重病，抢救无效，直接咽了气。她卖掉外婆乡下的老房子，办完丧事，手里早就所剩无几。前路漫漫，她却只有自己一个人。

姚瑾小心翼翼地说："我没有什么钱，签证，还有飞机票的钱……"

对方明显一愣，但反应很快，说道："你母亲王玉月会给你解决一切来美问题。如果你不反对的话，我就让王女士的律师联系姚小姐吧。"

签证迅速下来的第二天，姚瑾就坐上了北京飞向纽约的班机。

她下意识从窗户边往下看去。此时正是黄昏时分，飞机往下降落，她从白云之间看到，和自由女神像越来越近，乃至看到了一条车辆绵延的大桥，暮光照在她的脸上，将她的脸染成一片金黄。不知为何，姚瑾的心跳莫名地加快了。

她闭上眼睛，眉头皱成了一个死疙瘩，用力粗喘了几口气，紧紧握住了自己的拳头。

不过是抛弃自己的女人。她，才不怕。

但下了飞机后，姚瑾好不容易鼓起的那点勇气，如同冬日残留的余雪，被春风一拂，瞬间融化随江河，她面前是一个黑人的边检，问她："第一次来美国？"

"是。"姚瑾说。

"访美的原因是什么？"

姚瑾勉勉强强听懂了对方说的英文的意思，她磕磕绊绊回答："我妈妈，是美国人，快死了。"

黑人本来低着头，听到她这么说，抬头冲她笑了笑，说："上帝保佑你。"就把护照还给了她，姚瑾犹犹豫豫也挤出了个笑容，紧紧握着自己的护照，只觉得自己两腿发软。身边的人流里有一个旅游团，基本都是中老年国人来美国旅游的，她跟着人流走，只觉得人越来越少，等到她拿了行李后，身边已经没几个中国人了。

真的是在外国了啊。

环顾四周，什么面孔的外国人都有，指示牌上满满的英文也在提示姚瑾，她已经不在中国了，这里是她从前完全没接触过的世界。

幸好电话在这时响起，是王玉月的律师指派的人来接她了。姚瑾赶紧接了电话，按照对方的指示，一路走出了机场。接她的是个高个的华裔男子，对方靠在一辆破破烂烂的车边上，目光落在姚瑾身上后，冲她招了招手，露出一嘴大白牙："是王阿姨的女儿吧，我是来接你的，你叫我Mark哥吧。"

说话的人中文并不流利，还带着浓浓的广东音，姚瑾怎么想怎么觉得这人的声音很是耳熟，便开口问："你有中文名字吗？"

"有是有，"Mark挠了挠自己的小平头，"不过叫Mark多亲切是不是，我的朋友都是叫我Mark的。"

他长得五大三粗的，胳膊上还有着一个虎头刺青，姚瑾看得心尖儿都在发颤。

王玉月女士身边都是些什么人啊……

Mark看姚瑾畏畏缩缩，以为她是第一次出国不适应，主动帮姚瑾拉开副驾驶门，开车时怕姚瑾尴尬，还专门开了车载电台，放音乐给姚瑾听。

重金属音乐瞬间充满了整个汽车内部，吓了姚瑾一跳。她心想，这个人不会是混黑社会的吧？这想法让她坐得格外端正。那边Mark没话找话和姚瑾聊天："听王阿姨提过你好多次了，你长得和王阿姨挺像的。"

姚瑾呵呵一笑，说："是吗？我对她的印象还在我五岁的时候。"

"为什么啊？"Mark大大咧咧说。

"后来她就没回过国。"姚瑾说，"我是我外婆养大的。"

"原来是这样。"Mark说，"我听说王阿姨之前是黑在美国的，这两年才好不容易拿到绿卡，她也是没办法吧。"他用一只手把着方向盘，侧过身打开姚瑾前方的空间，摸出一瓶水递给姚瑾，"喝点水？"

姚瑾颤颤巍巍接过水，用力打开后喝了一口，之后就把矿泉水瓶紧紧握在了手里。这个刺青的男人到底和王玉月是什么关系？好像和她非常熟悉，对了，他说话的声音，自己好像听过。

姚瑾心里一紧，侧过头紧紧盯着Mark，说："你是不是那个打电话给我的移民官？"

Mark没有接她的话，只是她明显感觉到汽车的油门加速了，这变相地肯定了她的判断。

"你就是那个移民官吧？"姚瑾肯定地说，"王玉月哄我来美国，到底是为什么？不会是她肾坏了，想要换了吧？"她不无讽刺地说。

Mark重重将方向盘一打，拐弯上了一条小路，他没有去看姚瑾，嘴里淡淡说："你就这么想自己的亲生妈妈？"

"一个从小抛弃了我的人，就算是亲生的，又能保证什么？"

"你妈的确快死了，"Mark说，"信不信随便你，你要是不放心，找中国大使馆就是了。临死前见她一面，不过分吧？"

姚瑾没有再说话。天色慢慢变黑，道路两旁的路灯渐次亮起，明黄色的光照进汽车里，她将自己的脸藏在阴影里，让人看不到自己到底是什么表情。

Mark开车十分娴熟，一会儿车开进了皇后区的唐人街，透过窗户可以看到招牌林立。有做房地产的，有卖海鲜干货的，至于形形色色的中餐馆，更是遍地都是，这让姚瑾有了一种奇异的熟悉感。

车最后停在了一处破破烂烂的小巷口，离得几百米，姚瑾已经看到小巷里那家饭店的招牌：成都小吃。

这……是她妈妈开的吧？

"到了。" Mark招呼她，"这边是老房子，下面一楼是饭店，上面是王阿姨住的地方。她现在在医院，房间是空的，你的行李就放上面吧。"

姚瑾吸了口气，慢慢从车上走下来。

Mark将姚瑾的行李拎进二楼的客厅，又给她留了几百美元的现金和房子钥匙，告诉她第二天早上九点来接她去圣玛丽医院见王玉月，之后就毫不犹豫地走了，显然并不想和姚瑾多聊。

姚瑾也不介意，她心里总有点害怕Mark。这男人虽然长着一张中国人的脸，但那黄皮肤的里面，应该全都是白色的，他俩根本就聊不到一块去。

她站在窗台边，透过窗帘漏出的一点缝隙，往下看去。Mark驾驶着那辆破车轰鸣而去，汽车屁股冒出了一阵黑烟，慢慢消失在了远方。

姚瑾捂着自己怦怦乱跳的心口，这才观察起自己"妈妈"的这个"家"。

客厅并不大，放着一台海尔电视，电视对面的沙发上套着棉布做的外套，玻璃茶几的中间压着照片，她走近去看，是她的照片，从刚出生的时候，到她最近大学毕业时的样子，想来，是外婆寄给王玉月的。

这层楼还有两个房间，姚瑾推开了去看，一个应该是王玉月的衣帽间，满满当当的都是她各种各样的衣服、鞋子。她对王玉月的审美不能苟同，看了几眼，就去了另一个房间。这是王玉月的卧室，一张木质床上面铺着崭新的床单和被子，四件套上面印着可笑的Hello Kitty。

许是时差的关系，又或者是她在飞机上睡得太久，姚瑾并不困，反而感到有些饿。她顺着二楼的楼梯下到一楼，打开一扇门，借着手机的光找到一楼电器的开关，开了灯。耸了耸鼻子，姚瑾闻到了豆瓣酱和辣椒油的味道，一瞬间，她仿佛回到了四川，回到了自己那个家里。但很快，她就清醒过来，外婆已经死了，自己那个家，也被她卖了。事实上，她除了自己，已经什么都没有了。

姚瑾有意识地忽略了一楼的大堂，找进了厨房，从角落里的冰箱中找到几个蛋和一盆剩饭。她开了火，麻利地给自己炒了一碗蛋炒饭。洗好锅后，她端着自己的晚餐，毫不留恋地回了二楼。

在姚瑾的记忆里，王玉月带着她住在外婆家的那段时间是她最温暖的回忆，可惜太短，她很快就把自己这个拖油瓶扔给了外婆，自己一个人跑去了美国，再也没有回来。

外婆的身体不好，抚养她到十岁左右就开始卧床不起，从那天起，她一下就学会了怎么做饭，仿佛之前几年看过外婆下厨，瞬间融会贯通了。

可惜无论她多么努力，外婆还是走了。

姚瑾坐在沙发上，鼻头发酸，喉咙里满满都是眼泪，咸得发苦。她一口接一口吃完了自己在美国的第一顿饭，擦了擦眼泪，拿起手机准备看一会儿言情小说。不料钱明这时给她打来电话，她简直不敢相信自己的眼睛。

钱明是姚瑾的大专同学，人是成都本地人，个子虽然不算太高，但皮肤白，眼睛大，长得很帅气。读书时候，学校里不少女同学都很喜欢他，也不知是为什么，他偏偏看上了姚瑾，大一就追在姚瑾屁股后面不放，不是给她送早饭，就是给她提开水。姚瑾十八年的人生里，除了外婆，就再也没有人对自己这么好过，她很快就扛不住钱明的攻势，和他谈起了恋爱。这段象牙塔里的恋爱甜蜜了好几年，一直到两人毕业才彻底地破裂。

往事真是不堪回首。

姚瑾晃了晃神，再看手机，发现钱明给自己打了好几个电话，她还没想好要不要接，钱明的新电话又打了过来。她抖着手，终于还是接了。

"喂。"

"喂，小瑾，你好不好？"是钱明的声音。

"哪有不好？"姚瑾笑着说，眼睛里的眼泪却像小虫一样慢慢流出来，"你妈不是说我们不要联系了吗，怎么又打电话给我？"

"听说你妈妈生病了，你是不是过去照顾她了？"钱明说，"你别太操劳，别累着自己，有需要我的地方，你就和我说，我帮你。"

"你能帮我什么？"姚瑾顺口说道，心里却有点不太舒服。钱明是从哪里知道自己妈妈这些事情的？她明明从来没说过……

"我英文还不错，还学了点武术，怎么也能护着你。"钱明的语气里有着微妙的殷勤，"小瑾，你一个人在美国，我实在不放心，要不要我过来陪你……"

"不需要。"姚瑾打断了他，"我姚瑾再下贱，也不需要一个前男友来帮我。"她顿了顿，又说，"钱明，你怎么知道我在美国的？"

"我、我听同学说的。"钱明嗫嚅地说，很快语气变得坚定，"小瑾，你是在怪我吗？那毕竟是我妈妈，她对你有些误会，但时间长了，她肯定会理解我们的，你多给我点时间。"

"不用了。"姚瑾莫名有些头疼，她很是冷淡，"钱明，我们分手也有半年了。我觉得，我们不联系也是好事，你不用再打电话给我了。"

她用尽全身的力气挂掉了钱明的电话，对方锲而不舍又连续打过来，都被姚瑾按断了。片刻之后，他发来一条微信：小瑾，你是不原谅我了吗？

原谅啊……有爱才有原谅，没有爱，只不过是陌生人啊。

关了灯，月光很亮，透过窗帘的缝隙，直直照进房间里，姚瑾睁着眼，在心里盘算自己第二天见王玉月到底要说什么。但她假想了无数次，总觉得不是很满意。也不知道想了多久，迷迷糊糊地，她就睡着了。第二天房门大响，她只觉得眼皮就像挂上了铅球，很难抬得起来。她打着哈欠坐起来，那该死的敲门声果然又响起了。

门外是Mark喊她的声音："姚瑾，九点啦，你起来了吗？姚瑾，姚瑾！"

姚瑾光着脚下地，拉开房门没好气地说："我知道了。"

"你真的没起来？"Mark很是惊讶，"昨天我们说好了的……"

"我倒时差。"姚瑾恶狠狠地说。

"那你什么时候能出门？"Mark问她，手里提着的塑料袋往姚瑾面前一晃，说，"我给你买了早饭，豆浆和煎饺，你满意吗？"

"给我十分钟。"姚瑾说。她用力关上房门，不信任地反锁，然后从自己的行李箱里胡乱扒出衣服穿好，简单地洗漱了一下才出门。

Mark看她这番做派，心里更是不喜欢她。

他在前面带路，姚瑾跟在他身后小心翼翼地下楼。虽然是冬天，但天空格外晴朗，蓝莹莹一片。昨天来的时候，天已经黑了，姚瑾也没细看自己住的这片到底是什么模样，上车以后她边吃煎饺边往外看。Mark车技娴熟，没两下就拐出了小巷。这个时间，唐人街已经有了来来往往的人群。

"这煎饺味道不错啊。"姚瑾吃得两腮鼓鼓的。

"那当然。"Mark很有荣誉感地说，"我们唐人街上的馆子，很多都是传了好几代的，绝对物美价廉，比你国内吃的强多了。"

"哦。"姚瑾说。她并没有接Mark的话，三下两下吃完手里的煎饺后，用吸管扎破了豆浆封口，一气儿喝得干干净净。

"你还真是心中没事，吃得就香。"Mark略带讥讽地说。

"我为什么要心中有事？"姚瑾说，"因为王玉月快死了，我就必须要死要活？我人生前二十几年，她也就管过我五年而已。她自己的亲妈，还是我送的终呢。谁都可以说我，就王玉月没资格说。"

她偏过头，恶狠狠看着Mark："你也没资格。"

Mark被她这么一呛，有点意外，张了张嘴，最后决定好男不和女斗。他岔开话题："我们要去的医院大概还要开一小时。"

姚瑾"嗯"了一声，目光仍然停留在窗外。形形色色的人种构成的街道，川流不息的黄色出租车，还有远处的LED大屏幕上滚动着的竞选广告，都在提醒她，自己的的确确来到了异国他乡。一丝惆怅像窗外的冷风一样，涌上了她的心头。她摸出手机，插上耳机，调出莫文蔚的《外面的世界》播放起来，在这寒风之中，倒是格外应景。

"外面的世界很精彩，外面的世界很无奈……"

Mark用食指敲了敲闭上眼的姚瑾，说："把窗户关上吧，今天纽约要下雪，很冷的。"

姚瑾这才睁开眼，一点一点摇上了窗户。车里的暖气很热，热风很快使车窗漫上了一层白雾。她不去看外面了，只是听着音乐闭目养神，没多久，就陷入了睡眠之中。

"醒醒，醒醒。"耳边传来Mark的大嗓门，"姚瑾，到地儿啦。"

姚瑾慢慢睁开眼，阳光刺眼，她找回了自己的记忆，有点脱力地问道："现在几点了？"

"十点啦。"Mark说，"你倒是睡得香。"

他手里没歇，将车停好后，自己就拉开车门跳了下来，眯着眼睛看姚瑾："下来啦，这里就是王阿姨住的地方了。"

下车以后姚瑾才发现自己所在的地方应该是在郊区，建筑稀稀疏疏的，到处都是树木，下过雨后，显得越发绿了。正前方有一座小白楼，Mark指着说："你跟着我一起走，王阿姨住这里，305。"

"这看着怎么不大像医院？"姚瑾说。

"你看出来了？"Mark说，"这里更像是疗养院吧。半治疗半疗养，癌症患者住得多，就当让最后的日子过得好一点吧。"

"王玉月她……"姚瑾说，"得了什么癌症？"

Mark深深看了她一眼，姚瑾脸上满是坚持，他也不说她了，只是说："她渐冻症晚期，没几天好活，就等着见你最后几眼了。"他转过身，声音留在背后，听着硬邦邦的："你跟着我走吧。"

姚瑾心知肚明自己直呼王玉月的名字，让Mark不大高兴。不过，他又不是自己什么人，没资格管自己。她抿了抿嘴，一脸不在乎地跟在Mark的身后。两人沉默地走了一路，终于来到了王玉月的房间前。Mark和值班的护士打了个招呼，之后回头对她招手，"进来吧，她醒着。"

姚瑾的心跳瞬间加快了许多，手心里满满都是汗，又黏又腻，她握紧了拳头，贴在自己的运动裤旁边，僵硬地走进去。病床上躺着一个骨瘦如柴的老女人，瘦脱了相，一张脸上，基本只剩下皮包着骨。她的头发剪得很短，本来是躺在床上的，Mark摇起了床的上半部，让她跟着床坐起了上半身。她看到姚瑾后，两眼顿时亮了起来，嘴唇嚅动，却说不出话来。

姚瑾看到老女人用眼睛看了看Mark，Mark说道："王阿姨，这是您女儿姚瑾，长得和您年轻时挺像的。"

老女人眨了眨眼睛，两颗眼泪一下就掉到了胸口上。

"你也看到了，你妈妈得了病。"Mark放柔了声音，对姚瑾说，"她临死前就想见见你。"

"所以呢？"姚瑾说。

"你总得叫她一声'妈'。"Mark说。

"呵呵，我为什么要叫她？"姚瑾说，"她丢下自己五岁的女儿不管不问，现在病了，要死了，就想起我这个女儿了？我叫她？她配吗？"

Mark有些怒了，他看到身边的王玉月眼里的泪直往下落，千言万语却都说不出来，他口不择言道："你连自己的妈妈都不认，还想要她的遗产？"

"谁稀罕她王玉月的遗产。"姚瑾的眼里都要冒出火来，口气轻蔑，"我来美国，就是想看看这美国有多好，让她王玉月抛弃自己的女儿和亲妈，都要在美国待着。我也想问问她，你这么多年，在美国过得好吗？"

她目光灼灼，紧盯着病床上的王玉月，看她痛苦地闭紧了眼睛，喉咙里发出一声说不清道不明的声音，整个人就昏倒在了床上。

姚瑾是坐出租车回去的。

被Mark抛下，让她自己回家是她预料之中的事情，但美国的出租车这么难打，让她万万没想到。她在马路边等得整个人差点化作冰雕了，才好不容易等到一辆，又费尽了嘴皮子，才勉强让那个墨西哥长相的司机听懂了自己要去哪儿。

事实上司机只把她拉到了唐人街的超市边，之后姚瑾和他说什么，他都连连摇头，伸出手找她要钱。姚瑾一口气憋在心口，用四川

话骂了好几遍"你这个龟孙"，也只能悻悻付了钱——这车费并不便宜，足足花掉了Mark给她的一小半美元，让她着实心痛不已。

不过到超市也不算坏事，她头一天晚上已经看过了冰箱，食物所剩无几，想来Mark现在也不会管自己的死活了。姚瑾捏着自己钱包里的那点美金，壮着胆子进了超市。

最后她提着两大口袋食物，付款时问那个文着眉的中年妇女"四川小吃"怎么走，那人不冷不热地看了她一眼，最后问她和王玉月是什么关系。

路上她大概走了二十分钟，一路牢牢记住了具体方位。四川小吃周围也有几家饭店，现在都开了门。姚瑾从口袋里摸出钥匙，开了一楼饭店的门，自己从楼上拿出外婆打好的卤料包，洗干净了猪蹄，架上大锅开始卤起菜来。这一锅卤完冻上，她这一周怎么也不会饿到了。

火烧开煮了三十分钟，香味已经飘远。二楼有些沉闷，姚瑾也不想待，就拿着手机坐到一楼，边看小说边看着火。这时有人走进一楼大堂，用英语问她："四川小吃又营业了？"

姚瑾抬起头，意外发现说话的是个白人。

对方大概三十岁，人瘦瘦的，很有精神，穿了一身很得体的西装，个头很高，站在姚瑾面前，投下的阴影把她整个人罩住了。姚瑾张张嘴，发现"不营业"这句英文自己怎么都说不出来，心里暗恨自己读书时候英语学得太差劲。她看白人很是期待地看着自己，总觉得怪怪的，连声说："No，no，no。"

"这是我自己的食物。"她好不容易憋出了这一句。

"对。"白人说，"你不是王女士，你是谁？"

姚瑾翻了个白眼，发现亲戚这个单词自己实在不会说，只能不情不愿说："我是她女儿。"

"那这饭店还开吗？"白人说，"我有朋友，想吃这里的菜，想得都哭了。"

姚瑾："……"

她实在不擅长英文，no了半天，终于这白人不情不愿地走了，让她着实松了口气。

她重新坐下来，给自己倒了杯水慢慢喝，突然注意到这一楼的墙上，原来贴了不少照片。姚瑾多看了几眼，竟然看到了几个美国当红的明星，很是亲热地站在王玉月身旁搂着她，衬得她格外矮。

王玉月混得很不错啊。也是，都能住疗养院的人了，怎么可能混得不好？但外婆生病的钱，她为什么都舍不得给？姚瑾想到这里，心里格外不舒服，脑海里回想外婆临终前拉着自己的手反复说："小瑾啊，你不要怪你妈妈，知道吗？你妈妈她，不容易啊。"

怎么可能不怪她？她抛弃了自己的女儿，抛弃了自己的妈妈，就因为自己快死了，就想让自己原谅她？姚瑾有些心烦意乱，将耳机的声音调大了一些，小说却看不下去了，肚子适时地咕咕响起，她忽然发现快十二点了。

时间过得可真快。饭已经煮好了，猪蹄炖的时间不久，也就勉强入了味。姚瑾捞出一只猪蹄切开，准备好葱姜蒜，找了只砂锅，炒好了猪蹄，加了土豆一起放到灶上煮，又支起另外一口锅，切开了刚才在华人超市买的豆腐，打算做份麻婆豆腐。

等她两道菜都做好了，刚打开电饭锅，就听到自家门口有个人用中文可怜巴巴地说："这豆瓣酱味道太巴适了，小姑娘，能带我一起吃个中饭吗？"

姚瑾吓了一跳。说话的人是个五十岁上下的中国老头，旁边还站了个人，不就是刚才那个白人吗？她皱了皱眉，说："这里好像不做生意很久了。"

"是是是。"老头的目光往她手里的盘子里掉，"小姑娘，你一个人吃得完吗？分一点给叔叔好不好？我给你钱。"

姚瑾本打算拒绝他，但心念一转，自己这次来美国，什么都听Mark的，手上这点美元要是花完了，难道她真的喝西北风？还是去找大使馆？反正午饭她原本就多做了的，既然省不了事，赚点钱也是好的。

她开口说："你给我多少？我看看划算不划算再说。"

十分钟后，几个人把一锅饭吃得干干净净，又下了一把挂面，大家才算都吃饱了。那老头满足地摸着肚子，问姚瑾："小姑娘，你长得和王老板很像啊。"

"我们是亲戚。"姚瑾说。

"是吗？"老头若有所思，"我听说王老板有个女儿……"他看姚瑾不接话，就笑呵呵地转移话题，"我就住这附近，以后能一起搭伙吃个饭吗？"

"出得起钱，当然可以。"姚瑾说。她摸了摸自己钱包里面的一百美元，心想这美国挣钱，是比中国要容易的样子啊。

"那就这么说定了。"老头摸出一沓钞票，放在姚瑾手里，"这是一千块，就当定金吧。"

等到傍晚，老头果然又来了。那老头自我介绍："我姓秦，你就叫我秦伯吧。小姑娘，你叫什么？"

"我？我叫姚瑾。"

"你那豆瓣酱，很正啊。"

"当然了，我从四川老家带过来的，是我外婆亲自做的。"姚瑾说，她有点黯然，"可惜她不在了。"

"你是四川人啊。"秦伯上上下下打量她，"你的确就是王玉月的女儿吧？"

"你是她的说客？"姚瑾警惕道。

"我是她的食客。"秦伯哈哈一笑，回答道。

吃过饭，姚瑾去烧了壶热水，再一抬头，她意外地看到了一个熟人。和秦伯说话的人，不正是钱明吗？他怎么和Mark一起出现了？

Mark先看到姚瑾，撇了撇嘴，"姚瑾，你男朋友找你。你够可以的啊，怕继承不了遗产，还找帮手了啊。"一句话让场上三个人都愣了。姚瑾又羞又怒。她不知道钱明怎么和Mark认识的，和他说了什么，但她心里格外清楚，自己已经完全不想再见到这个人了。她沉下脸："钱明，你来美国做什么？"

钱明还没意识到姚瑾的转变，脸上带着笑，说："我不放心你一个女孩子来美国，所以就买了机票过来陪你了。"

"你和我什么关系？我需要你陪？"姚瑾语带讥讽，用手指着大门，"我们早就分手了，你和我连同学都算不上，我也就不尽地主之谊了。好走，不送。"

钱明一脸的难以置信。从前姚瑾对自己百依百顺，让她做什么就做什么，还生怕自己做得不好，让他不高兴，简直和自己养的哈巴狗没什么两样。如今她有了美国亲戚，就这么嚣张了。果然人都会变啊。

他酸溜溜地说："小瑾，你不要闹，我是真的关心你。"他专门强调了闹和关心两个字，又摆出一副委屈的表情。果然Mark就帮他说话了："姚瑾，没想到你是这种人。"

"我是什么人要你管？"姚瑾白了Mark一眼，"我吃你家饭了？打你家娃了？"她想了想，从口袋里掏出几百块，递给Mark，"昨天我刚来不熟悉，借你的钱，现在还你。"

"你从哪儿来的钱？"Mark非常意外，脸上写满了怀疑，"不会是……"

"怎么？你华人能挣钱，我大陆土老包就挣不到钱了？"姚瑾夹枪带棒，"要不要上楼检查检查你王阿姨的财产，看我到底拿没拿？"

"误会，这都是误会。"钱明看出这个叫Mark的男人和姚瑾果真没一腿，出来打圆场，"大家都是中国人，有什么话不好说的，非要叫警察？"

"我看还是叫警察好，"姚瑾对钱明更加心生不快，说，"免得你赖在我家不走。这可是非法入侵私人住宅。"

"小瑾，你何必……"钱明拔高了嗓门。

"你可以试试我敢不敢，"姚瑾有意诈他，"我的事，是王芳芳告诉你的吧，你俩背着我暗度陈仓，以为我不知道？怎么，想着我要继承遗产了，你就贴过来，是不是打算把我的钱全哄走，和你的小情人双宿双飞？姓钱的，我以前是瞎了眼，你当我瞎一辈子？"

"小瑾，你真的误会了，我和王芳芳就是普通朋友，我和她走得近，纯粹是想从她那儿知道你过得好不好，你别吃醋了。"钱明苦着脸说，"我知道因为我妈对你挑剔，让你对我不满，我妈她，她有神经病。我们家的人，都不敢逆着她，怕她犯病，真的不是我不爱你。"

"呵呵，钱明你这个人真有意思，连你妈有神经病这种理由都说得出来。"姚瑾说，"那正好，我嫌弃你家有神经病的基因，怕影响我后代健康。我劝你不要浪费时间在我身上，找个圣母白莲花包容你们一家极品吧！"

"小瑾你……"钱明瞠目结舌。

倒是Mark上来打了姚瑾一个耳光，他气冲冲地吼："你这种女人，真是丧心病狂！王阿姨有你这样的女儿，算是倒霉到家了！"他一把拉着钱明，瞪了姚瑾和秦伯一人一眼，说："钱明，你跟我走，这种狼心狗肺的女人，有什么好挽回的！甩掉她，对你是好事！"

钱明没想到自己一番连唱带打，换来这么一个结局。他倒是有心反抗，但那副小身板实在不是Mark的对手。何况Mark只当他是旧情难忘，他视姚瑾为洪水猛兽，自然不想钱明重入火坑。

人都散了，时间还早。姚瑾洗了澡出来，感觉胸口那股郁气发泄了一些，便开了电视当背景音乐放着。

二楼是王玉月住的地方，昨天她来的时候，一来是没什么兴趣，二来舟车劳顿，就没怎么细看。今天白天连番折腾，晚间她一放松，下意识就想看看王玉月在美国住了近二十年，到底干了什么。

客厅收拾得干干净净，连灰尘都没多少，想来应该是王玉月住院期间，Mark没少过来打扫。姚瑾多看了会儿，知道这里除了自己那几张照片，也没什么东西，她便把电视声音调高了一些，回了王玉月的房间。这房子位置偏僻，又是上下两层，她一个人住，难免还是有些害怕的。

姚瑾先是找出了一个相册，打开看了下，除了有王玉月和她小时候的合影，剩下的都是王玉月自己的照片，从二十多到四十多岁的都有，没几下就翻完了。她又翻开一个饼干盒，里面基本都是王玉月的各种证件。她翻到最下面，是王玉月的绿卡，上面写的时间，是三年前。也就是说，王玉月从前说她要去美国打工，拿正经的打工申请，实际上是黑在了美国，直到三年前，才真的拿到了美国绿卡。她记得外婆一直告诉自己王玉月在美国打工挣钱，并没有黑工这件事，想来要么是瞒着自己，要么是外婆根本不知道吧。

这是为什么呢？

因为发现了绿卡，姚瑾心中对王玉月的那些怨气，散去了不少。她只是百思不得其解，既然三年前她已经能正常回国了，为何却一直没回来，连外婆临终前的一面，她都不赶过来。

姚瑾怎么想都想不明白，她将王玉月的东西都放了回去，下意识就去了隔壁的衣帽间。她这次来美国，带的衣服也就是随身换洗的两件，昨天的内衣她趁着洗澡洗了，没想到纽约下了一天雨夹雪，到现在都没干。她想找找王玉月的，虽然心里有些膈应，但也只能凑合用了。

衣帽间被王玉月整理得井井有条，所有衣服分门别类存放着，所以姚瑾没费什么工夫就找到了自己想要的。尺码和她很合适，上面都是洗衣液的柠檬味，应该是干净的。她皱着眉回到睡房换上，又不甘心想找一找吹风机，看能不能把内衣给吹干了。

卧室她早就翻了一遍，她只好重新回了衣帽间。收纳鞋子的橱柜上有不少箱子，她蹬着椅子抱了一个下来，打开一看，里面满满当当都是这家四川小吃的账本。随手把这些账册扔了回去，姚瑾还是有些不甘心，又搬了几个箱子下来，打开再一看，除了一些笔记本，也就是一些光碟了。

王玉月连个吹风机都没有吗？

姚瑾只好咬着牙把这几个箱子重新放了回去。拿下来容易，放上去明显艰难了许多。她扶着腰，勉勉强强算是重归旧位。长夜漫漫，老看小说也无聊，她盯着手里的光碟，上面光溜溜的，不知道是不是盗版，什么也没有。她心想，这里实在没什么事打发时间，刚才她在客厅看到有录像机，看一部电影再睡觉，时间倒是刚刚好。

姚瑾在一堆光碟里挑挑拣拣，最后选了张外面看起来新一点的。她将光碟塞进录像机，用遥控器调控了下，果然，电视上出现了画面。

一开始，噪声很大，整个客厅都是嗡嗡的响声。姚瑾心想，这八成是港片的盗版了。她转过身去倒水，耳边就听到一连串的鞭炮声，伴着音乐，一个讲着粤语的男声响起："恭喜发财。"

黄飞鸿？姚瑾心想。

她回头去看电视，嘴里的一口水直接喷了出来。画面上的女人是比她记忆里稍微老一点的王玉月，只是她看起来又成熟又意气风发，和病床上形容枯槁的那个中年女人像是两个人。

"王老板，辛苦辛苦，能在唐人街开饭店，不容易啊。"

"多谢大家捧场。"这是王玉月在说话。

姚瑾被喉咙里的水呛到，猛烈地咳嗽起来，但手上的动作没停，直接选了退出，气鼓鼓地将那张碟拿出来，换了一张更新的放进去，画面抖动了一下，出现了王玉月的脸，这张脸上，满是哀伤。

她对着镜头，突然开口，"小瑾，我的女儿。"

姚瑾手一抖，电视机的遥控器直接掉在了地毯上。

"今天，我终于拿到了绿卡。在美国度过了十五年，每一天我都心如刀割，想要早日和你团聚。可是，真的拿到绿卡的这一天，我才知道，也许我永远见不到你了。我的女儿，不知道当你看到这里，会不会恨我。恨我也不要紧，但你要相信我，每一个妈妈，都是爱自己的女儿的，为了你，我可以放弃一切。只要你过得好，妈妈就算死了，也可以安心了。"

姚瑾不敢相信自己的眼睛。

她喃喃自语："她在骗我，对，她在骗我。"但她抖着手，又找出新的碟片，塞进了录像机里。她红着眼，就好像那些罗马斗兽场里被斗败了的野兽一样。

天边渐渐泛起了鱼肚白，姚瑾看完了最后一张光碟后，缓缓吐出一口气，她低头给 Mark 发了一条微信：我要去疗养院，今天你什么时候过来？

Mark 并没有回，想来也是，现在是早上六点，他应该还没起来。她熬了一整夜，肚子格外饿，下楼随便找了点吃的，一顿狼吞虎咽，睡意袭来，连毛衣都没有脱，姚瑾迈着蹒跚的脚步回到房间，直接倒头睡着。

等她再睁开眼，天色已经完全大亮了。

姚瑾拿过枕头边的手机，看了眼上面的时间，中午十一点半了。Mark 给她回了信息，语气十分冷冰冰：怎么？为了遗产又想上门了？这条是早上七点半的回复。

短短几日里，她自己都没想到自己的心思会连番转变。即使 Mark 在送她去疗养院的路上各种冷嘲热讽，姚瑾也没有接他的话，反而让 Mark 有些疑惑了。

　　姚瑾勉强消化着昨天看了一夜的视频，那都是王玉月留下的，她仿佛一下看完了她的人生。她心里有些犹豫，要不要原谅王玉月？坚持那么久的恨，最后发现是无奈；准备了那么多年骂她的话，最后发现都没法说出来。再见她，自己到底该说什么？

　　这份犹豫一直持续到Mark接到了疗养院打来的电话，才彻底化为云烟。疗养院通知他，五分钟前，王玉月女士因为抢救无效，已经去世。

　　死了？王玉月就这么死了？

　　头一天白天的相见，在回忆中反而变得格外清晰起来。她露在被子外面瘦骨伶仃的手，像是陈年的老树皮包着骨头，她一直不说话，只是用眼睛满含情绪地看着自己。

　　那竟然是最后一面。

　　王玉月到底想和自己说什么？

　　姚瑾根本没想过自己来美国的第二天，就要面对这种重大事故。她脑子里乱哄哄的，就好像有人拿着设备在自己耳边敲锣打鼓。车明显在加速，她目光呆滞，被Mark一路重新拉进了病房，那里除了医生护士，还站着律师。

　　"都到齐了。"律师缓缓看了姚瑾和Mark一眼，拿出一份文件，"这里是王玉月女士的遗嘱，现在她已经过世，我按照王女士的心愿，将遗嘱内容给大家公布一下。"

　　"本人王玉月，名下财产有固定存款一百万美元，四川小吃上下两层楼房产，金银首饰若干。在我死后，将由我的女儿姚瑾，中华人民共和国公民，亲自继承我的所有固定资金，外人无权干涉。对于房产和饭店的处理，由秦守仁帮忙，姚瑾决定，是继续营业，还是对外出售，本人无异议。如姚瑾继续经营，股份有百分之三十分给秦守仁；如姚瑾出售，同理将房产和饭店出售的金额，分出三成，交给秦守仁。"

　　律师抬头看姚瑾，"姚小姐，你还有异议吗？"

　　姚瑾完全不敢相信自己耳朵所听到的一切，她扑到病床边，用颤抖的手拉开盖在王玉月身上的白布，声音都在哆嗦，"你怎么可能死了，你这么狠心的女人，怎么可能死？"

　　白布下面，是王玉月安静的脸，仿佛只是在沉睡。

　　姚瑾伸出食指，凑到王玉月鼻子下面，那里没有任何温度和呼吸，这提醒她，对方真的已经没有生命了。

　　眼睛突然变得酸涩，姚瑾拼命忍着泪水："外婆死的时候你都不回来，现在你叫我来这儿，来了你就死了？王玉月，做人能不能不要这么不负责任？你以为一死了之，我就会原谅你吗？"

　　"你够了！"Mark去拉她，"你妈死了，你还不放过她？她辛辛苦苦一辈子，不就是为了你？"

　　"为了我？"姚瑾冷笑着说，"为了我十几年母女不相见？这也叫为了我？"

　　"她之前是黑在美国的，你又不是不知道。"Mark说，"没有她拼命赚钱，你能长大吗？"

　　"她拼命赚钱？"姚瑾笑了，眼泪却不自觉滚下来，"我从小到大，是我外婆养大的。上学的学费要东拼西凑，生活费都靠捡破烂，从来就没有收到过她王玉月的生活费！我原本一直以为她自己跑了，把我这个拖油瓶扔了。昨天我才知道，原来她托别人的账户给我寄钱，都被贪了啊！等她发现以后，她王玉月就得病了，不敢回国，生怕觉得她拖累了我啊！"

　　她眨着眼睛，"真是自以为是啊！你以为你熬出一身病，被人骗走钱，我就会原谅你吗？从小同学怎么骂我，你们知道吗？他们说：'你是破烂赔钱货，你爸不要你，你妈也不要你，你就不应该活着的！'"

姚瑾是见过自己的奶奶的。她考上初中的时候，实在交不出学费了，就找去了奶奶家，还没进门就被赶出去了。奶奶拿着扫把，眼里全是嫌弃，"你这个赔钱货，不要上我家的门，克死了你爸，你妈也不要你，你给我滚！"

"爸爸不是我克死的，那是意外！"

"别人怎么都没有意外，就轮到我儿子有？！就是你们母女俩，不是好东西！快给我滚，不然我就不客气了！"

她被自己的亲奶奶用扫把赶了半条街，对方脸上那种鄙夷厌恶的神色，让她怎么都无法忘记。

岁数大了点后，姚瑾从别人口中终于知道了自己亲爸死去的真相。无非就是因为下岗，想找领导多争取争取，结果被领导雇用的小流氓们一不小心打死了。为此，领导家出了好大一笔钱……大到奶奶毫不犹豫把自己和王玉月都扫出了家门。

"妈妈。"姚瑾的声音低不可闻，指尖离王玉月的脸还差了几毫米，一滴眼泪从她的眼中掉了出来，"以后，这个世上就只有我自己了。"

Mark本来想把姚瑾拖走的手，顿在了空气中。他心想，这抛弃了自己男朋友的女人为了遗产可真是不要脸，在这儿假惺惺的。但那眼泪好像还是感染了他，让他什么难听的话都说不出来了。

"就只剩下我自己了……"姚瑾两腿一软，最终还是坐到了地上。她两眼无神，看向前方，"接下来，让我怎么办？我也才大学毕业啊。"悲伤和害怕同时笼罩在她的心头，她觉得根本看不见未来，如同那飘零的浮萍，命运带着她走，它给自己的礼物，早就标好了价钱。得到了什么，就要失去些什么。

但王玉月的安排显然面面俱到，尸体很快被送去火化，包括墓地的选择和下葬，她都一手给自己准备好了。姚瑾还没从自己那复杂的情绪中走出来，王玉月已经在这个世界上彻底消失，只留下一捧骨灰，埋在了土里。

处理完这些琐碎繁杂的事情后，姚瑾很是疲倦地回了四川小吃饭店。Mark来找她，她也非常冷淡。结果很快她又见到了钱明，没想到他还没走。Mark语气很是奇怪，劝姚瑾不要好高骛远，要珍惜自己身边的感情云云。

姚瑾终于爆发，拿起扫把赶钱明，"你给我滚，当初你家里人怎么说我的？姚瑾啊，听说你跟你外婆在乡下长大的啊，你们家应该出不起嫁妆吧？不会还有债务吧？我知道你们女孩子，碰到条件好的男人，就扑上来了，但你不能祸害我儿子啊，做人要有自知之明，是不是呀？"

"我，我不知道我妈这样说……"钱明支支吾吾，显然从Mark那儿听说了姚瑾继承了一大笔遗产，满脸都是热烈和心痛。

"半年前你不来找我？非要等我继承遗产了你才来？你还真的好有心！"姚瑾说，"你当我不知道你脚踏两条船吗？当初就是听说我妈在美国才来勾搭我的吧？姓钱的，别以为你哄了这个姓秦的，就想赖在这儿！我可是看了美国的法律的，这里是我的私人住宅，我可以告你擅闯，别到时候被美国人封杀，一辈子来不了美国了，你再后悔！"

"小瑾，你怎么这样，"钱明十分不甘心，"我是心疼你才想来照顾你，你怎么误会我对你的财产有想法？"

Mark冷笑着说："人家最看重钱，当然怕了。兄弟，我早说过，这种女人，没什么好挽回的，甩了她，你还赚了。"

"姓秦的，我的感情问题，关你什么事？"姚瑾转头去看他，

"你妈当初做代理,说要帮我妈寄钱,结果贪污了我的学费和生活费,那时候你怎么不讲公道话?你以为你帮我妈打工,就可以替母还债了吗?"

"你、你从哪儿知道的?"Mark舌头有些打结,"为了这事,我爸都和我妈离婚了……"

"只要女人想知道的事情,她们都会知道!"姚瑾轻蔑地用扫把把两人都赶出了门,"快点给我滚,不然我就报警了!"

关于秦伯和王玉月的往事,姚瑾看了一夜的录像,终于弄明白了。黑在美国的王玉月托秦伯的妻子莉莉给自己女儿寄钱,这笔钱被莉莉贪污了,假称她是从家里陆陆续续借来的,用来给秦伯创业。因为隐瞒得好,加上两家互相信任,直到王玉月拿到绿卡后,才知道真相。为此秦伯和莉莉离了婚,拿出一大笔钱给王玉月买下了她一直租的四川小吃门店补偿给了她。Mark完全不原谅自己爸爸抛妻弃子的这种行为,又心怀给母亲赎罪的念头,本来是混华人黑帮收保护费的人,窝在了小饭店默默打工,还照顾得了渐冻症的王玉月。

"我知道我的时间不多了,"画面上的王玉月已经十分清瘦了,她眼里都是渴望,"我只是不想拖累你,拖累我的女儿。这么多年,让你一个人在四川和外婆生活,苦了你了。妈妈不期望你会原谅我,只要你过得好,妈妈就放心了。"

那天晚上的这段视频,让姚瑾重新回想起外婆临终那天的画面。外婆拉着自己的手,反复说着:"小瑾啊,你别怪你妈妈,你别怪你妈妈,你别怪她……"那天她才知道,外婆早就知道自己得了肝癌,但从头到尾都没告诉她,觉得自己会是她的拖累,就如同王玉月宁愿死前见姚瑾,也不想让她知道,自己生了重病。

人活着,为什么要有这些带着血的选择?

死去的人,做了自己认为最正确的选择,却不知道让活人更加

痛苦，还无法挽回一切。

　　姚瑾关上四川小吃一楼的大门，背靠着门框，慢慢坐到了地上，眼泪汹涌地流了出来。她用手捂住自己的脸，低低哭道："为什么就是我，为什么非是我？我只是想有个家？为什么是我？"

　　可是没有人回答她。

　　如果命运在一开始就给出了答案，那就是所有人做出的选择汇集成的海。哪怕从曼哈顿到四川，距离一万两千公里，都已经无法更改了。

你是傲尘

邢艺 —— 文

骨灰级的天秤座女孩，目前正在攻读电影学硕士

　　"走了。"杨傲尘面无表情，连一声"爸"都没有叫。他回头看了一眼在床边发呆的母亲，眼神里是说不出来的无奈和不屑。杨昌平着急地在围裙上抹了抹手，从锅里拿了颗热鸡蛋，小跑着送到儿子手里。"早饭也不吃，你这孩子……"话没说完，杨傲尘便拿了鸡蛋，夺门而去。老父亲站在门里定了一会儿，似乎习惯了这种冷漠的交流方式。

　　F镇，这是一座北方很不起眼的小镇，却因为有着丰富的煤炭资源，养活了这里的家家户户。在这里，煤炭就是金子。像杨昌平这样的下井工人，就是靠着挖煤来维持一家生计的。矿里给每个正式职工的子女都留了岗位，只要孩子一成年，男的下矿，女的算钱。靠山吃山，靠煤吃煤，早已是这里人的传统观念。

　　一九九八年冬天，一入冬就刺骨地寒冷，杨昌平往炉子里添了煤，火烧得更旺了些。上高三的儿子出门后，他也匆匆忙忙收拾好自己，顾不上在床上喃喃自语的妻子，检查好了门窗，把家中所有的利器锁好，也穿鞋出了门。傲尘的母亲有多年的精神分裂症病史，严重

起来的时候总是疯疯癫癫，拼了命地寻短见。老杨家就是普通人家，没什么多余的钱给妻子治病、雇护工，只好把她锁在屋子里。

"喂！杨傲尘！今天放学去网吧吗？有比赛！"同班的武昊东骑车路过，大声呼喊着。杨傲尘正低头喂着街边的流浪猫，头都没抬地道："没问题！"然后继续把家里偷拿出来的火腿肠喂给猫吃。这要是让老杨知道了，可是件不得了的事情。

此刻的杨昌平，已经赶到矿上。每天下矿八小时，时间长的时候要十一小时，吃喝拉撒都在井下。杨昌平开始熟练地换衣服，为了防止个人衣物摩擦产生静电，矿工们连内衣都要换掉。杨昌平快速穿好工服，两脚一踩高帮矿靴，取了自己的矿灯、矿帽和自救氧气发生器。一身黑行头，杨昌平和组长及一组矿工，开始挤到罐笼里。周遭越来越黑，好一会儿，狭窄的铁笼子"砰"的一声到达了地下两公里的深层矿井。大家开始到各自的岗位上，到处是轰轰的钻机声和黑压压的煤层。这是老杨每天的生活，他再熟悉不过。

休息的时候老杨就和同事们打打牌、聊聊天。聊着聊着，老杨大叫一声："哎呀！怎么把这么重要的事情给忘了！今天是我老婆生日，晚上就不和大家聚了。"老杨懊悔自己老糊涂了，一旁丁旺的五官都挤到了一起，"你那老婆，最近还行吗？意识还清醒不？你给她过生日，她能明白这事儿吗？""就是就是，别操这心了，累了一天了，好好回家歇着吧。"大家伙儿稀稀拉拉劝老杨别费心，都摇头不赞成这事儿。老杨低头默不作声。

冬天的夜来得早，一下班，工人们升井都要花上一小时的时间上来，还要还设备，最后洗澡换衣服，变成正常人。老杨心急如焚，他想着赶紧到儿子学校去接他，今天是他妈妈的生日，不能再让他野去了。一上来，老杨换了自己的衣服就走，丁旺吃惊地看着他，"杨兄，你真不洗澡啦？！"老杨摆摆手，一溜烟跑去骑自行车。

天黑了，学校外围的荒山在夜幕中显得更加沉郁，包围着半个学校，像是夜的守护者。高三的压力并不小，成绩平平的杨傲尘心里总有那么些执念，却又无劲可施。算了，反正今天已经答应兄弟去打比赛了，先放肆这么一晚上吧。杨傲尘从座位上伸了个懒腰，起身搂着武昊东，二人勾肩搭背往出走。

老杨在校门外压低了帽檐，却一刻都不敢放松自己的眼睛，那东张西望的焦急和又怕被别人嫌弃的神情，活脱脱像一个未遂的小偷。"杨傲尘！杨傲尘！"一看见儿子的身影，老杨忍不住高声叫了起来。杨傲尘勾着兄弟的臂膀，"噌"一下收回来。路灯下的老爸，佝偻着背，完全看不清他的脸。黢黑的帽檐遮挡了所有的光，只能看到他的两只眼珠子和花白的牙齿。

旁边走过的同学们嘻嘻哈哈调侃着："杨傲尘，这是你爸啊。"大家纷纷投来异样的眼光。杨傲尘大怒，"不是我爸！我没爸！""别闹，你妈今天生日，快快快！赶紧跟我回家。"老杨说着就示意让他到自行车后座。"我没妈！你是谁？我不认识你！别管我！"杨傲尘气急败坏，拉着武昊东的胳膊径直走过老杨，没有一点犹豫。身旁的同学们有的窃窃私语，有的偷笑，有的瞪大了双眼。老杨叹了口气，帽檐下黑溜溜的眼睛不知该看向何处，愣了一会儿，只好转身骑车回家。

一回家，老杨目瞪口呆，妻子倒是笑呵呵地坐在地上，往里屋去，地上一片狼藉，全部都是老杨的杂志和书籍的纸屑。老杨扶起妻子坐在沙发上，赶紧拾起了地上散落的陆游诗集。他高中文化，却命不好当了矿工，只是独爱陆游的诗，尤其是陆游写的一首《项羽》。老杨常翻到这页，品读这首诗，他不懂什么平仄押韵，只是单纯地景仰英雄，一生渴望做一个像项羽那样的一代英雄。老杨苦笑着，心知自己永远是那小老百姓的贫苦命。他的手指缝里都是煤面儿，他仔仔细细洗了手，赶紧将皱皱巴巴的诗集拼起来，小心翼翼地用胶带粘好。

老杨收拾好屋子，才开始洗澡，明明是一天中最该放松的时刻，他却怎么也放松不下来，兀自有点后悔那么贸然去儿子的学校。带着沉重的心情，老杨准备给妻子做饭。这时，听到了杨傲尘开门的声音，老杨定住。

杨傲尘狠狠摔上门，对着老杨一阵嘶吼："你是故意的吗！你是生怕别人不知道我有一个脏兮兮的矿工老爸和一个疯了的妈吗？你还嫌丢人丢得不够多吗？为什么不洗澡就要出现在学校门口，你真是丢尽了我的脸！今天和同学的比赛都输了，真扫兴！都是你！都是你！"杨傲尘喋喋不休的指责扑面而来，随后"砰"地关上房门，将书桌上所有的东西一股脑儿地全推到地上，号啕大哭。在他心里，贫穷和孤独都不算什么，像今天这样颜面扫地让他没有丝毫自尊，才是最让他难过和绝望的。

抹掉气愤的泪水，杨傲尘拿起摔在地上的霸王龙模型，那模型的一截腿摔断了，裂痕之处都是碎渣。那是他十二岁的生日礼物，杨傲尘心疼地拍去落在上面的灰尘。当时老爸还答应他，说支持他所有的梦想。那时杨傲尘心里暗下决心，要考大学，要学生物，要走出这座小镇去看世界。可现在呢？没过五六年的光阴，这个家的走向已经面目全非。什么梦想，什么看世界，妈妈的病日益严重，拖得整个家奄奄一息，他现在最大的愿望，就是去城里的博物馆看看霸王龙骨架罢了。也许，连这点想法，也都是奢望。

老杨在门外，努力克制着自己的情绪，压低了声音说："每天这么混日子就别读书了，毕业以后赶紧来矿上上班，你妈的病不能再拖了，家里没有那么多钱让你读大学，你该下矿，早点赚钱养家。"听着这话，杨傲尘更按捺不住了，冲着门口大喊："我不下矿！死都不会做你这样的人！我都说了，我要上大学！"说着，他背起书包就甩门而去。老杨咬紧牙，双手直发抖，"就你这样子哪个大学会要你！"但儿子已听不见这话，老杨一个人站在门口，五味杂陈。这个生日，注定这么狼狈。老杨做了两碗面汤，草草了事。

门外，杨傲尘又给武昊东打电话，告诉他："今晚网吧再见，不醉不归！"武昊东说："怎么，还嫌输得不够啊？今晚不睡，明天对抗二中的篮球赛你不想赢啦？""今天心情不好，要陪你就来，不陪拉倒！"说着，杨傲尘用身上的钱买了两瓶白酒、二两花生，径直走向网吧。

网吧工作人员看着他手上的东西，直喊："哎，小伙子，我们这儿谢绝自带酒水，没看门口的标牌吗！"杨傲尘理都没理直往里闯，两旁肥硕的保安人员拦住了他。杨傲尘气不过，"你们这是霸王条款！霸王条款！我告公安局去！"老板娘不屑地看了他一眼，"年轻人就是年轻人，也不看看自己几斤几两。"这下，杨傲尘拿起手中的白酒瓶狠狠地摔到地上，保安见状二话没说把他架出了门外，正准备大干一场的时候，刚赶来的武昊东赶紧拦住了他们。

"你疯啦？今天怎么了，这么反常？"武昊东看着垂头丧气的杨傲尘，一脸迷惑，"行了，今晚哪儿也别去了，去我家，好好休息，明天篮球赛还靠你呢。"

第二天，市区篮球赛，老杨并不知道儿子参加篮球队的事，他着急找一夜没回的儿子，早上请过假，便匆匆往学校去了。一到班主任办公室，他刚想开口询问孩子的事情，刘老师便笑脸相迎："呀，是杨傲尘父亲吧？今天市区中学篮球赛，人挺多呢，您是来看孩子比赛的吧？杨傲尘应该已经在热身啦。就在操场，我带您过去！"老杨一头雾水，还没琢磨明白，已经被带到了篮球场。

各校的啦啦队和亲友团坐了满满一场，人头攒动，尖叫声和呐喊声不断。老杨挤过涌动的人群，坐下来。他一眼看见场内儿子健硕的身体，只是脸上看起来略微有些疲惫。老杨缓了缓神，比赛就开始了。

双方在前三段比赛中一直势均力敌，老杨第一次看儿子打球赛，手心里都是汗。不停歇的加油声充斥在场内，最紧张的第四场来临了。杨傲尘脸上的汗大滴大滴地往下流，昨夜没休息好，他有些力不从心，但面对对方的防守，他的眼睛里倒是有股执着的坚定。最后两分钟，比分平！老杨更紧张了，他从来没有像现在一样觉得能和儿子共同呼吸，共同进退。此时的杨傲尘对面有三名防守球员，他边运球，边看准了时机，从对方的缝隙中带球强攻！一个箭步，他已经到了篮板下，轻松地一跃，扣篮成功！老杨"噌"的一下站起来，大喊："好！好！"打心眼里为儿子骄傲。场上哨声一响，比赛结束。他们赢了！

杨傲尘和武昊东默契地击了一掌，"还是得靠你啊，兄弟！亏我昨晚拉住了你没让你买醉。"武昊东打趣着。杨傲尘一点也不谦虚地说："那当然，走！中午请大家伙儿吃饭！我都想好了，今天这场比赛要是输了，我就带大家吃霸王餐！吃他个一千块，我心里才舒服！"

"嗬！你可拉倒吧，就你？我倒想看看你怎么吃。"

"算啦算啦，这不是比赛赢了吗？我要大大方方请大家吃庆功宴！"

"该是我们给你这个大功臣庆功吧！"

二人说笑着，迎头碰上了老杨。杨傲尘愕然，老杨没有怨他夜不归宿的事情，反而弱弱地说了一句："嗯……没别的，就是恭喜你，儿子……"话没说完，杨傲尘并没有做出激烈的反应，冷冷地回了句："怎么又是你？我不会回去的，少管我。"武昊东扯扯他，杨

傲尘径直留下二人走出了校门。老杨没说话。他说不出来这几年的感受，只是觉得自己挺失败的。

原本中午的庆功宴该是很开心的一件事，但杨傲尘怎么也开心不起来，索性直接翘课，独自坐车回了乡下外婆家。一进门，他像个受了委屈的孩子一样扑进外婆怀里。"外婆！"杨傲尘从没在别人面前留下的眼泪，现在怎么也止不住了。"乖，孩子，怎么能任性地一个人跑回来呢？外婆给你做碗鸡蛋汤。"杨傲尘还像小时候一样，乖乖地坐在破旧的茶几边上，等外婆给他盛饭。

他打开旁边的抽屉，里面是外婆从前送他的小霸王游戏机，当时他爱不释手，谁都不准碰。过了好多年，外婆帮他保管得很好，还是那么崭新。杨傲尘一起兴，便插上了电，开始玩起了从前的游戏。"耶！又通关了！"杨傲尘竟然感到了久违的开心和骄傲，比赢了球赛都开心。"乐什么呢？傲尘，快来吃饭。"外婆端来了他最爱的菜饭，杨傲尘笑得合不拢嘴。

农村的夜，静得听不到一点声音，偶尔传来远处的狗吠声，一会儿又沦入一片死寂。杨傲尘辗转反侧，看着窗外洒进来的月光，竟想起了小时候妈妈带他来看外婆的时候。妈妈在院子里的星空下，陪他玩"木头人"的游戏。皎洁的月光把妈妈的脸映衬得那么白皙，她笑靥如花，宛若天使一般。

杨傲尘看着空荡荡的院子，发了好一阵呆。他爬下床，一溜烟钻到外婆的被窝里，像个孩子一样蜷缩在外婆怀里。清冷的月光下，外婆眼角的泪珠晶莹剔透，像极了一颗透明的水晶。"小尘，你妈妈以前就喜欢这么叫你，你想她了对不对？"外婆抚摸着他的头发，杨傲尘没有作声，把头埋得更紧了。"外婆知道，你不是恨她，是因为她没有兑现自己的承诺，说要带你去大城市看看。孩子，外婆相信你一个人也可以做到的。"杨傲尘伸手按紧了自己胸口上的一处小伤疤，那是妈妈疯了以后，失手打伤的。许多年过去，它成了一个久久不能愈合的精神伤疤，像隐忍着的一颗定时炸弹，无处安放。杨傲尘听着外婆断断续续的念叨，不知什么时候睡着了。

雪花漫天，杨傲尘翘课两天，外婆正着急不能让这孩子由着性子住在这儿，便接到了老杨打来的电话。"喂"一声答应后，外婆神情大变。"傲尘，快回去！""我不回去！我要在这里陪外婆！"杨傲尘心里赌着气。外婆挂了电话，努力掩饰自己的担心和难过。"孩子，你来。"她温柔地把杨傲尘搂在怀里。

"怎么了，外婆？是不是我爸？他又骂我了对不对，我就知道！"杨傲尘气急败坏。

"不是，孩子，不是你爸，是你妈妈她……病情严重，住院了。"外婆叹气。

"我妈，我妈她现在还认识我吗……还有我爸，他从来都没为我考虑过……"杨傲尘越说越小声，大滴的泪顺着脖子流下来。

外婆眉头紧皱，紧紧握着他的手，"孩子，你错了。你知道吗？你妈妈她结婚以后病情一直不太好，孩子也要不了，你是你爸爸求别人抱养来的呀！你爸爸谁都不让说，一个人把你拉扯大，惯着你，又照顾你妈，他不容易啊……"外婆说着满眼都是泪花，"你爸多想实现你的梦想，让你上大学，可是天公不作美啊……孩子，赶紧回去看看你妈，你妈刚抱了你的时候，别提多高兴了，那几年病都好了一大半，现在……"外婆哽咽着说不下去。

杨傲尘看着外婆的脸，这个惊天的消息让他一下子不知所措，怔怔地杵了好半天。雪下得更大了，外婆佝偻着背，送杨傲尘上了回镇上的小巴车。这一路上他都没缓过神儿来。

冒着大雪，杨傲尘冲进了病房，衣服上的雪花一瞬间化成了亮晶晶的水珠。他哆嗦着身体，走近母亲的病床。此刻，母亲平躺着像是睡着了，但身体时不时地颤抖着，闭着眼睛也感觉得到脸上的愁容。杨傲尘俯下身来，想摸摸母亲的脸，又怕手太凉惊醒了她。他缓缓蹲下来，突然看见母亲紧握的拳头，他轻轻掰，发现握得很紧。杨傲尘用力掰开四根手指，那一小截断掉的霸王龙的腿！原来母亲的心里，一直都惦念着他。

杨傲尘忍着泪水，将母亲的手重新握上，走出病房。老杨在病房外的天台上抽烟，杨傲尘踱步走向他，脸上是说不清的凝重和惘然。"爸……我，要不我去下矿，给我妈……赚点医药费。"杨傲尘低着头，没敢看老杨的眼睛。老杨刹那间老泪纵横："儿子，爸改变主意了，那天篮球赛上我就想通了。是我不好，逼你太紧。爸也是没办法呀。爸决定了，让你去读大学，你好好读书，爸挖一辈子煤都要供你读大学。"杨傲尘和老杨在大雪纷飞的夜里，泣不成声。

　　雪后的天晴得很快，太阳明晃晃地照进病房里，医生说母亲的病情有所控制。杨傲尘看着母亲憔悴的面庞、凌乱的头发，就想着给母亲洗漱一下。他打了一盆热水，从家里拿了母亲最爱用的洗发水，一点一点给母亲洗头。阳光下的头发湿漉漉的，水珠金晃晃、明亮亮，杨傲尘想起小时候妈妈也是这么给他洗头的，也用这个洗发水，一直到现在，那熟悉的味道他都没有忘。老杨在病房门口，看得露出了微笑。

　　"爸！你来，我刚给你买了本《史记》，你不是喜欢项羽吗？每次都说起霸王别姬的故事。你看看，这比你那陆游诗集强多了吧？"老杨拿过新书，不知说什么，好像面前的儿子变了个人似的，他连连说好，脸上笑开了花。

　　过了春天，夏天也来了，紧张的高考也结束了。镇上道路两旁的柳树长得茂盛，一枝压过一枝，快要伸到马路中央。杨傲尘喜欢慵懒的夏天，如火，似花，那是青春的感觉，燃烧着、荡漾着、涌动着，都是不息的感觉。而现在，杨傲尘放弃了热烈的尽情潇洒，一放假便去矿上下井打工。他告诉老杨，考不上大学，他也一辈子扎根矿山了。杨傲尘用手抹了一下鼻子，脸上全是煤面儿。老杨笑笑："你当有挖不完的矿哪，时代变啦，你们年轻人啊，还是得出去发展！"杨傲尘对老爸刮目相看，他不知道那个传统固执的老爸什么时候变得这么与时俱进了。

　　七月，正是炎热的夏季，杨傲尘光着膀子在井下干活，这天一升井，他收到了城里体育学院发来的通知书。"爸！"杨傲尘像个黑煤球一样向老杨招手，挥舞着手中的通知书。"虽然不是学生物，体育也蛮好的！好好打篮球，说不定能进国家队呢。爸下个月就带你去大城市的博物馆看霸王龙！"老杨拿着通知书就要和工友们去炫耀。

　　澡堂的时光是矿工们一天中最放松的时候，大家都兴高采烈地抽烟、大着嗓门唱歌，洗去一天的脏和累，但老杨从不唱歌。今天，他却在澡堂里唱起了歌，走音、跑调、别别扭扭的乡音，工人们笑话他，他还那么仰着头，唱得更起劲了。

这天算是父子俩最有纪念意义的一天了，晚饭杨傲尘亲自下了厨给爸妈做饭。

"爸，来坐，您知道吗？这可是我专门在网上学的一道苏菜，为您量身定制的——'霸王别鸡'！您，就是我最敬佩的霸王！这考大学也有您的一份功劳啊！"杨傲尘看着面前饱经风霜的老爸，心里满是愧疚和自责。

老杨颤颤悠悠舀了一勺汤，送进嘴里，无限回味。他爱惜地看着儿子，"孩子，你是傲尘，爸爸给你取这个名字，就是想让你傲视一切尘土，无畏无往，成为自己生命中的英雄霸王啊！"

一九九九年七月，少有人知道，那煤灰漫天飞的矿山下，有一对父慈子孝的父子。

再见的青春
季不及说
Youth Flow Away

在

耳
边

让执念成为一种幸运

欧阳焱（火火）—— 文
电影《八月未央》制片人

很多人和我一样，对《八月未央》有着独特的情感。作为一个影视从业者，当知道《八月未央》要被拍成影视作品的时候，我就有一个执念——一定要参与这个作品！很幸运的是，我做到了。

每个人心里对未央、小乔和朝颜都有一个"画像"，对这三个人的情感纠葛都各有各的看法。看一稿一稿的剧本其实是一件很痛苦的事，甚至到了后期，每一次的修改都像是一场"大手术"，在经历无数次手术之后，终于看到了一个属于我们的《八月未央》。

钟楚曦是我认识多年的一个演员，在这之前我们交流很少，而且我们每一次见面都是在特别奇妙的缘分下。朋友圈里的她是一个无比真实的人，她的收放有度是我最欣赏的地方，这个女孩不管表现出哪一面，都不会让我们觉得违和。在我们还在为未央的选角迷茫的时候，我举荐了她。

她第一次跟我沟通《八月未央》也是在一种特别奇妙的情况下，我记得那天我在公司加班到很晚，手机马上就没有电了，一个陌生的号码打了过来。接听之后那个声音让我觉得陌生又熟悉，聊了几

句之后我才知道这是钟楚曦打来的。我赶紧将公司座机号码发给她，结果改为座机通话后，却因为线路问题导致我们的通话断断续续的。即使是在这样的情况下，我们依然愉快地聊了半个多小时……后面就安排了她和导演见面。

那个时候的导演正因为选角问题而苦恼不堪，直到见到钟楚曦，他才从痛苦中挣脱。就是她了！拍摄过程中，她更是让自己活成了未央的样子，连她自己也常说："我就是未央啊！"她有句话让我特别感动——"只要是为了《八月未央》好的，我都会竭尽全力。"刚进组的时候，她的右胳膊因为上个戏意外受伤了，不能弯曲，不能用力，连穿个外套都很费劲。可是我们有很多她骑机车的戏，我真的无法想象，一个连自行车都不会骑的、胳膊有伤的女生，是克服了怎样的困难才做到的。剧组杀青了，她的胳膊还没好。

罗晋是一个很有魅力的男人，一个既温暖又很负责任的人。他刚进组拍摄时，每天都是拍通宵。那是上海最冷的时候，我们又是在最冷的时间段一遍遍地拍他室外淋雨的戏份。因为要连戏，他身上的水都不能擦，他笑着说我们剧组太残忍了，刚进组就这样虐他。洒过的水在路面上都结成了冰，还有工作人员因为冰面而滑倒，罗晋搬了一家烧烤店来拍摄现场给剧组的人加餐，无限量供应！他说："大家吃饱了就不会那么冷了。"

谭松韵可爱的外表经常会让我忽略她是那么有爆发力的一个女演员。一个吃东西之前会嘟嘴起范儿的小姑娘演起"打戏"会让人不敢与她对视；一个听到好吃的两眼放光的女演员会因为角色需要而天天喝白粥吃青菜，然后把好吃的分享给大家；一个会因为道具组准备的食物好吃而吃完再收工的女演员，也是一个会在收工之后去机房看回放，认真揣摩角色的女演员。她是小乔，一个让所有人都喜欢，想要去宠爱，会跟着她笑，陪着她心碎，为她流眼泪的人。她给了我们太多太多的惊喜，她是大家的小乔！

不得不说几个演员在剧组的外号："秋裤女神"钟楚曦——秋裤脱了一条又一条，五条秋裤这种秘密我是不会说的。"小吃货"谭松韵——我们私下真的打赌过，她一场戏要吃掉多少"道具"。"罗老师"罗晋——他绝对是一个连玩笑都说得一本正经的人。

电影《八月未央》的每一个成员都真心地爱着这个作品，不论经历多少困难，大家都依然保持热忱。我跟很多剧组的工作人员聊过天，发现很多人都是书粉，他们的青春多多少少都受过小说的影响，我也不例外。但我有一个和大部分书粉不同的地方，我的青春有《八月未央》，可我年少时没有爱情。我害怕感情太过残酷，害怕现实太过孤独，害怕世界太过淡漠，可值得庆幸的是我的经历里有电影《八月未央》。

2018年8月　北京

愿你出走半生，归来仍是少年

吴钧 —— 文

电影《八月未央》制片人

我相信，一切都是命中注定，而命运，会将你带到很远很远的地方。

和《八月未央》的缘分始于二〇〇三年，那年我上大一。因为《八月未央》，我第一次知道了世上有一种纠结名为"爱"，而那之后，又过了十五年——二〇一八年，看完电影《八月未央》的定剪，我不止一次流下了这个年龄的男人不容易流下的泪水，心中的感觉让我仿佛回到了那段青涩的岁月。

秋——遇见

二〇〇三年秋天，我刚刚进入大学，一切都感觉那么新鲜和自由。那时候我经常骑着山地车，背着那把后来跟了我多年的木吉他，穿梭在上海这座对我来说陌生而又充满期待的城市，希望在我想停留的每个时间、每个地点，都留下我的吉他声。那时候，陆家嘴只有东方明珠和金茂大厦，浦西只有美罗城和四川北路老街。那时候，我只有自己一个人。

那年国庆，我在凉风习习的黄浦江边弹着吉他，唱着孙燕姿刚刚出的新歌《遇见》。偶然的一瞥间，我注意到了一个长发披肩的女孩。她穿着一身牛仔服，脚上是略旧的球鞋，不施粉黛，正盘腿坐在台阶上，安静地看着我这边。她脸上没什么表情，我说不清她是不是在听我唱歌。

"听见冬天的离开，我在某年某月醒过来……"我忍不住一边弹唱一边偷偷观察她。我看到一阵风吹过，把她的长发吹得有些凌乱，她自然地用手往后微微拨了一下，那个动作虽然简单，却十足地动人。歌到底还是唱完了，我慢吞吞地收拾好吉他，想着怎么跟她搭讪，没想到转过身，她就静静地站在我面前，脸上仍然没什么表情。在那个智能手机没有普及的年代，她给了我一个QQ号，然后轻声道："你的车真好看。"说完就离开了。我当时觉得，她真是一个清冷孤独的女孩啊。

回到学校，我便申请加她为好友，但她的头像一直暗着，很长时间都没有通过我的申请。

我还是一如既往地背着吉他骑着山地车穿梭在城市中，不时弹唱。我常常想起她，想起她明亮的双眸，可那次遇见以后，我再没见到过她。

冬——相恋

落叶铺满了上海的街道，似在预示着什么。那年，我参加了节目《莱卡——我型我秀》。和很多桥段相似，陪我参加的朋友进入了全国八强，我却止步于赛区选拔。

寒假之前，我们和A校举办了十大歌手比赛，作为嘉宾，我仍然

唱了孙燕姿的《遇见》。这首歌让我再次想起了她，只是没想到下了舞台后，我真的看到了她。她仍然是那副熟悉的清冷表情，站在我面前默默无语。我问她："为什么没加我QQ？"她没有回答，只是说她还想听一首歌——张国荣的《想你》。我迟疑了一会儿，带她来到学校的大榕树下，为她弹唱起来。我静静地唱，她静静地听，世界仿佛只有我们两个人。

那之后，她坐上我的自行车，轻轻地抱住我，我骑了整整五公里，把她送回了学校。下车后，她看着远方沉默。我看着她，心跳越来越快，却只问了一句不着边的话："冷吗？"没等她回答，我便轻轻地吻了下去。我感觉到她在颤抖，然后她跑进了学校。我开始不自觉地担心起来，怕她再次从我的世界消失。

等了一天，她终于通过了我的QQ好友申请。

再后来，我爱上了给她唱歌的感觉，我也了解了她是一个清冷孤独却又坚忍热烈的女生，我们就这样走到了一起。那天是二〇〇三年的最后一天，她带来了一本书——《八月未央》。她说她很喜欢这个故事和"里面的她"。

我们的缘分也就开始了。

春——相知

整个冬天和春天我们都在一起，我有我的歌声，她有她的安静。我习惯了不去问她的意见，因为她说过，不管什么歌，不管好不好听，只要是我唱的她都会喜欢。我也知道了她性格这么孤独是因为在很小的时候，在一次游玩中失去了最疼她的亲哥哥，之后她就不喜欢和别人说话了。但是她的内心依然渴望倾诉，这让她常常感到矛盾和难过。在我知道了这些后，我更想珍惜她，让她开心。

和她在一起的每一天都是新鲜的，就算是单调的事有她陪在身边也很有意思。我也因为想更了解她，而开始看安妮宝贝的书，当然也有《八月未央》，但我没有告诉她这些。我们一起听歌，一起旅游，一起经历成长中的烦恼，一起知道了她要全家移民的消息。对的，是我俩同时知道的——她就要出国了，因为父亲工作的关系。

我和她的故事虽然都是很老的桥段，对我来说却如此刻骨铭心。那之后我们更加珍惜在一起的时间，许下了很多很认真的诺言。譬如，什么时候要回国，每天要通电话、QQ视频，在十年后要结婚……很多，但是最后都被时间"打败"了。

夏——炎热的离别

暑假结束了，她就要出国了。我们每天都腻在一起，即使如此依然无法满足。我们都在调整心态，每天都说越来越"轻松"的话。我们约定，谁都不许伤心，不许难过。我也暗下决心，一定要让她轻松地离开，没有负担。但是在八月三十日分别的那天，我依然在机场哭得撕心裂肺，忍不住，止不住。那一天我学会了喝酒，而且喝不醉；那一天我喜欢上了淋雨，之后的雨天我都不喜欢带伞；那一天我喜欢上了一个人，自己一个人。十三小时后的凌晨，她在QQ上说，她也是。

人生——《八月未央》电影的情结

当我和总制片人杨海涛先生及导演李凯先生第一次谈到《八月未央》这个项目的时候，心中的回忆便一点点苏醒了。这本书，这部电影，承载了我和很多观众、读者的青涩回忆。在这个浮躁的年代，人们一味追逐现实，忽略了纯真与自我，但这部电影或许可以唤醒他们早已忘却的那些简单而美好的情怀。

这部电影每个场景的推进，每段音乐的响起，每个情节的起承转合，都能一步步深挖出人们内心中最真切、最简单的情感。青春是一场难以磨灭的旅行，既是"灾难"，也是"成长"，更是"疯狂"。但是，不管现在的社会多么浮躁、多么现实，人们内心的简单和纯洁是不会被磨灭的，只在于什么时候被唤醒罢了。电影《八月未央》，就是能唤醒我们内心纯真的那个东西。

感谢《八月未央》，感谢安妮宝贝赐予我和我的合作伙伴们这次挖掘初心的机会，让我们的青春能在更高涨的热情中继续绽放。

愿你出走半生，归来仍是少年——给每一个自己和每一个明天。

2018年10月　上海

电影《八月未央》片场趣事

赵琦雯 —— 文

电影《八月未央》导演组场记

电影《八月未央》已经杀青三个月了，但是剧本里的好多场景，包括未央和小乔的影子都还在我的脑海里徘徊。第一次看剧本的时候我就跟朋友说，这是我拍戏这么多年看过最精彩的爱情电影。当时我还不知道演员是谁，只是看剧本的时候莫名有种代入感，仿佛能透过文字感受到未央的孤独，心疼小乔的脆弱。

进组之后，我一路跟随着主创筹备，看着演员进组定妆。第一次见到楚曦的时候，我真的很惊讶，因为她的感觉太对了，根本就是未央本人的化身。定妆的时候我记得她几乎是纯素颜，当她站在摄影布前时，那种未央从书里走出来的感觉就更强烈了。

之后就是小乔进组定妆。因为之前看过"谭两米"参演的《最好的我们》，所以我完全相信这个可爱的"耿耿"驾驭得了小乔。但最让我想夸赞的是，她演出了一个完全不同于自己以往风格的小乔——在这里就不剧透了，我保证一定会在电影中惊艳到你们。

定完妆之后我们导演组就开始不断地研读剧本，每个人都变成了处女座，生怕剧本里会出现一些不合理的瑕疵。导演也是每天起得最早，睡得最晚的人。我们每天画完分镜，他还要回酒店接着做功课。我们都在私下里打赌，赌开机前我们这个胖胖、萌萌的凯导会瘦几斤。

开机那天上海下着雨夹雪。不得不说上海的零上一二度真的要比我们北方的零下十度还要冷。那天拍车戏，我印象特别深，大家都穿着羽绒服、打着伞，在跟拍车上坐了一天，最后收工下车的时候伞上厚厚的一层都是雪。虽然我们每个人都冻得够呛，但回去看素材的时候真的觉得值得——楚曦的一颦一笑都是未央，未央"活了"！

可能好多小伙伴以为剧组的生活一定很丰富多彩，可以去不同的地方，见不同的人。其实拍戏的过程真的一点都不"潇洒"。印象最深的就是在白玉兰广场楼顶的那场戏。我们早上四点多开工，天还没亮的时候大家已经站在六十六层的楼顶。我们每个人都把自己裹得跟个小帐篷似的，仿佛在对刺骨的大风说："你看不到我，看不到我，我不冷，我不冷！"

楚曦和松韵戏里的衣服都不是很厚，虽然我们贴了好多暖宝宝，但是楚曦还是冻得手发紫，鼻头红红，松韵站在一边也直哆嗦。即便如此，每次我们一喊开机，她们都能全心投入戏里，仿佛那些寒冷都是假的。而且在那么高的楼顶，她们俩却要泰然自若地坐在边缘处演戏，真的让人佩服。还有楚曦单人站在边缘的戏，为了不影响表演，楚曦愣是不拴安全绳，不戴威亚，就那么站在那么高、风又那么大的楼顶。那时我们所有人都为她捏了一把汗，同时也为这个小女孩的敬业精神感动！

说到这里就不得不提我们的男神——大暖男朝颜了。罗老师在戏里是才华横溢的朝颜，在戏外真的是一枚超级无敌暖男。走戏的时候会贴心地把大衣脱下来披在衣着单薄的楚曦身上，会给我们工作人员买热乎乎的咖啡喝；不拍戏的时候会跟我们一起聊天开玩笑。罗老

师一笑，我就感觉天都晴了，好像整个世界都充满了暖暖的阳光。

这部戏李凯导演从修改剧本、筹备再到拍摄，花费了十年的时间。十年磨一剑，用心血铸造出了《八月未央》这部电影。凯导很有耐心，所以我们合作起来既开心又顺利。我记得最开始画分镜的时候他总会先问我们："你们觉得这场戏怎么分会好看？"我们说出了想法之后，他便告诉我们："要让观众入戏，首先是演员的表演到位，其次是你的镜头语言要'舒服'，像这场戏——（不能剧透）——你们的分镜完全是在炫镜头，太花哨了。"跟着凯导画了几天的分镜后，我真的学到了好多。有的时候凯导也会突然逗我们："雯子，这个镜头看画面右边还是画面左边？……没事没事，我就是看看你有没有元神出窍。"这样的凯导也是很调皮了。

其实组里的大家各有各的萌点，比如我们的未央和小乔。戏里的未央沉重，小乔阳光；未央冷漠，小乔热情。两个角色性格互补，十分搭配。但戏外她们也CP感十足,你们看剧照的时候就会明白(听说书里有放),只要她们俩同框,楚曦就会散发出几乎要溢出屏幕的男友力。因此我们称呼她们俩为"骑士曦"和"公主韵"。

作为工作人员,能遇到一个和谐而又专业的团队,每天的现场气氛也这么融洽,真的是一件开心又幸运的事。直到现在,拍摄时的好多场景我还是能记得那么清楚。

《八月未央》这本小说是安妮宝贝的第一本小说散文集,也是我们八〇后、九〇后的青春记忆。我只想让广大书迷放心,这部电影一定不会让大家失望!

七月已经过去,八月即将到来,它一定会比七月还要炽热!

2018年7月 上海

再不见及说青春

Youth Flow Away

电影《八月未央》美术阐述

胡猛 —— 文

电影《八月未央》美术指导

几年前偶然读到了《八月未央》这篇小说，小说篇幅不长，但是我很欣赏里面那些对于爱情和友情的诠释。所谓刻骨铭心的爱恨纠缠，在生命的尽头，其实是一片平静。同时，我也很喜欢她笔下的南方城市，她写道——透过暮色看着潮湿沉静的城市轮廓的时候，只感觉到天空的流云无声——这样的文字，让我觉得平淡却充满感染力。

这次有幸读到《八月未央》的剧本，我最大的感受是比小说更有力量的情绪渲染和更精练的叙事方式。总的来说，这是一个关于友谊与背叛、宿命与轮回、孤独与死亡、重生与希望的故事，尝试将这样一部作品进行视觉化，一定是一件有趣的事情，所以我毫不犹豫地就接下了这个工作。

站在总体的场景角度来看，我想给电影整体营造出一种浓郁的怀旧感，这种怀旧的场景设计可以给观众的审美带来极大的冲击。所以我在影片中构建的场景基调几乎都是暗淡的阁楼、古老的弄堂、老式的洋房等等，为故事的发展奠定孤独的情感基础。同时，我认为这种空间设计能更好地宣泄出主人公的真实情感，好像一切早已经预示了男女主人公之间的结局一样，牵引着我们深入去探究。

一　空间

我将影片中未央家这一处的场景设计与主人公的情感推进紧密联系在了一起。身处老式洋房，她的房间体现得更多的是一种古朴凝重，空间偌大，生活气息却并不强烈，好像女主人公正准备随时"赴死"一样。展现出的她的身外之物并不太多，配合光影让观众深刻感受到女主角内心的孤寂感和死亡气息。同时我们运用美术的空间造型来展示人物的心理变化，使场景、道具和剧情的人物动作做到互动。

但是这种空间设计又不能失掉某种女孩的天性，所以我又加了古旧的娃娃等小饰品摆件，从细节去精雕未央这个人物，从场景和道具方面使这个人物更加立体，这样她身上的独特魅力才会愈加鲜明。

书吧在我看来是未央和外界沟通的一座"桥梁"，整体环境要比她的家更温馨且更有生命力。书吧这个场景将代表一种希望、一种经典和一种包容，对于即将拆迁的不满暗示了未央对生命的渴望与珍惜。所以书吧需要更强的生活气息和生命力，安静，舒适，仿佛置身植物园之中，临街的橱窗可以看见街道上来来往往的行人。堆砌的旧书，复古的桌椅，田园风格的桌布，古典的唱片机，精致的吧台，各类烘焙设备，别致的马克杯，老式的挂钟……我们从制景结构和道具陈设上都需要极力营造出这种味道。

电影《八月未央》气氛图——摩天大楼楼顶

电影《八月未央》气氛图
未央家衣柜（上）、冰箱（中）、门口（下）视角

二 色彩

色彩在影像创作中发挥了关键的作用，色彩的选择与情感的表达是相融合的。我们需要借助色彩来增强视觉上的吸引力，并承载电影主题思想和情感的凸显。因此，美术色彩营造的视觉张力无疑是巨大的。

未央房间的色彩就是为了体现未央的人物特征和生活的质感。我认为在色调上应该走一种高级灰棕的色系，既满足现实的环境色彩，也能满足人物内心的色彩。

我设想了一个幽暗的房间，里面摆着暗红色的沙发，到处都是浓厚的孤寂感和死亡气息，配合整个空洞的环境进而表现人物的情绪。为了达到这个效果，可以将房间的木质结构都消色，从而得到一个近乎暗棕色的空间。在保证房间结构层次丰富的基础上，我们还将空间尽可能做到压抑和冷淡。为了突出这样一种情景，我们可以在色彩上大胆地尝试一种老式洋房特有的红豆灰的高级灰色系，将这种灰红统一到所有的木质门窗及老旧的墙壁纸原色中，甚至抽掉它里面所有与生命有关的元素和色彩，将孤独的气氛做到极致。同时，我们改变所有陈设道具的固有色，将它们统一到一个颜色系里，特别是在最初未央进入这个房间的时候，将这种诡异的程度做到极致。随剧情的发展，未央后来的房间慢慢地有了生活的希望，房间由极度的冷色开始慢慢加进去一些中度灰色的暖色，统一在一个灰色的空间里。随着剧情的发展融入更多的生活气息，随着人物心情的转变，场景的设置也慢慢地由纯冷灰变成了融入一点生活气息的暖灰色。

书吧的色调选择上，我们在古旧熟褐色的基础上添加了一种稍

电影《八月未央》气氛图
未央家全景视角（左）、走廊视角（右）

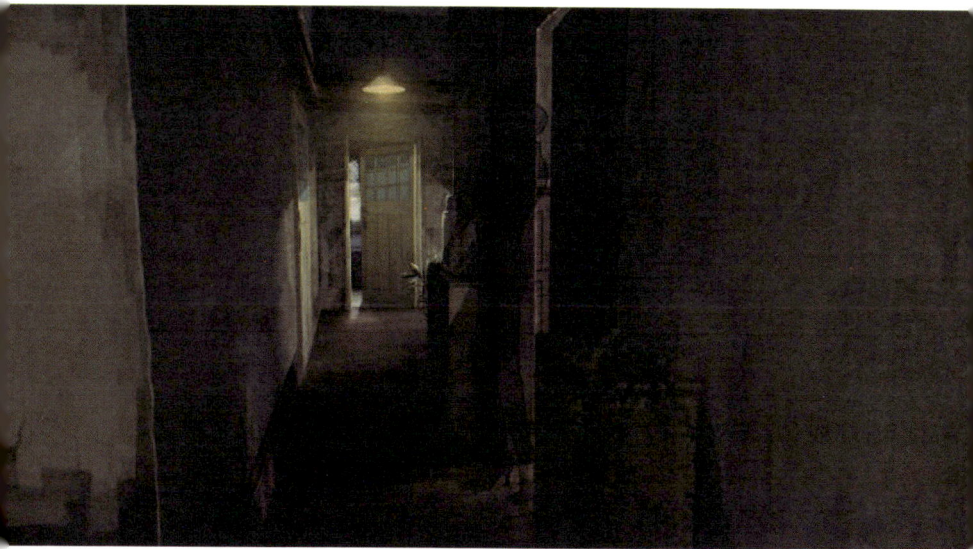

有生命力且有人情味的偏青色的孔雀蓝，这个颜色既内敛又饱含生机，在阳光的照耀下渲染出一种旧时光的味道。我们希望在这种色系里陈设出书吧的老旧，尽最大可能地展现人物内心对于生的追求和压抑环境中的矛盾冲突，同时给观众一种优雅舒适的视觉感染力。

三　繁华城市的孤独感

人是个复杂的矛盾体，思想能稍做沉淀，我们自然就会感觉到自己内心的感受和现实生活的表象完全对立，越身处繁华的时候越孤独，越在热闹之中越寂寞。

未央在上海这座越来越现代、越来越繁华，高楼大厦林立，充

电影《八月未央》气氛图——花鸟岛方案—
平视视角（左）、俯视视角（右）

满压抑的巨大城市里的孤独是不言而喻的，表现这些，我想有两个角度：一个是空间的不同，即不同于寻常的第三者的视角看这个繁华世界；二是时间的不同，主人公的时间点和大众世界时间不同，如升格、延时、叠画。

　　以上就是关于电影《八月未央》的美术阐述，相信大家实际看到电影后，能够从色彩和细节上感受到我们团队在美术设计上的用心，也希望你们能喜欢。

2018年12月　北京

后记

林苑中 —— 文

创作书《来不及说再见的青春》监制

这是一本特殊的书，里面不仅有青春的、悸动的记录，还有成长感悟，以及故事。

十八年的时间跨度，这本书里的每一位，都是从一个身份出发：读者——具体而言是安妮宝贝（现名庆山）的读者。无论是源于热爱、机缘，还是冥冥的宿命，他们都因为《八月未央》成为一名作者，并且一一会聚，在这本书上展现，无论如何这是一种美妙而奇特的体验。

他们有的是小镇青年，有的是新媒体从业者，有的是广告人，有的是高校教师，有的是在读学生，有的是咖啡店主，有的是编剧，有的是设计师，有的是文身师，等等。他们的职业各异，性情不同，每个人的经历也都独一无二，不可复制，但每个人都愿意在此刻成为一个青春缅怀者，从记忆里汲取记忆，从故事里汲取故事，一切都与青春有关。

除此之外，《八月未央》电影主创，通过自己的文字表达出他们对角色的演绎和感悟，读来亲切而美妙，就仿佛书中的角色真正地置身于我们身边。我们仿佛在细雨中的街头相逢，又擦肩而过，你心里升腾起欢欣，我心头涌起滋味万般。

事实上，青春的疼痛、残酷，甚至热烈都浇灌进了血液，在成长的每一步里都有不同的花朵，而这些弥足珍贵。两个性格迥异的闺密知己，其实就是一个互为镜像的自己。无论是率真叛逆的未央，还是始终憧憬完美婚姻的"公主"小乔，从感情的单纯、朦胧，到微妙，乃至到强烈的碰撞，在面对爱情时痛苦而艰难的抉择，实际上都是自己成长过程中人性的两面。生命和情感的魅力也恰恰在于此。

每个人，其实都手握自己的、在时间考验之后的答案。而这个答案是唯一的，它只属于自己。十八年前，安妮宝贝（庆山）通过《八月未央》让这些人产生共情，在心底深深地打上烙印；十八年后的今天，这些人通过自己的笔，写下文字来公布自己的情感秘密和人性答案，悄然地向安妮宝贝致敬，更是向自己的青春致敬。

如果说读者与作者之间的联系是一种缘分的话，那么一本书的出版毋庸置疑更是如此。这本书从选题策划，到立项，再到组稿、编校、设计和印刷，涉及太多太多的人。这个项目细致的链条上相关的每一个人丝毫都不敢懈怠。单选题论证，与影视公司凯视芳华杨海涛杨总和他的团队，来回探讨可行性，以及诸多选题细节，如纲目的设计、编辑体例的安排，还有篇章的文字量等；策划组稿得益于著名作家、资深出版人唐朝晖先生，他在担任《青年文学》杂志执行主编及主编青春文学品牌"旗"时期团结了一大批青春文学作者；设计工作更是折磨人的活儿，从版式到封面，字体布局，色彩元素等，可谓数易其稿，不断的调试，聚焦，"折磨"了好几位设计师才得以最终定版，电影剧照满搭全新的书名字体设计，以此向大家传达出与青春有关的那些温暖、及辑别和回望青春的惆然情绪。

这些幕后的、辛苦的编辑、印刷、发行、宣传环节的每一位，与版面"台前"的每一位作者，不仅仅是因为一本书，其实更关乎对过往各自青春的追忆。我们的热忱与执着，无一不是对自我生命与青春的最佳注解！

其实每一个人，都是自己青春的最佳阐释者！

这本书作为电影《八月未央》的宣传发行物料之一，在创作和编辑过程中有以上感慨，特撰写以上文字，是为后记！

2019年3月 北京